MÉMOIRES
SECRETS
POUR SERVIR A L'HISTOIRE
DE LA
RÉPUBLIQUE DES LETTRES
EN FRANCE,

DEPUIS MDCCLXII JUSQU'A NOS JOURS;

OU
JOURNAL
D'UN OBSERVATEUR,

CONTENANT les *Analyses des Pieces de Théâtre qui ont paru durant cet intervalle* ; *les Relations des Assemblées Littéraires* ; *les notices des Livres nouveaux, clandestins, prohibés* ; *les Pieces fugitives, rares ou manuscrites, en prose ou en vers* ; *les Vaudevilles sur la Cour* ; *les Anecdotes & Bons Mots* ; *les Eloges des Savants, des Artistes, des Hommes de Lettres morts, &c. &c. &c.*

TOME VINGT-SIXIEME.

. . . . *huc propius me,*
. . . . *vos ordine adite.*
. . . . Hor. L. II, Sat. 3, ⅴ. 81 & 82.

A LONDRES,
CHEZ JOHN ADAMSON.

M. DCC. LXXXVI.

MÉMOIRES

SECRETS

Pour servir a l'Histoire de la République des Lettres en France, depuis MDCCLXII, jusqu'a nos jours.

ANNÉE M. DCC. LXXXIV.

18 *Mai* 1784. Par des lettres-patentes en forme d'édit, données à Versailles au mois d'août 1783, & enrégistrées au parlement de Toulouse le 10 janvier dernier, les portions congrues des curés & vicaires du diocese de Toulouse sont augmentées, & pour cet effet l'archevêque est autorisé à supprimer certains prieurés & autres bénéfices y désignés.

Le parlement, dans son enrégistrement, dit : « Que sera ledit seigneur roi très-humblement

» fupplié de prendre tous les moyens que fa f
» gefle lui infpirera, pour accélérer l'amélioratic
» du fort des curés congruiftes & des vicair
» dans tous les autres diocefes du reffort de !
» cour. »

19 *Mai.* Extrait d'une lettre de Rouen , c
15 mai .... " M. *Blanchard* n'ayant pu o
tenir à Paris la permiffion de répéter fon exp
rience du 2 mars, s'eft rendu dans cette ville
où il annonce qu'elle aura lieu le 23 de ce moi
Il promet de monter & de defcendre à volonté
au moyen d'ailes & de machines qu'il a inver
tées ; de planer long - temps ; de faire diverf
évolutions dans un efpace circonfcrit. Il ne pro
met pas de diriger à volonté, mais il l'efpere.

19 *Mai.* M. le comte de *Choifeul-Gouffi*
ayant été demander au roi fon agrément pou
la nomination que l'académie françoife a fait
de M. de *Montefquiou* , fa majefté approuva !
choix de l'académie , & daigna s'informer e
même temps de l'état de M. *le Franc de Pon*
pignan , qu'on défefpere de voir pleinement !
rétablir , depuis la derniere attaque d'apoplexi
dont il a été frappé.

20 *Mai.* Les arts regrettent beaucoup M. *Mairet*
qui n'étoit point encore de l'académie , mais
auroit figuré inceffamment avec avantage. Se
deux eftampes les plus précieufes , & qui doiven
le devenir davantage depuis fa mort , font deu
pendants d'après M. *Moreau : l'arrivée de Vol*
taire , & *l'arrivée de Jean - Jacques Rouffeau au*
Champs Elyfées. Ce graveur avoit une connoiffanc
profonde du deffin , une touche moëlleufe , fuav
& fpirituelle. Il eft mort le 24 décembre dernier
n'ayant pas trente ans.

20 *Mai.* M. *Salieri* fait affaut de modeftie avec le chevalier *Gluck*, fon maître ; dans une lettre adreffée aux journaliftes de Paris en date du 16 mai, en convenant que les idées muficales des *Danaïdes* font de lui, il déclare que l'emploi qu'il en a fait, leur application aux paroles & leur marche dramatique, lui ont été entiérement fuggérés par l'auteur d'*Iphigénie*.

21 *Mai.* On n'a pas manqué de plaifanter M. le marquis de *Montefquiou* fur fa nomination à la place vacante à l'académie françoife. C'eft une épigramme vive, courte & plus piquante que fi elle étoit bien longue, en ce qu'elle frappe également & fur fa nullité littéraire & fur fa morgue :

Montefquiou-Fezenfac eft de l'académie :
    Quel ouvrage a-t-il fait ? . . . . . Sa généalogie.

Ce qui rend l'épigramme encore plus jufte & plus mordante, c'eft qu'on affure que ce feigneur a effectivement compofé & livré à l'impreffion fur cette matiere un petit livre qui ne fe vend point, mais qu'il donne à fes amis, à fes créatures, à fes valets.

21 *Mai.* Dans ce temps où les charlatans pullulent de toutes parts & fur toutes fortes d'objets, un poëte aimable & ingénieux a cru devoir leur imprimer le ridicule qu'ils méritent, par une petite pièce de vers très-jolie: tournure la meilleure pour guérir, s'il eft poffible, l'imagination de leurs crédules enthoufiaftes. Elle a pour titre: *Portrait du Charlatanifme, fait par lui-même dans un moment de franchife.* On attribue cette production manufcrite à un ex-jéfuite,

nommé *Caruzti*. Comme elle frappe un peu sur le ministere , nos journalistes n'ont osé s'en emparer.

22 *Mai*. M. *Rcettiers*, graveur, qui avoit la qualité de chevalier-membre de l'académie royale de peinture & de sculpture , vient de mourir. Ce n'est point une perte pour les arts , en ce que depuis plusieurs salons il n'y avoit rien exposé.

22 *Mai*. Un abbé *Rousseau* , jeune homme de 22 à 23 ans , qui débutoit dans la littérature , membre du musée de la rue Dauphine , y lisant quelquefois de la prose & des vers ; mardi dernier est allé dîner au Palais-Royal , chez un restaurateur. Après avoir copieusement bu & mangé , il s'est retiré dans un petit cabinet sous prétexte d'écrire ; il a demandé du papier & de l'encre. Peu après on a entendu le bruit d'un coup de pistolet ; on l'a trouvé mort. On a lu sur la table , dit-on , ces vers-ci , où il explique les motifs de sa funeste résolution & qui peuvent lui servir d'épitaphe :

Né de parents obscurs , rebut de la fortune ,
Et follement épris pour d'innocents appas ,
Dont sans quelque forfait , je ne jouirois pas ,
Je n'ai pu triompher d'une flamme importune ,
   Et j'ai préféré le trepas.

On veut qu'il fût devenu amoureux de la sœur d'un jeune homme dont il étoit l'instituteur, que la demoiselle ne fût pas éloigné de se laisser séduire ; mais qu'effrayé de ce crime & des suites , dans la crainte de succomber à sa passion , il ait pris ce parti violent, tel qu'il l'annonce dans son testament de mort.

22 *Mai*. L'école du chant établie, par arrêt du conseil d'état du roi du 3 janvier 1784, a fait son ouverture le 1 avril dernier.

M. *Goffec* a été nommé directeur de cette école, & c'est à lui que l'on s'adresse pour y être admis; MM. *Piccini*, *l'Anglès* & *Guichard*, maîtres pour la perfection & le goût du chant; MM. *Rigel*, *Saint-Amand* & *Méon*, pour le solfege; MM. *Gobert* & *Rodolphe*, pour le clavessin & la composition; MM. *Molé* & *Pillot*, pour la déclamation & le jeu du théâtre; MM. *Guénin* & *Rochez*, pour le violon & la basse; M. *Roffet*, pour la langue françoise & l'histoire; M. *Donadieu*, maître d'armes, & M. *Deshays*, maître à danser.

23 *Mai*. Me. *Monnot*, le député des avocats du parlement de *Besançon*, est un membre très-ardent, qui avant de venir ici a eu une prise violente avec M. *Droz*, le conseiller de grand'chambre le plus instruit, le plus zélé, le plus ardent & le plus despotique.

M. *Monnot*, arrivé à Paris, n'a eu rien de plus pressé que de voir ses confreres du parlement de Paris, les anciens bâtonniers sur-tout, qui ont regardé la querelle de Besançon comme la leur propre, & en conséquence ont convoqué une assemblée générale de l'ordre. La conduite des avocats de Besançon y a été approuvée, & l'on a nommé sur le champ deux députés pour aller voir M. le garde-des-sceaux, lui représenter que tout ce qu'avoit fait l'ordre des avocats de Besançon étoit conforme au réglement de 1707, qu'il seroit supplié de vouloir bien remettre en vigueur, ainsi que d'éteindre la procédure monstrueuse du parlement de Besançon, de maniere qu'il n'en reste pas vestige.

A 4

23 *Mai.* Le Sr. de *Beaumarchais* vient de finir un opêra, dont il a fait lecture à un comité d'élite. On en a été enchanté. Il ne s'agit plus que de trouver un muficien digne de le mettre en mufique. Il en fait bien lui-même, & de fort agréable; mais il n'ofe entreprendre une fi grande tâche.

24 *Mai.* Le parlement ne perd point de vue l'affaire des *Quinze - Vingts*. Le premier préfident a dû porter encore hier au roi de nouvelles remontrances, & fur-tout l'expofé des faits venus à la connoiffance de la cour, extra-judiciairement il eft vrai, & par des témoins non fermentés, mais fi graves, fi circonftanciés, fi multipliés & fi appuyés fur la notoriété publique, qu'elle n'a pu s'empêcher d'en mettre le tableau effrayant fous les yeux de fa majefté.

Ces faits font de trois natures différentes. Les uns concernent le defpotifme du grand-aumônier, porté au point qu'il maintient en place un officier nommé par lui feul au préjudice d'un autre nommé par le roi, revêtu de lettres-patentes enrégiftrées; les autres roulent fur l'infidélité de fa geftion : en forte qu'il paroîtroit s'être approprié près d'un million au moins : enfin les derniers prouvent à quel excès de débordement eft venue cette maifon religieufe, où l'on ne trouve par-tout, au contraire, que des fcenes d'impudicité & de fcandale, jufques dans l'églife & au pied des autels.

Le parlement n'abandonne pas non plus l'affaire des bénédictins, & il doit y avoir aujourd'hui affemblée de commiffaires, pour rédiger vraifemblablement de troifiemes remontrances. La commiffion des réguliers étant devenue un acceffoire plus important que le fond, n'y fera fans doute pas oubliée.

Quant aux lettres de cachet, fur-tout celle de M. de Mions, comme le fort de celui-ci paroît s'aggraver à mefure que le parlement remontre en fa faveur, il a cru, par humanité pour cet exilé, devoir refter dans le filence en ce moment, & éprouver fi la fituation de M. de Mions en deviendra meilleure.

Du refte, le roi n'ayant encore fait aucune réponfe au mémoire concernant les abus de la juftice, cet objet refte *in ftatu quo.*

24 *Mai.* Le clergé de France vient de gémir d'un nouveau fcandale. Il s'agit d'un abbé *Arnoux,* ci-devant avocat, aujourd'hui grand vicaire de M. l'archevêque de Rheims, qui avoit toute fa confiance, toute celle de la maifon de *Tallayrand,* qui, par contrecoup, avoit acquis un grand crédit auprès de beaucoup de prélats ; dont la maifon étoit le féminaire des jeunes abbés de qualité, afpirant aux gros bénéfices & à l'épifcopat ; revêtu en outre de bénéfices pour 25,000 liv. de rente, fans compter ce que lui valoit fa geftion de l'archevêché de Rheims : ce perfonnage vient de renoncer à tout cela pour une grifette qu'il a enlevée, & avec laquelle il eft en fuite. On prétend qu'il fait en outre une banqueroute confidérable.

25 *Mai.* Le docteur *Mefmer* a enfin fait imprimer un volume d'environ quatre-vingts pages, qu'il diftribue à fes adeptes, où l'on s'attend à trouver fa doctrine déduite, & où l'on ne treuve qu'un grand étalage des cures qu'il a faites à Vienne, en Suiffe & en France, des perfécutions qu'il y a effuyées : en forte que ces cures,

telles que celle de Mlle. *Paradis*, qu'il avoit guérie de la cécité, & que nous avons revue aveugle ici, font presque toujours restées imparfaites, ou même anéanties tout-à-fait. Il finit par établir quelques propositions qui, bien loin de contredire les lettres de M. de *Montjoie*, publiées dans le *Journal de Paris* dont on a parlé, y font absolument conformes. C'est un vrai galimathias, semblable à celui des livres cabalistiques, hermétiques, aux ouvrages des alchymistes, des médecins Arabes & autres, de *Nicolas Flamel*, de *Nostradamus*, en un mot, de tous les partisans de l'astrologie judiciaire, ou de la philosophie trismégiste.

25 *Mai*. On ne peut mieux placer la piece du *Charlatanisme*, qu'à la suite de l'article concernant le grand charlatan dont on vient de parler :

J'ai créé la race innombrable

Qui, par le merveilleux, séduit le genre humain :

J'ai le ton emphatique, avec un air capable ;

J'excelle aux tours d'esprit, j'excelle aux tours de main :

  Je m'enveloppe du mystere ;

  Et je m'environne du bruit :

  Le bruit en impose au vulgaire,

  Et le silence à l'homme instruit.

On me voyoit jadis sur la place d'Athene,

Du haut de la tribune inspirer les rhéteurs ;

  Près du tonneau de *Diogene*

  Je rassemblois les spectateurs ;

  J'ai fait valoir plus d'un grand homme,

Changeant felon le fiecle & felon le pays ;
Je m'en vais débitant des reliques à Rome,
  Et des nouveautés à Paris.
   Autrefois molinifte,
   Enfuite janfénifte,
   Puis encyclopédifte,
   Et puis économifte,
   A préfent mefmérifte,
C'eft moi qui traduifis par d'heureux changements,
   L'efprit évangélique,
   L'étude politique,
   La fcience phyfique
  En ftyle de romans.
Dans le fiecle paffé je redoutois Moliere,
  A fon nom encor je frémis.
Dans le fiecle préfent je redoutois Voltaire ;
Rouffeau, fans le vouloir, étoit de mes amis ;
Dans le fénat Anglois, je joue un très-grand rôle,
Mon zele aux deux partis fe vend le même jour.
  Puiffant d'intrigue & de parole,
Je fuis *Catilina*, *Cicéron* tour-à-tour.
A l'Amérique Angloife, encore un peu fauvage,
Je n'ai pu jufqu'ici faire accepter mes dons,
  Mais j'en efpere davantage,
Depuis que fes héros inventent des cordons.
Des papes quelquefois je colorai les bulles ;
J'ai fouvent embelli les récits des héros ;
  De nos contrôleurs généraux
  Je tourne auffi les preambules.
Je dicte à nos prélats de pieux mandements,
  Des difcours aux académies :

A 6

Sans être ému, j'ai de grands mouvements ;
Pompeufement j'orne des minuties.
Profeffeur émérite en l'univerfité,

    Je fuis vieux docteur en forbonne ;
Mais ma premiere place eft dans la faculté,

    Et ma feconde auprès du trône.

    En peu de mots voici les traits
    Auxquels on peut me reconnoître ;
    J'aime à parler, jaime à paroître ;
    J'aime à prôner ce que je fais ;
    J'aime à groffir ce que je fais ;
    J'aime à juger, j'aime à promettre ;
    J'annonce les plus beaux fecrets :
    Je n'en ai qu'un, celui de mettre
    Tous les fots dans mes intérêts.

Venez voir dans Paris tout l'or que j'accumule ;
Venez voir près de moi les badauds attroupés :
Depuis la fainte ampoule ils y font attrapés :
Ce François fi malin eft encor plus crédule.

16 *Mai.* Depuis long-temps on parle d'une conteftation qui fe doit engager entre Me. *Linguet* & le fieur le *Quefne*, au fujet des friponneries dont le premier taxe ce dernier. On annonçoit même que Me. *Tronçon du Coudrai* avocat, fon compatriote, plaideroit pour lui : on fait aujourd'hui que Me. *Linguet* demande à venir plaider lui-même, & ne veut abfolument qu'aucun autre confrere foit chargé de fa caufe. C'eft dans cette idée fans doute qu'il doit envoyer, avec fon journal, à tous fes foufcripteurs un mémoire judiciaire de quatre-vingts pages, où, traitant l'aff. ire *ex profeffo*, il revient fur la même matiere dont il les a déjà entretenus très-amplement comme jour-

naliste. Ce mémoire est signé de *Quequet*, procureur au Châtelet; ce qui annonce que le procès
est en premiere instance à ce tribunal. Il est fort
rare, & quoique beaucoup de gens en parlent,
peu l'ont vu.

26 *Mai*. M. *Bertholet*, docteur en médecine
de la faculté de *Paris*, adjoint de l'académie
royale des sciences pour la classe de chimie, avoit
donné ses cent louis au sieur *Mesmer*, & en conséquence avoit été admis à quelques séances, lorsque confondu de toutes les niaiseries qu'il voyoit,
il a exhalé son indignation & a fait une sortie
violente contre cet étranger, en le traitant de la
façon la plus méprisante, lui & sa doctrine. Il a
apostrophé ensuite les enthousiastes crédules du
charlatan, leur a dit qu'ils étoient des dupes,
ainsi que lui; qu'il leur conseilloit de l'imiter,
de laisser M. *Mesmer* débiter tout seul son galimathias qui n'avoit pas le sens commun, & qui
n'étoit que les vieilles rêveries de l'astrologie judiciaire rajeunies; que pour lui il n'auroit pas la
sottise de revenir, & que pour empêcher les autres
de donner dans de semblables folies, il alloit
publier sur les toits que le prétendu secret du sieur
Mesmer ne consistoit que dans des simagrées vaines,
dans des puérilités misérables, dans des folies in-
décentes & dangereuses. On a voulu lui objecter
le serment par lequel il avoit juré en entrant de
ne rien révéler de ce qu'il avoit vu. Il a répondu
qu'il ne se croyoit pas obligé par un serment
qui portoit lui-même à faux, & n'étoit qu'une
singerie de plus. Il est sorti furieux alors, & ré-
cite cette scene à qui veut l'écouter.

16 *Mai*. M. le baron de *Breteuil* continue
s'occuper sans relâche de tous les moyens d'amé-

liorer encore les hôpitaux & maisons de force. Le 24 de ce mois, il a visité dans le plus grand détail, en présence des administrateurs, les maisons de *Bicêtre* & de la *Salpêtrière*.

27 *Mai*. M. de *Montgolfier* a été reçu chevalier de l'ordre de *Saint-Michel*, dans le chapitre de l'ordre tenu le 8 de ce mois aux cordeliers. C'est M. le vicomte de la *Rochefoucault* qui y a présidé au nom du roi ; & M. *Poussin de Grand-champ*, secretaire du roi, l'un des chevaliers, nommé aussi par S. M. pour suppléer M. *Collet*, chevalier & secretaire de l'ordre, y a prononcé le discours d'usage.

2 *Mai*. On parle toujours de nouveaux aérostats, & chaque province à l'envi veut jouir de ce spectacle. M. *Figene*, ingénieur des ponts & chaussées à *Narbonne*, y en a lancé un le 28 avril, suivant la méthode de M. de *Montgolfier*, qui en moins de 4 heures a fait 32 lieues. Il n'y avoit point de voyageur ; il étoit en toile & papier, de trente pieds de diametre.

Le sieur *Adorn*, opticien & physicien italien, établi à *Strasbourg*, en ayant construit un aussi suivant le même procédé, s'est élevé avec lui le 15 de ce mois ; il avoit un compagnon de voyage ; ils ne sont restés que quatre minutes en l'air ; il est retombé sur un magasin de palissades, y a mis le feu, & auroit causé le plus grand dommage, si le feu n'avoit été promptement éteint. Les deux voyageurs n'ont pas péri ; mais sont en mauvais état.

28 *Mai*. Outre le livre dont on a parlé, le docteur *Mesmer* a fait imprimer un petit livret, contenant la liste des cent premiers membres, fondateurs de la société de l'Harmonie, depuis le

1 octobre 1783, jusqu'au 5 avril 1774. Ainsi voilà le mesmérisme érigé en société ou ordre, dont il est le grand-maître. On lit ensuite les noms des cent chevaliers, parmi lesquels les plus illustres personnages de la cour, des académiciens, des médecins, des savants, des chefs d'ordre, &c. C'est un délire incroyable. Depuis ces cent apédeutes, il en a enrôlé près de cent autres : il s'établit des baquets par-tout. On nomme ainsi la cuve commune : *Réservoir du magnétique animal*, auquel tous les malades pompent ensemble ce précieux fluide.

28 *Mai.* Il paroît que c'est un mémoire que le sieur le *Quesne* a pris enfin le parti de faire composer & de communiquer pour sa défense aux juges du Châtelet, où le procès est réellement engagé avec Me *Linguet*, qui a été envoyé à celui-ci à *Londres*. Sa bile s'en est enflammée, & il a de nouveau enfanté sur cette matière un mémoire très-volumineux, qu'il a fait passer en réponse aux magistrats, & qu'il compte donner à ses souscripteurs dans une suite de numéros. Il est vrai que ce sera un cadeau qu'il leur fera, dit-on, gratuitement.

29 *Mai.* L'*Héliopt* occupe toujours les savants, astronomes & navigateurs. C'est ainsi qu'on nomme l'instrument inventé par M. de *Sormay*, pour trouver la longitude. On a déjà parlé de cette découverte faite à l'*Isle-de-France*, & dont les premières expériences ont eu lieu dans les mers des Indes. Elles ont été contestées ici, & M. de la *Lande*, entr'autres, a paru se moquer de la crédulité de ceux qui racontoient ces faits. Il a même essuyé des réponses dures. MM. de *Beaulieu*, de *Looz* & de la *Ronsiere*, trois capitaines de vaisseau d'un

mérite diſtingué, oni avoient fait ſéparément, depuis quatre ans, dans des voyages de long cours, beaucoup d'obſervations avec cet inſtrument, ſe trouvant réunis à Paris, s'aſſemblerent le 22 de ce mois à l'obſervatoire Ils y determinerent conjointement, en préſence de pluſieurs perſonnes, la longitude de Paris, à l'aide de deux *Heliopts*, qui la donnerent également avec la plus grande préciſion.

Cette expérience paſſe pour ſi authentique, qu'on ne doute pas qu'elle ne force enfin l'academie des ſciences à s'expliquer & à donner ſon ſuffrage à l'*Heliopt*.

29 Mai. M. *Radix de Sainte-Foy*, par arrangement avec le parlement, eſt revenu à Paris le mercredi au ſoir. Il s'eſt conſtitué le lendemain jeudi priſonnier à la conciergerie, & puis en eſt ſorti pour ſe rendre à l'audience, & preſenter à genoux ſes lettres d'abolition & d'extinction.

Après avoir répondu aux diverſes queſtions d'uſages, ces lettres, ſur les concluſions du miniſtere puolic, ont été admiſes pour qu'il eût à ſe pourvoir à la tournelle & les y faire entériner. Un monde immenſe aſſiſtoit à ce ſpectacle.

29 Mai. M. de *Fontanieu*, chevalier de l'ordre royal & militaire de Saint-Louis, anci n intendant & contrôleur-général des meubles de la couronne, commiſſaire-général honoraire du bureau des dépenſes de la maiſon du roi au département du garde-meuble, de l'académie de [*Stockholm* & des académies royales des ſciences & d'architecture de Paris, vient de mourir.

30 Mai. Encore un nouveau journal qui s'annonce pour le 1 ſeptembre prochain. Il aura pour titre: *Journal du roulage & du commerce de l'Eſt-*

rope. Cet ouvrage périodique paroîtra une fois par femaine.

Son plan eft de renfermer réguliérement dans une feuille de quatre pages, tous les renfeignements qui peuvent faciliter les opérations du commerce dans l'intérieur du royaume & dans toute l'*Europe.* On voit qu'il eft fpécialement deftiné à tous les négociants, banquiers, commerçants, manufacturiers, fabricants, confommateurs & rouliers de l'*Europe.*

Ce plan eft déjà ancien, car les auteurs du *profpectus* fe glorifient que l'empereur l'ayant vu à fon dernier paffage dans cette capitale, fut tellement frappé de fon utilité pour le progrès du commerce de l'*Europe,* que non-feulenent il leur permit de faire circuler librement leur journal dans tous les états héréditaires, mais leur offrit d'en faire diftribuer le *profpectus.*

30 *Mai.* Quoique le jugement du confeil de guerre de l'*Orient,* mis fous les yeux du roi, ne foit pas encore public, comme on fait à-peu-près ce qui en doit réfulter, on a fait déjà un calembour deffus. On dit que toute l'armée navale eft innocentée ; M. de *Graffe* déclaré fpécialement innocent ; le roi, comme accufateur, mis hors de cour, & l'état condamné aux dépens.

30 *Mai.* L'affaire du *de Naffau* de Châtelleraut n'aura pas lieu ; il paroît que l'autorité s'en mêle, qu'on a intimidé ce malheureux maître d'école, ainfi que les avocats chargés de prendre fa défenfe; que M. l'avocat-général Seguier, qui devoit porter la parole dans cette affaire, s'eft même ouvert à eux & leur a paru fi prévenu qu'ils ont cru devoir y renoncer. On veut même qu'il y ait eu arrêt, auquel il a confenti, qui lui fait défenfes de fe dire *Naffau.*

31 *Mai*. On parle d'une chanfon en plufieurs couplets fur la piece du fieur de *Beaumarchais*, qu'on annonce comme bien fupérieure à l'épigramme, comme non moins méchante, non moins jufte, mais plus fine & plus gaie. Elle eft rare encore, & l'on ne croit pas que le héros foit tenté d'y donner de la publicité, comme il l'a fait à l'égard de l'épigramme.

31 *Mai*. Il exifte depuis près d'un demi-fiecle en cette capitale une *Société des Enfans d'Apollon*, où font admis tous ceux qui dans les arts libres ont une certaine fupériorité, & qui en outre ont des mœurs & de la confidération. Jufques ici les membres fatisfaits du bonheur qu'ils goûtoient entre eux, ne s'étoient pas piqués de donner aucun éclat à leurs affemblées. Enfin ils ont voulu auffi faire parler d'eux & n'en feront fans doute pas plus heureux.

Cette fociété a arrêté de donner une fois par an, dans le cours du mois de mai, un concert public, dans lequel on ne joueroit que des morceaux nouveaux, compofés & exécutés par des freres.

Le premier a eu lieu le jeudi 27 de ce mois dans la falle du mufée de la rue Dauphine, & fon exécution a été parfaite.

Un *Hymne à Apollon*, dont les vers, très-lyriques, prêtent fur-tout à la variété & à la richeffe muficale, a frappé le plus les auditeurs. La mufique eft de l'abbé *Rofe*; l'auteur des paroles eft anonyme.

31 *Mai*. Extrait d'une lettre de Rouen, du 26 mai.... « Le 23 de ce mois à fept heures du foir, M. *Blanchard* s'eft élevé feul, avec le même aéroftat dont il s'étoit fervi le 2 mars à Paris, & que

M. *Vallet* étoit venu remplir ici ; car M. *Blan-chard*, habile méchanicien, n'est point du tout physicien. Il est descendu à quatre lieues de Rouen. Ses ailes étoient en bon état, & il n'a éprouvé aucun obstacle. Mais on n'a pas remarqué qu'il ait fait les évolutions qu'il avoit annoncées, ni qu'il se soit servi d'autre direction que de celle du vent.

1 *Juin* 1784. La chanson dont on a parlé contre la piece du sieur de *Beaumarchais*, est en quatre couplets, sur le même air que ceux chantés à la fin par les divers personnages :

Jadis on a vu Thalie
Jeune & d'assez belle humeur
Se permettre la saillie,
Sans alarmer la pudeur ;
En mauvaise compagnie
On voit bien à ses discours
Qu'elle vit sur ses vieux jours,   *bis.*

Mesdames, plus de grimace,
Plus d'éventails, plus d'hélas !
On pourra vous dire en face
Ce qu'on vous contoit tout bas ;
Ce n'est que changer de place,
L'amour y perd ; mais enfin
C'est abréger le chemin.   *bis*

Près de cet amas grotesque
De fripons & de catins,
parlant en style burlesque,
De leurs projets libertins ;
Pourquoi d'un ton pédantesque

S'écrier, ah! quelle horreur!
C'eft l'hiftoire de l'auteur.   *bis.*

Oui, Meffieurs, la comédie
Que tout Paris applaudit,
Des erreurs vous peint la vie
Du grand homme qui la fit;
De l'impudence impunie
On admire le héros
Sous les traits de Figaro.   *bis.*

I *Juin.* M. *de Montgolfier* qui , nommé l'année
derniere correfpondant de l'académie royale des
fciences , vient d'en être élu affocié, fpécialement
chargé par le roi & par l'académie des travaux
propres à tirer parti de fa découverte des *aéroftats.*
En conféquence , obligé de retourner à Annonay
pour fes affaires , il y a emporté le globe de
foixante-dix pieds , avec lequel il a fait des expériences depuis un mois. Il les continuera dans
fon pays , foit relativement au combuftible, foit
par rapport aux forces néceffaires pour diriger ce
globe.

2 *Juin.* Une grande affaire exiftante au Châtelet ,
entre M. *Bertin* , miniftre d'état , accufateur , &
plufieurs de fes commis accufés , eft précieufe
comme hiftorique, à raifon des différentes connoiffances qu'on puife dans les requètes & mémoires imprimés qui y ont paru.

On y voit d'abord conftaté d'une façon juridique en quelque forte, que le feu roi avoit un
pécule particulier.

Que ce pécule confiftoit principalement: 1°. dans
les revenus de la province de Dombes ; 2°. dans la

propriété de 150,000 livres de contrats, reste de la place de fermier-général réservée lors du bail de 1761 ; 3o. dans le bail de 1768.

Ces différents objets qui donnoient à-peu-près 350,000 livres de revenus, étoient précisément les fonds du département de M. *Bertin* ; il en avoit la direction, & il en étoit constamment l'ordonnateur, l'administrateur.

Il résulte encore de ces mémoires que les bureaux de M. *Bertin* n'étoient pour la plupart qu'un repaire de coquins, de brigands, de banqueroutiers, & que ce ministre, sans être dérangé dans ses mœurs, par sa paresse & son insouciance, causoit & fomentoit le dérangement de ses subalternes.

Outre les différents commis de ce ministre qui ont déjà paru sur la scene sous ce point de vue, deux nouveaux figurent ici ; savoir, les sieurs *le Seurre* & *Belon*, accusés d'abus de confiance & de divertissement de deniers. Le procès est toujours pendant au Châtelet depuis 1777.

On y voit encore que la dotation de l'ordre du Saint-Esprit dont M. *Bertin* étoit grand trésorier, est de 581,000 liv.

2 *Juin.* Un sieur Michel, machiniste de Strasbourg, est arrivé ici & fait voir un spectacle fort curieux ; il consiste dans une machine imitant parfaitement le tonnerre dans les plus grands orages & dans les effets les plus terribles.

On trouve en outre chez lui des modeles de machines singulieres, telles que celles dont on s'est servi pour transporter le rocher, piédestal de la statue équestre de *Pierre le Grand* à Pétersbourg. Ce rocher pesoit deux millions cinq cents mille livres.

2 *Juin*. Il a paru en 1781 un *Recueil de pieces intéreſſantes & peu connues pour ſervir à l'hiſtoire*, en un volume. On vient d'y en joindre pour cette année un ſecond, *pour ſervir à l'hiſtoire & à la littérature*. On a grande raiſon de ſoupçonner que l'éditeur eſt M. de *la Place*.

Ce qu'il y a de plus intéreſſant dans le premier, c'eſt un *Extrait ou mémorial du Recueil d'anecdotes de monſieur Duclos, ſecretaire perpetuel de l'académie françoiſe & hiſtoriographe de France*, par lequel on voit qu'il n'étoit pas encore fort avancé dans cet ouvrage.

Dans le ſecond volume, où la diſette des matériaux, ſans doute, a obligé l'éditeur de ramaſſer pluſieurs morceaux d'un genre différent, *l'anecdote perſane* eſt la plus remarquable, comme touchant de plus près à nos jours. Suivant cette anecdote M. le comte d'*Affry*, notre ambaſſadeur en Hollande, auroit intercepté & retiré, à deux ou trois exemplaires près, toute l'édition d'un libelle en deux volumes contre madame de *Pompadour* & *Louis XV*, en anglois. Le marquis de *Marigny* ſeroit venu prier M. de *la Place*, alors très-malade, de le traduire ; ce qu'il auroit fait avec les plus grandes précautions & la plus grande ingratitude de la part du Marquis ; lequel avoit même laiſſé ignorer à ſa ſœur ce ſervice de M. de *la Place* ; en ſorte que celui-ci n'en a jamais été récompenſé.

L'éditeur promet un troiſieme volume, & l'on ne peut que lui ſavoir bon gré d'avoir ramaſſé ces matériaux, dont la plupart ſe liſent avec plaiſir.

3 *Juin*. Des Mémoires qui ont paru dans le procès de M. *Bertin* contre ſes commis accuſés

d'abus de confiance, il réfulte un état détaillé de fon pécuniaire, bon à conferver.

En 1763, lorfque M. *Bertin* fut élevé de la place de contrôleur-général à celle de fecretaire d'état, il n'avoit d'autre traitement

		livres
1°. Que les gages du confeil comme fecretaire d'état, qui font	.	28,000
2°. La gratification annuelle attachée au titre de miniftre	.	20,000
3°. Les appointements en qualité de confeiller au confeil royal	.	10,000
4°. Ceux de commiffaire au bureau du commerce	.	4,000
5°. Un acquit de	.	3,000

Total 65,000

Dont il falloit déduire

1°. Pour dixieme	6,500		
2°. Pour capita-tion.	2,400	}	8,900

Ainfi il reftoit net . . . 56,100

M. *Bertin* avoit de plus une penfion en finance de . 6,000 qui au moyen de la retenue de . 1,800 pour trois dixiemes, fe trouvoit réduite à . . 4,200

Or cet enfemble de la fomme de . . . . 60,300 fe trouvant infuffifant, le feu roi y joignit

1°. La direction des haras, avec un traitement particulier de 12,000

2°. Une gratification de . . . . . 30,000 fur les revenus de la province de Dombes, ou le produit de la place de fermier-général, réfervée en 1768.

Ainfi, à cet époque, c'eft-à-dire, au premier janvier 1764, le traitement de M. *Bertin* étoit un objet de 102,300

M. *Bertin* eut la modération de s'en contenter pendant environ cinq années, quoique le traitement des fecretaires d'état fût au moins de 200,000 livres; mais en 1768 le miniftre de la finance fit accorder à M. *Bertin* une gratification annuelle de 100,000 livres.

Cette gratification réduite enfuite à 70,000 liv. fut payée par ordre du feu roi fur fon pécule, pendant les premieres années de l'adminiftration de M. l'abbé *Terrai.*

Enfin le 27 mars 1774, le traitement de M. *Bertin* ayant été porté, comme celui du miniftre de la marine, à une fomme de 2 0,000 liv. la gratification annuelle de 70,000 livres & les 12,00. livres fur les haras ceffèrent d'avoir lieu.

3 Juin. On affure que le vrai teftement de mort de l'abbé Roufleau étoit en profe & conçu en ces termes :

« Le contrafte inconcevable qui fe trouve entre la nobleffe de mes fentiments & la baffeffe de ma naiffance, un amour auffi violent qu'infurmontable pour une fille adorable, la crainte de caufer fon déshonneur, la néceffité de choifir entre le crime & la mort, tout m'a déterminé à abandonner la vie. J'etois né pour la vertu, j'allois être criminel, j'ai préféré de mourir. »

4 Juin. M. le comte de *Mirabeau* eft de retour; il a rapporté avec lui fon nouveau *Factum,* qui a pour titre : *Mémoire du comte de Mirabeau, fupprimé au moment même de fa publication par ordre particulier de M. le garde-des-fceaux :*

Et réimprimé par refpect pour le roi & la juftice, avec une converfation de M. le garde-des-fceaux & du comte de Mirabeau.

Refte à favoir comment, fi le premier Mémoire

moire a été arrêté, celui-ci plus redoutable pourra
percer.

4 *Juin.* Mad. *Dugazon* s'eft mieux tirée qu'on
ne l'efpéroit du grave accident que lui avoit procuré fon excès d'incontinence; elle a reparu hier
dans *le Droit du Seigneur* : un de fes admirateurs
lui avoit adreffé la veille à cette occafion le madrigal fuivant :

> Au gré de nos défirs, te voilà rétablie :
> Momus va rentrer dans fes droits ;
> Et jeudi trois du préfent mois,
> On donnera *le retour de Thalie.*

4 *Juin.* On fe plaint depuis long-temps des
échoppes qui embarraffent dans les rues & fur les
ponts ; qui gâtent dans les places leur fymmétrie
& fur les quais ôtent le coup d'œil de la riviere :
cette invention de la cupidité de quelques particuliers & même de quelques corps, vient enfin
d'être profcrite par des lettres-patentes données à
Verfailles au mois de mai dernier, & regiftrées
en parlement le 27 dudit.

Par ces lettres-patentes on ne conferve que les
échoppes aliénées au profit des domaines du roi;
il ne pourra à l'avenir, fous quelque prétexte que
ce foit, être établi que des échoppes purement
mobiles, placées le matin & enlevées le foir.

5 *Juin.* Il paroît conflant que M. *Court de
Gebelin*, qui l'an paffé avoit publié une Lettre
très-volumineufe, dont on a rapporté la fubf-
tance, en faveur de *Mefmer* & fon fyftême, qui
célébroit la cure merveilleufe que ce charlatan
avoit faite en fa perfonne, non-feulement n'étoit

pas guéri, mais avoit été obligé de continuer à
supporter le traitement du magnétisme animal,
que pour en mieux jouir, il s'étoit logé chez le
grand-maître de l'ordre de l'harmonie, & qu'il
y est mort la nuit du 13 au 14 mai dernier, à
deux pas du baquet mystérieux, sur lequel on
s'empressoit, mais trop tard, de le porter.

5 *Juin.* Depuis long-temps les Italiens n'avoient
donné aucune piece aussi constamment & aussi
généralement applaudie que la pauvreté d'hier.
Sur le titre seul, fadasse & trivial, le public en
avoit eu peu d'idée & il n'étoit accouru presque personne. C'est *le Temple de l'Hymen*, piece
épisodique en trois actes & en vers. M. *Desforges*
qui en est l'auteur, y a introduit *Momus* qui
s'égaie & y jette du piquant. Ce folâtre dieu
est envoyé par *Jupiter* à l'Hymen pour le con-
soler & l'empêcher de fermer son temple, ainsi
qu'il en a le projet, las d'entendre les plaintes des
mortels contre lui. Aidé par l'Amour qui vient se
réconcilier avec son frere, *Momus* obtient de
l'Hymen qu'il restera dans son temple, mais se
rendra plus difficile & ne s'ouvrira qu'aux vrais
amants. L'Amour vole en chercher pour lui; il se
charge d'éconduire les adorateurs qui ne seroient
pas guidés dans leur culte par un zele pur. Ce qui
donne lieu à plusieurs scenes critiques & allego-
riques, où divers originaux passés en revue pei-
gnent en action les mariages de nos jours, &
démasqués par le dieu de la raillerie en sont baf-
foués. Enfin l'Amour, après avoir long-temps
couru, amene deux vrais amants, les seuls qu'il
ait rencontrés. Ce couple éprouvé par différentes
persécutions, en triomphe à force de constance
& est couronné dans le temple. Un mélange de

scenes gaies , vives , intéreſſantes , réſulte de ce plan & forme un contraſte charmant ; elles ſont remplies d'ailleurs de détails agréables & de vers heureux : par une gradation bien ménagée , la curioſité croît d'acte en acte & le dernier a fait le plus grand plaiſir.

6 *Juin*. Dans ſon nouveau Mémoire M. le comte de *Mirabeau* s'adreſſe d'abord à *ſes conci-toyens*, & leur rend compte des motifs qui l'ont déterminé à faire cette nouvelle édition & à l'en-richir de l'anecdote qui y a donné lieu.

Son premier Mémoire venoit de paroître ; il n'en avoit diſtribué des exemplaires qu'à une petite partie de ſes juges , lorſqu'un ordre de M. *Laurent de Villedeuil* , le chef actuel de la librairie , en arrêta la publication.

Le lundi 19 avril on demanda au ſieur *Cuchet* , ſon libraire , quel nombre d'exemplaires il avoit fourni , quel nombre il en avoit en magaſin ? & il reçut la plus ſévere injonction de n'en pas déli-vrer un ſeul à l'auteur même.

Le comte de *Mirabeau* s'en plaignit au directeur de la librairie , qui , par un concours de circonſ-tances fort ſingulier , ſe trouvoit être le rappor-teur de ſon procès. Ce magiſtrat lui répondit pour toute ſolution : *Je ſuis le bras de M. le garde-des-ſceaux* , & s'eſt déporté depuis du rapport.

Après différentes tentatives inutiles ſoit à Paris, ſoit à Verſailles , pour parvenir auprès de M. le garde - des - ſceaux , & après avoir prévenu M. le baron de *Breteuil*, que le comte de *Mirabeau* regarde comme le protecteur de la liberté des citoyens dans une place où l'on y a trop ſouvent attenté, réſolu à faire un éclat , il ſe rendit à l'au-dience publique de M. de *Miromeſnil* le vendredi 24 avril.

Suit la converfation affez longue de M. le comte de *Mirabeau* avec M. le garde-des-fceaux, où celui-ci feroit l'écolier & l'autre le maître, fi elle étoit rapportée auffi exactement qu'il le prétend, & même mot à mot, à ce qu'il affure.

Par cette converfation, il paroîtroit que M. le garde-des-fceaux feroit indifpofé de longue main contre M. le comte de *Mirabeau*, au fujet de *l'Efpion dévalifé*, dont il s'obftineroit à le croire auteur, quoique monfieur de *Mirabeau* l'ait toujours nié, & qu'il ne puiffe lui être attribué par quelqu'un qui connoîtra fon ftyle & fa maniere, bien différents de ce qu'on trouve dans cette compilation indigefte autant qu'indécente & de mauvais goût.

M. de *Mirabeau* ne pouvant rien gagner du chef de la juftice, le prévint *qu'il frapperoit du pied la terre, & qu'il en feroit fortir dix mille exemplaires d'un Mémoire dont on fauroit l'hiftoire & l'occafion* : modération de M. le garde-des-fceaux qui promet, par confidération pour l'auteur, de vouloir bien l'ignorer.

Il va trouver le prince de *Poix*, capitaine des gardes de fervice, & lui remet une lettre au roi, datée de Verfailles, du 13 avril 1784, où il fe plaint à fa majefté, d'une maniere auffi noble que ferme & refpectueufe, du déni de juftice de M. le garde-des-fceaux.

M. le prince de *Poix*, avant de remettre la lettre au Roi, a une entrevue avec M. le garde-des-fceaux, & n'en obtient aucune fatisfaction. M. de *Mirabeau* écrit encore à M. de *Miromefnil* le 25 avril, fur fon filence. La lettre eft remife à fa majefté & renvoyée, fuivant l'ufage, à M. le garde-des-fceaux.

Après ces préliminaires se trouve réimprimé le Mémoire, élagué de tous les détails de jurisprudence, dont étoit rempli celui destiné aux juges ; il est également terminé par la consultation, du 20 février 1784, des jurisconsultes dont on a parlé, & enrichi de notes, dont quelques-unes fort piquantes, sur-tout celles relatives au comte de *Grasse*, acteur incident au procès, & qui n'y brille pas plus qu'au combat du 12 avril 1782.

Tous ces détails sont très-curieux, très-intéressants & sont infiniment d'honneur à la plume, aux sentiments & au courage héroïque de M. de *Mirabeau* : il faudroit qu'il fût un hypocrite bien détestable & bien consommé, s'il ne sentoit pas tout ce qu'il exprime avec tant d'onction & d'énergie.

6 Juin. La *Gazette de santé*, rédigée depuis juillet 1776 par les mêmes coopérateurs dont on a parlé dans le temps, va changer de rédacteurs. Les nouveaux, suivant l'usage, promettent des merveilles dans un *Prospectus* brillant & très-bien fait. Elle doit prendre une forme différente & meilleure entre les mains de la société en question, composée de médecins, de physiciens, de chymistes. Voici comme ils définissent très-bien le *magnétisme animal* : Découverte si préconisée & si problématique encore, qui séduit ceux-ci, qui étonne ceux-là, qui fait de quelques-uns des partisans enthousiastes, de quelques autres des frondeurs ou des sceptiques, que les uns tâchent de deviner, mais dont les autres nient même les effets, tandis qu'en les supposant réels, il est d'autres personnes qui les attribuent à l'imagination exaltée, à la sensibilité, à l'irritabilité, ou même à un manege concerté.   B 3

7 *Juin*. M. le comte de *Mirabeau* n'a point fait de difficulté de s'avouer l'auteur de son Mémoire nouveau & d'en être le distributeur : il en a adressé un exemplaire au roi & à toute la cour.

7 *Juin*. On parle d'une nouvelle tragédie de M. *le Mierre*, ayant pour titre *Semiris*, dont les comédiens françois se réservent de donner la premiere représentation devant le roi de Suede.

8 *Juin*. Extrait d'une lettre de Besançon, du 30 mai....... Me. *Marguet*, qui est un homme lourd, mais intrigant & chicaneur, ayant eu les moyens d'avoir les griefs sur lesquels le college des avocats avoit assis sa radiation, a imaginé de se constituer accusé & de présenter requète au parlement pour se justifier : la requête répondue, l'instruction a été faite, & après toutes les formalités nécessaires il a été déchargé de l'accusation. Cette tournure ne raccommode pas les affaires, & la scission est plus forte que jamais....

Nous voilà débarrassés de notre intendant, qui auroit eu envie de rester encore deux ans pour nous pressurer : on n'a pas jugé à propos de lui accorder ce répit. Dieu veuille que son successeur n'aie pas des secretaires aussi rapaces !

Le sieur *Ethis*, le secretaire de l'interdance pendant plusieurs années, avoit commis des exactions si criantes que M. de *la Corée* fut obligé de le sacrifier ; mais ce subalterne qui tenoit un état pareil à celui de son maître, n'en a pas moins emporté un million à la province.

A cet *Ethis* avoit succedé un nommé *Blanchard*, qui n'avoit rien & auquel on connoît aujourd'hui au soleil 600,000 liv. de biens.

Enfin le nommé *Grivois*, friponneau qui commençoit à s'arrondir, avoit déjà gagné pour sa

part 100,000 livres : ainſi voilà de bon compté
1,800,000 livres que ces trois ſuppôts du commiſſaire départi coûtent à la Franche-Comté, une
des provinces les plus pauvres du royaume.

8 *Juin.* On aſſure que le roi de Suede eſt arrivé
hier ici, où il réſidera ſous le nom de comte de
Haga : il loge chez ſon ambaſſadeur.

8 *Juin.* Le ſieur de *Beaumarchais* a écrit à tous
les auteurs dramatiques une lettre circulaire, où il
les engage à ſe trouver chez lui aujourd'hui,
afin d'y conférer de choſes importantes qu'il a
à leur communiquer concernant leurs intérêts.

9 *Juin.* C'eſt par arrêt du conſeil, du 5 juillet
1781, qu'on ſuppoſoit une uſurpation de la part des
propriétaires riverains d'une partie de la Guyenne,
dans l'eſpace de vingt-deux lieues, de tous les
atterriſſements, alluvions & relais appartenants au
roi ; qu'il étoit d'une néceſſité abſolue, pour les
intérêts de ſa majeſté, de connoître, d'une maniere irrévocable, la conſiſtance de ces objets ; en
conſéquence, le grand-maître des eaux & forêts
étoit chargé de faire cette vérification & avoit
nommé un ingénieur-arpenteur pour y procéder.

Dès que cet arrêt fut connu, la conſternation
devint générale, chacun trembla pour ſa propriété ; le procureur-général a cru devoir dé-
férer cet arrêt au parlement de Bordeaux, par un
réquiſitoire, où il prouva, par les principes du
droit romain & du droit françois, que tout ce
qui eſt atterriſſement, alluvion & accroiſſement,
appartient au propriétaire riverain ; que d'ailleurs
l'adminiſtration du domaine n'avoit aucun caractere pour faire la recherche des droits ignorés &
inconnus, pour attaquer les propriétaires, &c. ;
qu'en un mot toute cette opération étoit illégale,

B 4

tortionaire, vexatoire, irréguliere & dans le fond & dans la forme.

En conféquence, le 3 mai 1782, le parlement, les chambres affemblées, rendit arrêt, ordonnant qu'il feroit fait au roi de très-humbles & très-refpectueufes remontrances conformément au réquifitoire, & que néanmoins, *fous le bon plaifir de fa majefté*, il feroit furfis à l'exécution de l'arrêt du confeil du 5 juillet 1781, jufqu'à ce qu'il eût plu au roi d'exprimer clairement fes intentions, quand fa religion auroit été inftruite, &c.

Les remontrances furent envoyées au roi ; une jouiffance tranquille de plus de vingt-deux mois fuivit cet acte de zele & de devoir des magiftrats, lorfqu'intervint l'arrêt du confeil du 31 octobre 1783, qui caffoit celui de cette cour, du 3 mai 1782, & fut fignifié à fon greffe.

Cet arrêt ne contenoit aucune réponfe au parlement : acte d'autorité abfolue, il n'indiquoit aucun principe, il ne réfolvoit aucune difficulté ; on n'y trouvoit aucun raifonnement dans le droit, aucun éclairciffement fur le fait ; en un mot il portoit tous les caracteres de la furprife. C'étoit une entreprife, une voie de fait, fuite d'un plan concerté, dont les fifcaux attendoient le fuccès pour compléter dans tout le royaume le plan d'ufurpation qu'ils avoient formé.

C'eft ce que fit valoir le procureur-général dans un fecond réquifitoire, encore plus vigoureux que le premier, où il pefa fur l'attribution faite au confeil de toutes les conteftations à naître dans cette grande querelle, dont la connoiffance ne pouvoit & ne devoit être portée que devant le bureau des finances, comme juge du domaine du roi, & par appel en fa cour, qui eft par effence la cour féodale du roi.

D'après cet expofé la cour délibéra qu'il feroit fait au roi d'itératives remontrances, & ordonna, toujours *fous le bon plaifir du roi*, l'exécution de fon arrêt du 3 mai 1782.

Cet arrêt eft du 21 avril.

9 Juin. Une demoifelle de *la Croix*, par teftament du 1 février 1781, fait un legs à Me. de *la Croix*, *avocat au parlement*, *mon parent paternel*: ce font fes termes. Il fe trouve au palais deux avocats de ce nom, mais qui ne fe croient pas parents de la défunte, & cependant chacun d'eux s'eft préfenté pour recueillir le legs.

Le premier eft Me. de *la Croix*, auteur de différents ouvrages: il affure que c'eft à fa renommée littéraire qu'il doit le bienfait de la teftatrice qu'il ne connoiffoit pas, & que d'ailleurs fon adverfaire, portant le furnom de *Frainville*, ne peut prétendre à une identité dont l'écarte ce furnom.

Celui-ci regarde ces deux raifonnements comme plus fpécieux que folides, & fait valoir en fa faveur la reconnoiffance que les héritiers ont femblé en faire comme parent par la délivrance du legs.

Différents Mémoires ont paru pour & contre dans cette caufe, qui égaie le barreau par le ridicule que chaque adverfaire verfe réciproquement fur fon rival.

Le premier *la Croix*, ou *la Croix l'auteur*, comme s'il ne fe fentoit pas affez fort pour répondre lui-même, a appellé à fon fecours Me. *Target*, qui n'a pas dédaigné de prendre la plume dans cette caufe puérile, fi l'avidité des prétendants ne lui imprimoit de plus un caractere odieux dans des avocats dont le désintéressement devroit être la premiere vertu.

9 Juin. M. le comte de *Haga*, dès aujourd'hui, est allé à la comédie françoise, où l'on jouoit la dix-huitieme représentation du *Mariage de Figaro.* La piece étoit à la moitié du premier acte lors de son arrivée. Le public lui a fait l'honneur de demander à grands cris qu'on recommençât ; il a même exigé que la toile fût baissée & que l'orchestre jouât une seconde fois l'ouverture : ce qui a été exécuté.

9 Juin. La chanson à . . . . . . est la *Chanson des cinq doigts* ; elle est extrêmement poissonne ; mais aujourd'hui tout passe : les femmes ne rougissent point de l'entendre ; elle se chante devant elles dans les grands soupers, elle est gravée & se vend publiquement.

10 Juin. Outre les spectacles habituels de cette capitale, il s'en présente de temps en temps d'autres, tant plus curieux qu'ils sont uniques ou se renouvellent rarement. Tel est celui qui a eu lieu dans le Marais le dimanche 6 juin.

Un nommé *Tricot*, sergent du régiment du roi, recruteur, spadassin renommé, grand souteneur de mauvais lieux, héros des filles, des crocs & de tous les tapageurs de Paris, est mort & il a fallu l'enterrer. Tous les recruteurs ses camarades se sont fait un honneur d'escorter son convoi, auquel ils donnoient un air de pompe militaire : quand le corps est parti, ils ont vu avec peine qu'on ne prenoit point le chemin de Saint-Nicolas-des-Champs, paroisse du défunt, mais celui du cimetiere où on le portoit en droiture : ils s'en sont plaints ; & malgré la décla-

ration des prêtres qu'on n'avoit payé que pour
cette marche, ils ont forcé, le fabre à la main,
les porteurs du corps de le conduire à l'églife;
mais quand le convoi eft arrivé, le Suiffe prévenu a fait fermer les portes. Grand effroi dedans, grand tumulte au dehors; les recruteurs
menaçoient d'enfoncer les portes: on a recours
au curé qui, intimidé par toute cette cohorte,
ordonne que le cadavre entrera par une porte,
mais fans repofer fortira par l'autre: tout le cortege applaudit à la décifion du fage pafteur, on
crie *bravo*, on entre en triomphe, on bat des
mains, on répete *bis*; en un mot, on tourne en
parade cette fête funéraire.

10 *Juin*. M. le comte de *Haga* ne perd pas un
inftant durant fon féjour dans cette capitale; il
cherche à s'inftruire, à tout voir avec le plus
grand foin; il a déjà vifité plufieurs artiftes qu'il
a entretenus de leur art long-temps & en dé-
ployant beaucoup d'intelligence & de goût.

11 *Juin*. La plupart des auteurs dramatiques,
même les académiciens, fe font rendus à l'invitation du fieur de *Beaumarchais*. Il leur a fait part
de fon projet, qui eft de demander, par l'inter-
vention des gentilshommes de la chambre, un
réglement homologué au parlement, fuivant
lequel il fera défendu à toutes les troupes de
comédiens de province de jouer aucune piece nouvelle fans l'agrément de l'auteur & fans le faire
bénéficier du feptieme des repréfentations, à l'*inf-
tar de Paris*. Tout le monde a applaudi à ce projet; l'on a remercié le fieur de *Beaumarchais* de
fon zele pour l'intérêt de fes confreres, & il a
été chargé d'agir en conféquence & de faire toutes
les demarches néceffaires.

11 *Juin.* Par édit du mois de février 1776 , le roi avoit changé le régime des corvées ; par la déclaration du mois d'août suivant tout est rentré dans son ancien état ; il y est expressément ordonné *que les travaux pour les réparations & entretien des grandes routes continueront d'être faits dans les diverses provinces du royaume comme auparavant.*

Le commissaire départi en Guyenne s'est arrogé le droit de créer un nouveau système , d'établir une imposition , de l'augmenter à son gré , de détruire des privileges que sa majesté avoit rétablis.

C'est sur cet attentat envers les loix , qu'est intervenu l'arrêt du parlement de Bordeaux , du 27 mars dernier , portant qu'il sera fait une enquête pour être mise sous les yeux du roi.

Par un arrêt du conseil du 17 avril 1784 , cet arrêt du parlement a été cassé , & ledit arrêt a été signifié du très-exprès commandement du roi au greffier en chef du parlement , le 24 avril.

C'est alors que par un autre arrêt du 28 avril, fondé sur onze considérations des plus graves , le parlement , les chambres assemblées , a arrêté que le roi seroit très - humblement supplié de retirer ledit arrêt , comme évidemment surpris à sa religion ; ordonne que , *sous le bon plaisir de sa majesté* , son arrêt du 27 mars sortira son plein & entier effet ; ordonne que les enquêtes & toutes les pieces justificatives à leur appui seront mises sous les yeux du roi , & qu'il lui sera détaillé le monstrueux assemblage des vexations commises par le commissaire départi , d'après son système d'établir dans toute la généralité une imposition pour les corvées.

La cour a arrêté en outre que le roi seroit très-

humblement supplié de faire ceffer tous ces défordres ; de vouloir faire une loi qui prévienne
l'arbitraire, & qu'il n'eft point de province dans
le royaume qui ait plus de droits que celle de
Guyenne à la follicitude paternelle de fa majefté;
qu'il n'en eft point qui ait autant éprouvé les
maux qui font la fuite naturelle de la guerre ; que
la nature des denrées de ladite province, & les
fecouffes qu'a éprouvé le commerce, l'ont empêché de jouir encore des avantages de la paix:
que cependant obligée de payer des impôts énormes, n'ayant que des revenus cafuels, & dont le
débouché eft abfolument obftrué, il feroit impoffible qu'elle pût fournir à un nouvel impôt.

11 *Juin*. Ces jours derniers un marchand
d'ariettes étant monté à la portiere de deux dames
qui fe promenoient fur le boulevard, leur propofe
d'acheter des ariettes, entr'autres du *Mariage de
Figaro*. Deux officiers qui étoient fur le devant
rejettent avec dédain ces ariettes, difant qu'ils
ont vu la piece une fois, & que cela leur fuffit:
un *quidam* paffoit, il s'arrête, les apoftrophe &
les injurie à l'occafion de leur mauvais goût de
méprifer ce qui caufe l'engouement de tout Paris :
les officiers furieux defcendent pour donner des
coups de canne à l'infolent, qui perfifte à leur reprocher leur ignorance: grand tumulte, la garde
arrive, le *quidam* eft traduit devant le commiffaire, eft obligé de décliner fon nom ; il fe trouve
que c'eft le portier du fieur de *Beaumarchais*. On
alloit le conduire en prifon, lorfque les plaignants
intercedent pour lui. Le commiffaire, dont le
devoir auroit été de faire toujours conftituer
prifonnier le délinquant, le relâche & fe contente
de le faire conduire fous bonne efcorte chez fon

maître, auquel il fait enjoindre de veiller avec plus d'attention sur ses valets, & d'empêcher qu'ils n'insultent les honnêtes gens.

11 *Juin*. Autant qu'on a pu tirer au clair l'anecdote du mémoire de Me. *Linguet*, voici ce qu'il y a de plus constaté.

Le sieur *le Quesne*, après s'être bien consulté sur la diffamation qui résultoit dans le public contre lui du N°. 72 de Me. *Linguet*, a été conseillé de rendre plainte & de faire assigner son adversaire, ou à désavouer les faits, les accusations & calomnies insérées dans les annales audit numéro, ou de se voir condamné à lui en faire une réparation authentique.

En conséquence l'assignation a été donnée chez le sieur de Montbines, le nouveau correspondant du journaliste, où il est censé avoir élu son domicile.

Le sieur de Montbines n'a pas manqué d'envoyer cette assignation à Me. *Linguet*, & c'est en réponse à cet acte juridique du sieur *le Quesne* qu'il a fait passer son mémoire in-4°. de 107 pages, pour être remis à ses juges.

Me. *Linguet* avoit en même temps proposé à son commettant de faire réimprimer ce mémoire à Paris pour l'envoyer à tous ses souscripteurs; mais celui-ci lui a représenté que cette réimpression pourroit souffrir beaucoup d'inconvéniens, & qu'il croyoit plus expédient qu'il le fît imprimer à Londres, & le lui renvoyât tout prêt à être distribué.

11 *Juin*. L'affaire de M. le vicomte de Ncé n'est point finie; mais indépendamment de ce qui peut avoir été fait à Bordeaux, après avoir présenté requête à la connétablie pour se rendre oppo-

fant à l'exécution du jugement du tribunal des
maréchaux de France, qui avoient ordonné qu'il
feroit enlevé de fa terre & conduit à Paris pour y
fatisfaire aux ordres du tribunal, la connétablie
ayant mis néant à cette requête, il s'eft pourvu
au parlement de Paris par appel , & cette cour a
rendu arrêt de défenfes qui le prend fous fa protection. Les vacances ont empêché jufqu'à préfent
les fuites de cette affaire, dont il doit réfulter une
grande conteftation entre ce tribunal & le parlement.

12 *Juin.* D'après l'arrêt du confeil qui augmente
& fixe les appointements des premiers fujets de
l'opéra, le régime en eft encore changé. Ils ne font
plus chargés de la recette , ni de la dépenfe; ce
font les menus. On ne doute pas que cette nouvelle adminiftration ne retombe dans les incon-
vénients de la précédente, & que les frais qui
augmenteront ne rendent ce fpectacle plus onéreux
que jamais au roi. Déjà les fujets n'ayant aucun
intérêt à la chofe fe négligent & ne veillent à aucune des déprédations qui fe commettent journellement dans fes détails économiques.

12 *Juin.* Non - feulement l'affaire de Bordeaux
concernant les corvées ne s'arrange point , mais
elle devient plus grave que jamais. M. de *Fumel*
y a dû tenir avant la pentecôte une féance, pour
caffer tout ce qui avoit été fait & même pour
enlever les minutes , de façon qu'il n'en refte
aucune trace. Le maréchal de Mouchy vient enfuite de partir avec ordre de contenir le parlement
à la rentrée.

12 *Juin.* On peut fe rappeller le différend élevé
entre le docteur *Mefmer* & le docteur *Deflon*, dont
l'objet principal eft un fomme de 150,000 liv. que

le premier répete contre l'autre. Cette affaire a mûri depuis long-temps , & l'on affure qu'elle eft enfin au moment d'éclater , qu'elle va fe plaider *in magnis* : que c'eft Me. *Gerbier* qui parlera pour le fieur *Mefiner* , & Me. de *Bonnieres* pour le fieur *Deflon*.

12 *Juin*. Il doit y avoir demain par extraordinaire bal à l'opéra. M. le duc de *Chartres* , qui cherche à tirer parti de tout pour accréditer fon jardin , a fait afficher une annonce , par laquelle il reftera ouvert & illuminé toute la nuit , & les mafques auront toute permiffion d'y entrer. Les marchands des galeries font invités de feconder la munificence de monfeigneur , & de laiffer leurs boutiques ouvertes.

13 *Juin*. L'émeute religieufe & comique arrivée à la paroiffe de Saint-Nicolas-des-Champs mérite encore quelques détails. On n'avoit payé pour le convoi du fieur *Tricot* que 15 livres , & il en faut 45 liv. pour que le cadavre ait le droit d'entrer dans le lieu faint. Les prêtres s'étoient obftinés à fe rendre au cimetiere , & le cadavre étoit arrivé fans eux à l'églife.

Les recruteurs fe battoient contre les Suiffes pour faire entrer le cadavre , lorfque le curé inftruit du tapage rendit la décifion dont on a parlé , mais qui ne finit pas la querelle. Les recruteurs voulurent que le cadavre repofàt un moment. Ils le firent placer fur des chaifes arrangées en forme de piédeftal ; la loueufe de chaifes s'y oppofant & ayant donné un foufflet à l'un d'eux , fut foulée aux pieds : enfin n'y ayant aucun prêtre pour dire quelques prieres , les recruteurs y fuppléerent en tournant trois fois autour du cadavre aux accla-

mations de l'affemblée , & conduifirent enfuite
leur héros au cimetiere en chantant la chanfon
des funérailles de Marlborough. On ajoute que le
curé s'eft plaint à la police de tant d'irrévérences,
& que les recruteurs font en prifon , mais four-
dement , pour ne point aggraver le fcandale par
trop de publicité.

13 *Juin.* Depuis que le jugement du confeil de
guerre eft rendu & connu , les mémoires percent
moins difficilement. On voit dans le public :

1°. Mémoire du comte de *Graffe* fur le combat
du 12 avril 1782 , avec huit plans des pofitions
principales des armées refpectives.

2°. Obfervations du marquis de *Vaudreuil* ,
adreffées au confeil de guerre à l'Orient.

3°. Réponfe de M. de *Graffe* aux obfervations
de M. de *Vaudreuil.*

4°. Mémoire de M. de *Bougainville* , commandant la troifieme efcadre au combat du 12 avril
1782.

5°. Mémoire juftificatif pour *Jean François* ,
Baron d'*Arros d'Argelos* , chevalier de l'ordre royal
& militaire de Saint-Louis , capitaine des vaiffeaux du roi , brigadier de fes armées , commandant le vaiffeau le *Languedoc* dans l'armée fous les
ordres du comte de *Graffe.*

6°. Lettre de M. d'*Albert de Rioms* , commandant le *Pluton* , à M. le marquis de *Vaudreuil,*
datée de l'Orient ce 12 janvier 1784.

7°. Notes de M. le marquis de *Vaudreuil* en
réponfe à cette lettre.

8°. M. d'*Albert de Rioms* à MM. du confeil de
guerre affemblés à l'Orient.

13 *Juin. Les cinq Doigts*, fur le vaudeville du mariage de Figaro.

Boufflers peignit avec grace
Le lieu , dont chacun eſt fol ;
Barthe & d'*Arnaud* ſur ſa trace
Ont chanté le cul , le col ;
Sans m'elever à leur place ,
D'une plus timide voix
Je vais chanter les cinq doigts.

Un vieux que chacun repouſſe ,
S'il a de l'or bien compté
Fait la cadence du pouce ,
Soudain il eſt ſupporté.
Vénus va pour lui plus douce
A ſon lit l'aſſocier ;
Honneur au doigt financier !

Du ſecond l'emploi me touche ,
Du myſtere ſigne heureux ;
Près d'une mere farouche
Il exprime & parle aux yeux ,
En le plaçant ſur la bouche ,
L'amour fidele & diſcret
Nous dit : garde mon ſecret.

Celui du milieu réclame ,
Meſdames , le pas ſur tous :
Quand l'amour perd de ſa flamme
Ce doigt la reveille en vous ,
Lorſqu'auſſi près d'une dame

Le Dieu ceuille un beau laurier,
Ce doigt eſt ſon brigadier.

Au ſuivant l'amour fidele
Met l'anneau de ſon bonheur,
Qui le reçoit d'une belle,
En retour promet ſon cœur:
Ce doigt d'amour éternelle
Offre le gage enchanteur,
Je le crois un peu menteur.

Le petit dans l'art magique
Paſſe pour être en crédit ;
Une femme deſpotique
De ce renom s'enhardit,
Et par ce mot ſans réplique
L'amour foible eſt interdit :
Mon petit doigt me l'a dit.

De tous ces doigts , ce me ſemble,
L'éloge eſt pouſſé trop loin,
De l'écrire encore je tremble,
Et le dire eſt un beſoin.
J'ai vu ces lâches enſemble
S'unir d'un effort commun,
Et ſe mettre cinq contre un.

14 *Juin.* La chanſon ci-deſſus avoit été précédée , ou a été ſuivie de la piece de vers ci-jointe,
intitulée : *les Doigts.* On prétend qu'elle a été

adreſſée à la fille du marquis de *Paulmy* , la princeſſe de Luxembourg.

Honneur à cet artiſte ſage
Qui pour le bonheur des humains
Des doigts qu'il joignit à leurs main , ;
Daigna multiplier l'uſage :
C'eſt du ciel le don le plus doux ,
Car des doigts l'adreſſe infinie
Fait tout le plaiſir de la vie ;
Et ſans les doigts que ferions-nous ?
Liſe eſt ſavante , pour ſon âge ,
Car à douze ans Liſe conçoit
Tous les plaiſirs du mariage
Que lui montre ſon petit doigt.
De jolis doigts ont de l'abſence
Souvent adouci les rigueurs.
Que les doigts ont d'intelligence
Pour ſoulager deux tendres cœurs ,
Que tourmente la vigilance
Et des mamans & des tuteurs.
Les doigts à l'amante captive
Pour oublier la liberté ;
Les doigts pour l'amante craintive
Dans un tableau bien imité
D'une jouiſſance illuſive
En font une réalité.
Souvent dans l'amoureuſe ivreſſe
Les doigts font le charme des cœurs ,
Tout s'embellit par leur adreſſe
Et par-tout les doigts font vainqueurs.

Si la beauté que je préfere

Daignoit permettre qu'aujourd'hui

De ses doigts la touche légere

Portât remede à mon ennui,

Je bénirois sa bienfaisance :

Si mes vœux n'étoient superflus,

En peignant ma reconnoiffance

J'aurois pour elle un doigt de plus.

14 *Juin*. M. le marquis de *Montefquiou*, dans l'efpoir que le roi de Suede voudroit bien honorer de fa préfence fa réception à l'académie françoife, avoit fait différer la cérémonie. Dès que M. le comte de *Haga* a été arrivé, la compagnie a député vers lui pour l'inftruire de fon défir : M. le comte de *Haga*, flatté de l'honneur qu'on lui faifoit, en a témoigné toute fa reconnoiffance ; mais a déclaré qu'il n'avoit de libre que le mardi quinze. Ce n'eft point jour d'académie françoife, & c'eft au contraire jour d'académie des belles-lettres, dont la falle tient précifément à l'autre, & fert même de paffage les jours de féance publique. Grande négociation à ce fujet entre les deux fecretaires. M. d'*Acier* a déclaré ne pouvoir fufpendre de fon autorité les travaux de fa compagnie ; il a fallu que M. le baron de *Breteuil*, comme miniftre de Paris, écrivît une lettre au nom du roi pour décider la conteftation, & demain la féance aura lieu extraordinairement *par ordre*. On a raffemblé en diligence tous les membres difperfés, qui avoient pris une courte vacance.

14 *Juin*. La fête que M. le duc de *Chartres* avoit imaginée n'a pas eu lieu hier, du moins

quant aux masques ; il est venu un ordre du roi
qui a empêché de les laisser entrer durant la nuit
dans le jardin du Palais-Royal. C'est une mortifi-
cation donnée à son altesse , qui auroit dû prévoir
le défordre que pouvoit occasionner une semblable
saturnale.

15 *Juin.* Suivant le mémoire du comte de *Grasse,*
l'équité du roi n'a pas permis que sa conduite
au combat du 12 avril 1782 , restât exposée au
blâme public , sans avoir été juridiquement exa-
minée. Il avoit lieu d'attendre ce bienfait de sa
majesté après quarante - huit ans de service , trente
campagnes , douze combats , & ses succès précé-
dents durant la guerre qui vient de finir.

L'objet de son mémoire est de prouver : 1°. que
le vaisseau amiral , après onze heures & demie
de combat , privé de tout moyen de défense ultérieure , hors d'état de se sauver , lorsqu'il l'a
rendu, ne laisse aucun sujet de blâme contre
M. de *Grasse,* comme capitaine.

2° Qu'ayant fait depuis le commencement jusqu'à la fin du combat, les signaux propres à chacune des circonstances & aux variations des vents ,
il doit être absous avec honneur comme général.

Ce mémoire n'est point mal fait , sur-tout quant
à la partie qui tend à disculper le comte de
Grasse comme général : en supposant l'exposé des
circonstances exact , il a raisonné tres-judicieuse-
ment tous les mouvemens & tous les ordres ;
mais les manœuvres les plus importantes n'ont
pas été exécutées : neuf de ses signaux dans les
positions les plus critiques ont été absolument né-
gligés. Il n'en faloit pas tant pour perdre la bataille. M. de *Bougainville* est gravement inculpé ;
le marquis de *Vaudreuil* légérement & le plus
souvent applaudi.

Quant à la reddition du vaiſſeau amiral, malgré l'étalage où il entre de ſon mauvais état, il
laiſſe encore beaucoup de choſes à déſirer pour
ſa juſtification, & celle-ci, à beaucoup près, n'eſt
pas auſſi claire que la premiere.

15 *Juin*. Lundi 7 de ce mois , lorſque le
comte de *Haga* eſt arrivé, le roi ne comptoit point
ſur lui, & ſa majeſté étoit allée à la chaſſe à
Rambouillet, où elle devoit donner à ſouper à
vingt-cinq ſeigneurs. La reine lui dépecha un
courier; il n'avoit point ſes voitures, il ſe fit
ramener par un palfrenier, & prévint Monſieur,
qui étoit du voyage, de n'avertir de ſon départ
qu'au moment du ſouper, dont il feroit les
honneurs à ſa place, au moyen de quoi
ſa garde-robe reſta à Rambouillet. Le roi rentré
dans ſon appartement, n'avoit point de clefs,
n'avoit point de valets de-chambre; il fallut un
ſerrurier, & l'on appella les premiers venus pour
habiller ſa majeſté. Ceux-ci, peu au fait, s'en
tirerent comme ils purent & d'une façon fort ridicule; en ſorte que, quand le le roi vint chez
la reine pour trouver le comte de *Haga*, chacun
eut peine à s'empêcher de rire ; la reine lui demanda s'il donnoit bal ce ſoir-là , & s'il avoit
déjà commencé la maſcarade, ou s'il vouloit montrer au comte de *Haga* une idée de l'élégance
françoiſe? Il avoit un ſoulier à talon rouge, un
autre à talon noir, une boucle d'or, un autre
d'argent & ainſi du reſte. Il fallut cependant qu'il
demeurat de la ſorte dans ſa crainte d'être pire.

Le ſoir, à ſon coucher, ſa majeſté plaiſanta
beaucoup de l'accoutrement bizarre où on l'avoit
mis: elle dit en riant: « Je connois celui qui m'a
» ridiculiſé de la ſorte, & je l'arrangerai bien à

& mon tour. » Ces petits traits décelent la bonté de l'ame du roi, combien il est facile dans son service, & aimable dans son intérieur.

15 *Juin*. Relation de la séance publique, tenue extraordinairement aujourd'hui mardi, pour la réception de M. le marquis de Montesquiou.

L'affluence depuis plusieurs années toujours très-grande à ces sortes d'assemblées, ne pouvant croître, puisque le local n'étoit pas plus étendu, a été du moins remarquable par l'espece & le zele des spectateurs. Dès midi & demi, plus de deux cents femmes de la plus haute qualité avoient pris poste, & entraînant à leur suite une foue d'hommes du même rang, la salle n'a été remplie, à proprement parler, que de gens de cour, & le peu d'hommes de lettres qui s'y sont trouvés, n'y sont entrés que furtivement en quelque sorte & en contrebande.

Au reste, si la personne du récipiendaire attiroit la foule, son discours le méritoit peu. En vrai courtisan, M. de Montesquiou voulant plaire à tout le monde, a rétabli l'ancienne formule d'éloges usités pour les fondateurs & protecteurs de l'académie; il a passé ensuite à son prédécesseur, qu'il faut se rappeller avoir été M. l'ancien évêque de Limoges, le précepteur des enfants de France; il a prétendu que son plus bel ouvrage étoit l'éducation de ces augustes éleves, ce qui lui a fourni l'occasion d'esquisser le portrait de chacun avec les couleurs les plus flatteuses: il a peint *Louis* XVI. Le monarque humain, juste & simple, ami de la franchise, des mœurs & de l'économie. Monsieur, auquel il a l'honneur d'être attaché, lui a fourni des détails plus particuliers; il est entré dans ceux de sa vie intérieure: il

nous

nous a vanté fon amour de l'étude, & nous a appris que ce prince, en s'efforçant d'acquérir les connoiffances néceffaires à fon rang, y joignoit le goût des lettres & les cultivoit avec fuccès. Enfin les qualités héroïques de M. le comte d'*Artois* n'ont point échappé au pinceau du nouvel académicien: il a principalement appuyé fur fon voyage de Gibraltar; épifode memorable & glorieux de la vie de ce prince. La reine a reçu auffi le tribut de louange dû à fes traits, à fes graces & à fes vertus.

M. le marquis de Montefquiou n'avoit garde d'oublier le comte de *Haga*, pour qui la féance avoit été reculée & fixée à ce jour extraordinaire. Sans lever exactement le voile qui l'enveloppoit, il a fait l'éloge des monarques philofophes qui voyagent pour s'inftruire, & qui en fe répandant davantage, ne font qu'étendre leur renommée & fe rendent non moins chers aux étrangers qu'à leurs fujets.

C'eft M. *Suard* qui, en qualité de directeur, a répondu à M. de Montefquiou. Il a révélé d'abord les titres littéraires de celui-ci à l'académie françoife, que peu de gens connoiffoient: il nous a appris que ce courtifan ingénieux faifoit des pieces de vers très-agréables, des contes, des chanfons, des épigrammes, des romans, des comédies, mais tous ouvrages de fociété, que la modeftie de l'auteur n'a point laiffé fortir du cercle de fes amis. En parlant des comédies de M. de Montefquiou, le directeur a pris occafion de-là pour s'élever adroitement contre celle du fieur de *Beaumarchais*, fi courue en ce moment. Sa critique, quoiqu'indirecte, a été fi jufte que perfonne ne s'y eft mépris. Elle a reçu des applaudiffements

incroyables & unanimes. C'étoit un enthousiasme,
une ivresse plus grande encore que celle des admirateurs du *Mariage de Figaro*.

Un autre endroit du discors de M. *Suard* qui,
sans faire autant de plaisir, a paru piquant &
bien adapté aux circonstances, c'est la digression
qu'il a faite sur l'usage de l'académie d'entremê-
ler ses membres littéraires de gens de la cour,
comme les plus capables de fixer parmi elle le
beau langage & ce qu'on appelle le *bon ton*.
Quoique cette idée paroisse prêter assez au ridicule, il lui a donné une tournure qu'il a fait
passer & qui lui a même mérité des applaudis-
semens.

Le directeur pouvoit moins encore que le récipiendaire se dispenser de parler du comte de
Haga. Il a seulement cherché à ne pas se répéter
avec lui, & heureusement le sujet très-fécond,
lui a permis de varier & le fond & la forme
de l'éloge.

Après ces deux discours, M. de *la Harpe* a lu
un chant d'un poëme en l'honneur des femmes,
qui doit être divisé en quatre. Quoique la fiction
en soit très-poétique & très-ingénieuse ; quoiqu'il
y ait des descriptions charmantes, riches & pleines
de goût ; quoique la versification en soit brillante
& harmonieuse, cet ouvrage a reçu peu d'ap-
plaudissemens, & cependant l'auteur ne pouvoit
mieux choisir son auditoire, puisqu'il étoit composé en grande partie de femmes ayant toutes
des prétentions, soit aux graces, soit à l'esprit.
M. l'abbé *Arnaud* prétend que c'est la faute du
rithme de ce poëme qui est en vers *hexametres*,
c'est-à-dire en grands vers, qui ne réussissent jamais
dans notre langue, à moins qu'ils ne soient joints

à une action. On croit, malgré cette affertion, qu'il faut plutôt en chercher la caufe dans la perfonne du poëte, en général peu aimé du public. Ses partifans efperent qu'il fera vengé de ce dédain dans le filence du cabinet.

Au refte, on lui reproche plufieurs gaucheries dans les détails du morceau qu'il a lu ; comme d'avoir trop déprimé les Turcs ; d'avoir fait des vœux pour la deftruction de leur empire dans un moment où la France cherche à les foutenir & à s'unir plus étroitement avec eux ; & devant qui ? En préfence de M. le marquis de *Choifeul-Gouffier*, envoyé ambaffadeur auprès de la cour *Ottomane* !

On devoit s'attendre fans doute que M. de *la Harpe*, correfpondant du grand-duc de Ruffie, dans un ouvrage à la louange des femmes feroit un éloge pompeux de l'impératrice mere de ce prince : mais on eût voulu qu'en préfence du comte de *Haga* il n'eût pas affecté d'exalter cette fouveraine aux dépens des autres puiffances du Nord, qui ne peuvent lui être affimilées.

Une chofe très-remarquable dans ce poëme, c'eft que l'auteur, en faifant l'énumération de quelques femmes célebres de France, mortes ou vivantes, a nommé avec la plus grande diftinction Mad. la comteffe de *Genlis*, avec laquelle il eft brouillé, & qui tout récemment, dans fon dernier ouvrage intitulé les *Veillées du Château*, a fait un portrait affreux de M. de *la Harpe*. Quelqu'un lui en ayant témoigné fa furprife, il a répondu qu'il rendoit le bien pour le mal.

M. le duc de *Nivernois* a terminé la féance par la lecture des fix fables ; favoir, *le jugement du Lion* ; *le Lion, le Bœuf & le Renard* ; *les Prieres* ; *les deux fceptres* ; *le mufulman, fa femme & la*

Pie, & *la Pyramide*. Ces petits ouvrages fus fans
prétention , avec le même naturel & la même facilité dont ils femblent avoir été compofés, contenant une moralité exquife, ont été reçus avec un
enthoufiafme univerfel.

Après la féance M. le comte de *Haga* s'eft rendu
dans la falle particuliere d'affemblée des acad?mi-
ciens , où M. le maréchal duc de *Duras* lui a
préfenté les divers confreres qui s'y font rencontrés.
L'illuftre étranger a paru les connoître tous, au
moins par leurs ouvrages. Il n'eft pas jufques à
M. *Beauzée*, très-ignoré dans fa propre patrie,
auquel il n'ait fait compliment de fa gram-
maire & autres écrits fur la langue. Il a félicité
M. *Suard* fur la hardieffe avec laquelle il avoit
ofé attaquer la comédie du fieur de *Beaumarchais*,
& frondé le mauvais goût des fpectateurs. Il a
demandé à plufieurs reprifes où étoit le doyen de
la compagnie , le maréchal duc de *Richelieu*: Il
a témoigné fon regret de ne pas voir M. de
Malesherbes; enfin il a queftionné M. de *la Harpe*,
s'il n'avoit pas compofé une tragédie de *Guftave*?
Il lui a dit qu'il en avoit fait toutes fortes de recherches fans avoir pu la trouver. Ce qui a obligé M. de *la Harpe* de lui avouer que cette piece
n'ayant pas réuffi , il l'avoit gardee dans fon
porte-feuille ; mais ayant ajouté qu'il comptoit la
travailler, la faire jouer une feconde fois & imprimer enfuite , le comte de *Haga* lui en a
témoigné fa fatisfaction , d'autant que ce fujet
l'intéreffoit infiniment. Le dernier mot qu'on ait
recueilli de M. le comte de *Haga* , c'eft fon excla-
mation en voyant cette falle dont les murs font
couverts de tous les portraits des académiciens
morts & vivans: *Cette tapifferie vaut mieux que*

la plus belle teinture des Gobelins. Dans ces différents propos M. le comte de *Haga* s'est exprimé
avec beaucoup d'élégance, de naturel, de facilité
& d'esprit. Il paroît connoître parfaitement notre
langue & son génie, & sous ce point de vue ne
seroit pas indigne de figurer dans l'assemblée
qu'il a honoré de sa présence.

16 *Juin. Les observations du marquis de Vaudreuil* sont foibles. Elles tendent en général à
disculper toute l'armée. Ce n'est qu'après les plus
grands efforts & la résistance la plus opiniâtre que
les François ont été forcés de céder la victoire. Sa
retraite ne peut être que glorieuse à la nation. Au
lieu de fuir à toutes voiles, il a rassemblé dix-
sept vaisseaux de l'armée navale à la vue des
ennemis, & il a croisé plusieurs jours pour attendre les cinq qui lui manquoient.

16 *Juin.* M. de *Grasse*, dans sa *Réponse aux
Observations du marquis de Vaudreuil*, commence
par lui reprocher d'avoir abusé de la confiance
avec laquelle il lui avoit fait part de son mémoire
pour répandre avec affectation ses *Observations*,
tandis que M. de *Grasse* avoit reçu défenses de
publier son mémoire imprimé depuis le mois
d'octobre 1782, & dont il n'a eu la liberté d'envoyer des exemplaires au président du conseil de
guerre que le 14 Novembre 1783.

L'objet de cette réponse au surplus est de démontrer que les observations du marquis de
Vaudreuil sont en contradiction; les unes avec le
triplicat de ses dépêches au ministre du 26 avril
1782; les autres avec la lettre du 18 juin suivant,
que le comte de *Grasse* a reçue à son arrivée en
France; celle-ci avec la lettre de M. *Mithon* au
même, en date du 19 juin 1782, & celle-là avec

l'ordonnance de la marine du 15 mars 1765, tirée du combat & avec les faits de la cause.

Cette réplique semble fort bonne & réfuter avec autant de justesse que de force la foible apologie de toute l'armée navale, entreprise par le marquis de *Vaudreuil* & l'inculper lui-même.

16 *Juin*. On assure que M. de *Calonne* a trouvé le moyen de fournir aux besoins de M. le duc de *Chartres* par une tournure fort ingénieuse. Le Palais - Royal est un apanage qui doit revenir à la couronne à défaut d'hoirs mâles. Dans le temps où se fera cette réunion, il faudra bien tenir aux héritiers, de la branche d'Orléans compte des améliorations faites au Palais-Royal, & les en rembourser. En conséquence on fournit d'avance au duc de *Chartres* quatre millions, à déduire sur ce qu'il pourra leur être dû à cette époque.

Sans cette ressource les bâtiments iroient fort mal, ils languissent beaucoup depuis cet hiver.

17 *Juin*. Le mémoire de M. de *Bougainville* est peu de chose & sa principale défense est de dire qu'il n'a pas vu les signaux, ou que les ayant vus imparfaitement il n'a pas cru prudent de les exécuter avant d'en être plus sûr.

Du reste, on attribue la perte de la bataille : 1°. à ce que les ennemis étoient plus forts en nombre de près d'un quart, & que dans ce quart il y avoit trois vaisseaux à trois ponts.

2°. A ce que tous les vaisseaux Anglois étoient doublés en cuivre, tandis que la moitié au plus des François l'étoient ainsi, & que les autres n'avoient que des carènes très-anciennes ; avantage bien supérieur à l'avantage numérique, qui rendoit leurs mouvements simultanés & rapides, ensemble d'efforts, qui fait la force d'une armée.

3°. Le bord que les ennemis couroient, tendoit à leur faire trouver le vent, tandis que le nôtre nous conduisoit dans des parages soumis à un calme habituel & à un changement de vent favorable à nos rivaux.

4°. Enfin les ennemis qui nous combattoient avec cette excessive supériorité de moyens & de circonstances, étoient les Anglois, ce peuple qu'il suffit de nommer pour prononcer l'éloge de ses talents à la mer.

D'ailleurs cette victoire n'a eu aucune suite favorable pour eux; ils étoient si maltraités qu'ils n'ont pu gagner Antigues & qu'ils ont été obligés, comme nous, de faire vent arrière.

Une anecdote à conserver de ce mémoire est celle de M. de *Marigny*, commandant le *César*: après l'avoir défendu jusqu'à la derniere extrémité, étendu sur son lit, mortellement blessé, on vient lui dire que le vaisseau qui est en feu va sauter: *tant mieux*, répondit il, *les Anglois ne l'auront pas. Fermez ma porte, mes amis, & tâchez de vous sauver.*

17 *Juin*. Le mémoire de M. d'*Arros* est fort clair & fort développé; il se justifie très bien, il prouve par les faits qu'il n'a point quitté son poste de matelot de l'avant, que lorsqu'il s'est trouvé désemparé au point de ne pouvoir plus manœuvrer; s'étant réparé il a vu le *signal de vitesse*, par lequel il n'y a plus d'ordre de division, chacun se place comme il peut; M. d'*Arros* l'a fait, & il n'y avoit alors qu'un vaisseau entre la *Ville de Paris* & lui, & puis deux: il sert depuis trente-sept ans & n'a encore éprouvé aucun reproche; il a reçu mille sept cent soixante-dix-sept coups de canon. Il avoit encore quinze cents gargousses de

tout calibre , ayant eu la précaution d'en faire faire huit cents durant le combat.

Suivant ce que dit M. d'*Arros*, M. de *Graffe* paroiffoit encore en bon état, lorfqu'il s'eft rendu ; il a amené dans le moment qui lui étoit le plus favorable , où l'ennemi commençoit à tenir le vent & à défefpérer de prendre l'amiral.

17 *Juin*. On parle d'une nouvelle place d'administrateur - général de la loterie royale de France, créée en faveur du fieur *Morel*, à la charge de penfions pour les fieurs *Garat* & *Afurēdo*. On connoît le premier : le fecond eft un juif qui chante avec beaucoup de goût , fort infolent & renommé pour un foufflet qu'il reçut au café du Caveau en préfence de beaucoup de fpectateurs ; ce qui le corrigea & le ramena à faire des excufes à l'offenfé.

17 *Juin*. La lettre de M. *Albert de Rioms* eft courte & tend uniquement à le difculper de n'avoir pas exécuté un certain fignal. Il prouve à M. le marquis de *Vaudreuil*, chef de l'efcadre blanche & bleue, que c'étoit d'autant moins à lui à faire ce reproche à un capitaine de vaiffeau de fa divifion, qu'il n'avoit pas répété le fignal de façon à déterminer d'y obéir. Les arguments de M. de *Rioms* femblent preffants & victorieux.

18 *Juin*. Les *Notes de M. le marquis de Vaudreuil* en marge de la lettre de M. *Albert de Rioms* font foibles & même des efpeces d'excufes à cet officier. Il lui reproche feulement d'expofer fes griefs d'une maniere peu décente & répréhenfible.

18 *Juin*. La requête ou difcours de M. *Albert de Rioms* à MM. du confeil de guerre affemblés, tend à fe plaindre , tandis que la plûpart des autres accufés n'ont été décrétés que d'affigné pour être

sui , de l'être d'ajournement perfonnel, lui fixieme ; il y répond directement à l'accufation du
comte de *Graffe* de n'avoir pas obéi à fon premier
fignal.

Il entre à cette occafion dans la difcuffion de
l'objet de ce fignal , & prétend qu'il ne pouvoit
remplir les intentions de M. de *Graffe* ; qu'eût-il
été exécuté , on n'en auroit pas plus obtenu la
victoire , & l'on ne s'en feroit pas mieux tiré. Il
fait un parallele de l'état des chofes à la journée
du 9 , dont le général fe prévaut fi fort , & démontre qu'il ne reffembloit pas à celui de la
journée du 1 ; confequemment qu'en faifant la
même manœuvre , on ne pouvoit fe flatter d'un
fuccès pareil.

Les caufes de notre défaftre , en ne comptant
que du commencement de l'action , font : 1°. la
fupériorité connue de l'ennemi ; 2°. le défordre
où nous nous fommes vus dans les premiers
inftants ; défordre bientôt augmenté par le changement de vent , enfin rendu extrême par les circonftances qui ont permis à l'ennemi de couper
notre ligne en deux endroits : 3°. le calme qui a
mis le plus grand obftacle au rétabliffement de
l'ordre , en ce que tandis qu'il retenoit la feconde
efcadre dans une inaction abfolue & forcée , la
brife donnoit à nos ennemis les moyens de fe
réunir pour porter leurs efforts fur un feul point.

18 *Juin.* L'affaire de l'abbé *Mably* fe civilife, du
moins quant au cenfeur, M. de *sancy.* Il a reçu
une lettre en date du 22 mai, de M. *Laurent de
Villedeuil,* directeur aujourd'hui de la librairie,
qui lui apprend que M. le garde-des-fceaux l'a
rétabli. On affure que c'eft à la recommandation
de l'archevêque même qui a écrit à M. de *Mira-*

mesnil qu'il croyoit le censeur suffisamment puni de son inattention, qu'il se désistoit de toute poursuite à son égard, & le prioit instamment de lui rendre ses fonctions.

18 *Juin*. Extrait d'une lettre de Lyon, du 6 juin... Avant-hier on a régalé le comte de *Haga* du spectacle d'une *Montgolfiere*, (c'est ainsi qu'on a baptisé les machines aérostatiques fabriquées suivant la méthode de MM. de *Montgolfier*). Elle avoit 70 pieds de diametre vertical, sur 189 pieds de circonférence. Les coopérateurs qui faisoient le service de ce ballon, s'étoient noué autour du bras un mouchoir blanc; allégorie dont l'application n'échappa point à l'auguste étranger. Il apperçut aussi à leur boutonniere une petite médaille, portant d'un côté les armes de Suede, & de l'autre celle de France: *Oui*, dit-il, *fort bien ! ces armes là sont unies depuis long-tems.* Je n'entrerai pas dans le détail de cette expérience, qui n'est plus ou plutôt qui n'est encore qu'un jeu d'enfant, mais cependant peut-être funeste aux voyageurs par les soubresauts de la machine, lorsqu'elle s'abattit. M. le comte de *Laurencin* dirigeoit l'expérience ; mais le spectacle nouveau qu'elle offrit fut celui d'une femme, dont le nom sera désormais illustre par son intrépidité ; c'est Mad. *Tible*, Lyonnoise : elle reçut des complimens universels & sur tout du comte *Haga*, & fut couronnée à la comédie au bruit des acclamations publiques.

M. le comte de *Haga* soupa à l'archevêché, où M. de *Montazet* avoit fait construire un salon sur une terrasse illuminée dans le meilleur ordre, & terminée par une décoration sur laquelle on voyoit une inscription & des emblêmes rappellant les événements les plus remarquables du regne de GUSTAVE III : galanterie dont le comte de *Haga* témoigna sa vive satisfaction au prélat.

19 *Juin*. M. le marquis de *Tibouville* est mort ces jours derniers. Il étoit connu dans la république des lettres pour avoir donné au théâtre une tragédie de *Thélamire* en 1759, & pour différents ouvrages de société ; mais sa grande réputation lui venoit pour avoir mis la pédérastie à la mode en quelque sorte, pour en avoir fait trophée avec d'autres seigneurs de la cour, tels que le duc de *Viliars*, le marquis de *Salins*, &c. Aussi *Voltaire* l'a-t-il honorablement placé dans sa pucelle.

19 *Juin*. Le bal paré donné hier en l'honneur de M. le comte de *Haga*, a offert, suivant l'usage, le coup d'œil le plus riche & le plus imposant, le plus agréable en même temps par la réunion des femmes les plus élégantes & les plus jolies de la cour. Il a été sans étiquette & l'on n'a point dansé de menuet, parce qu'il auroit dû s'ouvrir dans le grand cérémonial par la reine & l'auguste étranger, & que celui-ci ne danse point.

20 *Juin*. Il paroît constaté que M. d'*Entrecasteaux*, conseiller au parlement d'Aix, âgé de vingt-six ans, après avoir tenté à plusieurs reprises d'empoisonner sa femme, l'a égorgée dans son lit de la façon la plus atroce. On raconte que l'ayant surprise endormie, de concert avec son valet-de-chambre, scélérat dévoué à ses ordres, ils lui avoient tous deux tamponné la bouche avec du coton, puis scié le col avec un rasoir ; que pendant cette horrible opération, le mari tenoit un vase pour recueillir le sang ; qu'ayant pris

E 6

toutes les précautions pour arranger une histoire, il avoit crié au voleur; mais que par tout ce qui avoit suivi, on avoit lieu de se convaincre qu'ils étoient les auteurs du crime, & que ce qui ne permettoit plus d'en douter, c'est que M. d'*Entrecasteaux* s'étoit retiré en Sardaigne.

Le pere du mari étoit ici. Il est président à mortier de ce parlement, mais peu aimé dans sa compagnie, comme attaché dans le temps au parti Maupeou, & comme poursuivant actuellement un de ces procès qu'il est même honteux de gagner.

Le parlement a écrit à M. le chancelier pour le prier de supplier le roi de faire recommander le coupable dans toutes les cours.

Mad. d'*Entrecasteaux* la bru, étoit *Castellane* en son nom, fort jolie & âgée de 14 ans seulement. Elle avoit eu peu de biens en mariage: le jeune homme étoit fort avare, & désiroit épouser une riche veuve: c'est ainsi qu'on motive son crime épouvantable.

20 *Juin.* Extrait d'une lettre de Rennes, du 14 juin ... Vous me demandez ce que c'est que la *société patriotique bretonne.* C'est une de ces associations si à la mode aujourd'hui, qui se forment, sans trop savoir pourquoi, & qui cherchent avoir beaucoup d'illustration en imaginant un titre qui annonce de grands devoirs, qu'elles sont le plus souvent dans l'impuissance de remplir.

Celle-ci doit son origine & son institution à M. le comte de *Serent*, gouverneur de la presqu'île de Ruis, commissaire-général des états de Bretagne au bureau de l'administration, membre de plusieurs académies. C'est dans la grande salle de fon château de Kerallier que fe tiennent les affemblées. On y voit une tribune portant cette infcription : *ici on fert fon Dieu fans hypocrifie, fon roi fans intérêt, & fa patrie fans ambition*. On a donné au lieu des affemblées le nom faftueux de *Temple de la patrie* Les patriotes bretons, pour augmenter l'éclat de leurs folemnités, fe font affocié plufieurs femmes célèbres, telles que madame la comteffe de *Nantais*, Mad. la comteffe de *Genlis*, Mad. la baronne de *Louraic* & Mad. la comteffe de *Beauharnois*, qui vient tout récemment d'être proclamée *citoyenne* ; c'eft le terme *myftique*.

20 *Juin*. Il court dans le monde la copie d'une lettre de M. le maréchal de *Caftries*, miniftre de la marine, à M. le comte de *Graffe*, au fujet du confeil de guerre de l'Orient, qui ne laiffe plus lieu de douter du mécontentement du roi à l'égard de ce général, qu'on traite bien doucement.

21 *Juin* M. le baron de *Bretexil* a donné famedi dans fa délicieufe maifon de Saint-Cloud une fête à M. le comte de *Haga*, où tous les miniftres, la famille royale & la reine ont affifté. Ce qui la rend fpécialement remarquable, c'eft l'honneur qu'a ce miniftre de recevoir l'illuftre étranger, tandis qu'on n'annonce pas qu'il eût reçu de fête d'aucun prince du fang, ou de la famille royale.

21 *Juin*. M. *Boutin*, le confeiller d'état, a été envoyé en Guyenne par le roi, pour vérifier les faits avancés par le parlement contre l'intendant de Bordeaux, M. *Dupré de Saint-Maur* & fes fuppôts.

M. *Boutin* eft accompagné de M. de *Boisgibault*, maître des requêtes & d'un ingénieur des ponts & chauffées.

Pendant les travaux de cette efpece de commiffion du confeil, M. *Dupré de Saint-Maur* refte
comme fufpendu de fes fonctions, & c'eft monfieur
Boutin qui les exerce.

On croit que cette affaire fe civilifera, ainfi
que celle des alluvions, & que la cour n'ofera
foutenir des vexations dont le parlement a fait
un tableau fi révoltant.

21 *Juin.* Copie de la lettre du maréchal de
Caftries à M. le comte de *Graffe.*

« Le roi a lu, Monfieur, la lettre par laquelle
vous récufez d'avance les membres du confeil de
guerre, & vous fuppliez fa majefté de vous juger
elle même. Sa majefté n'a point approuvé les motifs de la reclamation anticipée que vous formiez
contre le jugement définitif qui devoit être rendu
par le confeil de guerre affemblé à l'Orient, &
elle n'a pas pu les approuver davantage depuis
que le jugement eft connu.

» Sa majefté a fait examiner & a examiné elle-
même avec la plus grande attention tous les chefs
d'accufation qui fe trouvent confondus dans les
lettres & mémoires que vous avez répandus en
Europe, & que vous avez portés contre l'armée navale dont vous aviez le commandement. Elle a
vu que toutes les inculpations de défobéiffance
aux fignaux & d'abandon du pavillon amiral dans
la journée du 12 avril, étoient détruites par le
confeil de guerre, & qu'on ne pouvoit attribuer
aux fautes particulieres qui ont été commifes,
la perte de la bataille. Il réfulte de ce jugement,
que vous vous êtes permis de compromettre par
des inculpations mal fondées, la réputation de
plufieurs officiers, pour vous juftifier dans l'opinion
publique d'un événement malheureux dont vous

eußiez peut-être trouvé l'excuse dans l'infériorité de vos forces, dans l'incertitude du fort des armes, & dans des circonstances qu'il vous étoit impossible de maîtriser.

» Sa majesté veut bien supposer que vous avez fait ce qui étoit en votre pouvoir pour prévenir les malheurs de la journée; mais elle ne peut avoir la même indulgence sur les torts que vous imputez injustement à ceux des officiers de la marine qui se trouvent déchargés d'accusation.

» Sa majesté mécontente de votre conduite à cet égard, vous défend de vous présenter devant elle. C'est avec peine que je vous transmets ses intentions, & que j'y ajoute le conseil d'aller dans la circonstance actuelle dans votre province. »

22 *Juin.* Nous avons parlé, il y a deux ans environ, de l'auteur de l'ouvrage fameux : *qu'est-ce que le pape ?* attribué à un M. E*ybel*, dont nous avons en même temps annoncé la mort funeste par le poison, mort qu'on attribuoit alors aux fureurs du clergé. Nous sommes bien surpris aujourd'hui de voir revivre ce M. *Eybel*, conseiller, chef de l'une des commissions nommées par l'empereur pour la visite des églises & des couvents, & s'exposant de nouveau aux vengeances des prêtres : car on assure que c'est le même auteur de la brochure ci-dessus indiquée. Y a-t-il erreur de nom ? Seroit-ce le fils ou le frere du défunt ? ou celui-ci n'est-il pas mort, est-il revenu de son empoisonnement ? Il faudroit être sur les lieux pour vérifier une pareille contradiction.

La première nouvelle de l'empoisonnement étoit d'autant plus croyable, qu'elle étoit accompagnée de toutes les dates & autres circonstances propres à rendre un récit imposant.

22 *Juin*. Depuis que nous avions annoncé, à la fin de 1782, la brochure intitulée *le singe de 40 ans*, nous n'en avions plus entendu parler & nous commencions à douter de son existence. Les colporteurs la confirment de nouveau aujourd'hui & proposent aux amateurs cette nouveauté. Ils prétendent que, dirigée en effet contre l'empereur, ce prince en auroit acheté toute l'édition ; que cependant, suivant l'usage, il s'en est trouvé quelque exemplaire échappé, sur lequel on a fait une seconde édition qui court le monde en ce moment.

22 *Juin*. Extrait d'une lettre de Bordeaux, du 15 juin 1784...... M. *Boutin*, qui nous étoit annoncé depuis quelque temps, est arrivé il y a trois jours. Il a fait ses visites au parlement avec M. de *Boisgibault*, son collègue. On assure que nos magistrats ont delibéré de ne point les voir. Voilà le cas qu'ils font des commissaires du roi.

Les *Remontrances au sujet des corvées* paroissent imprimées & font très-adroites par l'insertion qu'on y a faite de toute l'enquête contre l'intendant, où l'on cite une foule d'horreurs. On commence à croire qu'il ne reviendra pas : on dit qu'il est mal vu en cour ; le bruit de cette ville même est qu'il est exilé à sa terre.

22 *Juin*. Extrait d'une lettre de Cherbourg, du 10 juin..... Enfin le premier cône pour la formation de ce bassin en rade bien sûre & bien fortifiée dont je vous ai parlé l'année derniere, a été lancé le 5 de ce mois dans l'endroit convenu & a parfaitement réussi ; on doit en placer un autre le 21. On ne regarde plus cela que comme un jeu : avec de l'argent & du temps on en viendra à bout...... Quelques Anglois présents à l'opé-

xation & qui en rioient d'abord, ont eu la mine fort alongée quand ils ont vu le fuccès. On jette des pierres à force actuellement pour remplir ce cône à claire voie.

M. le Duc d'*Harcourt*, notre gouverneur, eft dans l'enchantement. Il a écrit à M. *Perronet* pour lui témoigner toute fa fatisfaction de ce grand ouvrage entrepris fous fes aufpices. Le miniftre de la marine encourage la befogne : il n'eft pas moins glorieux de voir les Anglois à la veille d'être refferrés & bloqués dans la Manche fous fon adminiftration ; il écrit que l'argent ne manquera point.

23 *Juin.* L'infatigable M. *Mercier* n'a pas tardé à donner Mon BONNET DE NUIT, cet ouvrage qu'il avoit annoncé à la fin de fon *Tableau de Paris.* On le voit dans ce pays-ci. On dit qu'il confifte en deux gros volumes in-8o. & que c'eft le plus grand galimathias que l'on puiffe lire. Il fe vend cependant à caufe de fa fingularité ; mais on eft étonné qu'un homme qui a du talent & du mérite, ait pu faire imprimer des fottifes pareilles.

23 *Juin.* On a parlé de l'arrêt du parlement, du 23 mars dernier, qui condamne *Pillot*, ce maître clerc du notaire *Perron*, pour abus de confiance de plufieurs clients, & fufpecté d'être fauffaire, à être fouetté, marqué, envoyé aux galères à perpétuité, & préalablement mis au carcan.

Les parents de ce malheureux avoient obtenu un furfis depuis ce temps ; mais enfin n'ayant pu défintéreffer les parties civiles, il a fallu qu'il fubît fon fupplice, & il a commencé hier par être mis au carcan.

Dès que le bruit s'en eft répandu, tous les ne-

taires y ont envoyé leurs clercs comme à une école
d'inſtruction , dans l'eſpoir que l'exemple contiendra ceux qui feroient tentés d'imiter leur ancien camarade.

Me. *Foacier*, notaire , impliqué au procès, par
l'arrêt , eſt déchargé de l'accuſation , après avoir
été interrogé *ſur la ſellette*, à ce que l'on pré-
ſume , parce que l'arrêt ne s'explique pas à cet
égard pour le ménager , & qu'on n'auroit fait
difficulté de mettre *à la barre de la cour*, s'il ne
l'avoit été que de cette façon , qui n'eſt point
infamante.

23 *Juin*. Extrait d'une lettre de Grenoble, du
11 juin. . . . . . Notre parlement eſt de nouveau
dans la criſe ; il bataille avec le conſeil qui a déjà
caſſé quatre ou cinq de ſes arrêts dans la même
affaire. Il s'agit d'une pauvre communauté oppri-
mée par une chartreuſe : le parlement a pris la
défenſe de la premiere. De-là cette longue querelle
qui a provoqué enfin les remontrances vigou-
reuſes arrêtées , toutes les chambres aſſemblées, le
29 avril dernier. Outre les caſſations multipliées
dont ſe plaint la cour, elle réclame un de ſes
membres , M. de *Aïcyrieu* , conſeiller rapporteur
de l'affaire , mandé par lettre de cachet à la ſuite
de la cour, & l'abolition d'une amende de 500 liv.
prononcée par le conſeil contre le procureur de la
communauté.

24 *Juin*. Les colporteurs ſont fort alarmés de
la vigilance avec laquelle on a intercepté juſques
en Flandre & ſur d'autres routes des ballots de
livres qu'ils attendoient. Ils attribuent ce redou-
blement de zele & d'activité aux plaintes que le
roi de Pruſſe a fait porter à l'occaſion des *Mémoires
de Voltaire* : ſans doute le déſir de ſouſtraire le

Mémoire nouveau du comte de *Mirabeau*, précédé de fa converfation avec M. le garde-desfceaux, n'a pas peu contribué à ces recherches.

Du refte, on dit que plufieurs colporteurs font à Bicêtre pour le premier ouvrage.

24 *Juin.* Un cadeau à faire au comte de *Haga*, c'étoit fans doute de lui donner le fpectacle d'un aéroftat. Il a eu lieu hier à Verfailles dans la cour des miniftres. C'étoit une *Mongolfiere*, c'eft-dire, s'élevant par l'agent de M. de *Montgolfier*, par le feu. Elle a 86 pieds de haut fur 130 pieds fix pouces de circonférence, & porte le nom de *Marie-Antoinette*. Elle eft du refte enrichie de tous les ornemens poffible : on y voit fur-tout le chiffre du roi avec celui du roi de Suede & un bras garni d'une écharpe blanche, dont la main vient de recevoir une couronne avec des lauriers. Elle peut porter vingt-cinq quintaux. Comme il régnoit un grand vent, il a fallu attendre un moment plus favorable, & elle n'eft partie qu'à cinq heures moins un quart, avec toute la folemnité poffible.

24 *Juin.* Extrait d'une lettre de Grenoble, du 15 juin...... Ce n'eft que depuis ma derniere lettre que j'ai eu connoiffance d'une autre tracafferie de notre parlement avec le confeil, à l'occafion du defpotifme d'un infpecteur des manufactures du Dauphiné, contre des fabricants qu'il vexoit, & mis fous la protection des loix. De-là un nouveau combat d'arrêts & de remontrances arrêtées aux chambres affemblées, le 30 avril dernier. Elles font imprimées, ainfi que les premieres, & vous parviendront fans doute bientôt.

25 *Juin.* MM. *Pilâtre de Rozier* & *Prouts*, qui montoient la montgolfiere *Marie-Antoinette*, font

descendus hier entre Champlatreux & Chantilly à cinq heures & demie, à douze lieues de distance du point de leur départ, après avoir consommé toutes leurs provisions : ainsi ils ont fait leur route en trois quart · d'heure.

Le prince de Condé leur a envoyé sur le champ des voitures & a nommé la prairie où ils ont pris terre : *Piâltre de Rozier.*

25 *Juin.* Le sieur *Gretry* ayant , comme de raison, grand regret d'avoir perdu la musique employée à la piece de *Théodore & Paulin*, dont on a rendu compte il y a quelques mois ; a déterminé l'auteur des paroles, le sieur *Desforges*, à conserver de son sujet ce qui avoit trouvé grace devant le public & mérité même des applaudissements, c'est-à-dire, un épisode resserré en deux actes sous le titre de l'*Epreuve villageoise.* Cette niaiserie, où il y a quelques traits d'esprit & de gaieté, a eu hier le plus grand succès relativement à la musique pittoresque, naïve & riche, sans aucun luxe déplacé & étranger au genre.

25 *Juin.* Les *Remontrances du parlement de Dauphiné concernant l'affaire entre la communauté de Bouvante & les Chartreux du Val-Sainte-Marie*, ont percé ici.

On y voit avec peine qu'un ordre religieux qui a renoncé non-feulement aux délices de la vie, mais par une mort anticipée presque à la vie de ce monde, vouloir ravir à ses vassaux des biens qu'ils possédoient depuis plusieurs siecles sur la foi des traités : s'autoriser dans ses projets ambitieux par des arrêts surpris au conseil du roi ; arrêts contraires aux loix du royaume & introduisant des formes nouvelles : le parlement forcé d'en suspendre l'exécution pour empêcher la ruine d'un village considérable.

Telle est l'esquisse de ces remontrances écrites à la fois avec noblesse & simplicité.

26 *Juin*. M. *Mignonot* a donné une suite à ses *Considérations politiques*. Elle paroît depuis pe . Il y traite de deux objets très-importants, relatifs aux circonstances du moment.

Le premier est le traité que les Turcs viennent de conclure & avec la Russie & avec l'empereur. L'auteur observe avec raison que c'est la suite de leur foiblesse; que pour peu qu'elle dure, les deux puissances alliées sauront bien s'en prévaloir pour former de nouvelles prétentions; que le seul remède est d'engager le grand-seigneur à faire apprendre à ses troupes la tactique moderne: il en indique les moyens.

Le second objet est la préséance que prétend aujourd'hui l'impératrice des Russies, en affectant le pas sur la France à la cour de Vienne. Monsieur Mignonot fait voir l'absurdité de cette prétention avec autant de force que de raison.

Ces deux points, quoique discutés avec beaucoup de méthode, ne portent pas moins d'intérêt, par la maniere dont l'écrivain se présente, par les anecdotes historiques dont il mêle ses raisonnements, & par un style noble & plein de dignité, comme son sujet.

Il est à souhaiter que les autres considérations politiques dont il s'occupe, ne tardent pas à paroître; elles ne peuvent que lui faire honneur, & contribueront peut-être à éclairer le ministere & même les étrangers sur quantité de choses ou négligées ou mal vues.

26 *Juin*. Le chambellan du roi de Suede a été tué hier en duel par M. le comte de *la Mark*. C'est une suite d'une rixe élevée entre eux au bal de

l'opéra ; mais le principe en est ancien. On prétend que ce chambellan avoit servi en France dans
le regiment de *la Mark* ; que lorsqu'il fut question durant la derniere guerre de passer les mers ;
cet officier refusa ; ce qui le fit taxer de lâcheté
par son colonel : il a profité du premier moment
de lui en demander raison.

On dit M. de la *Mark* dangereusement blessé.

Cette catastrophe s'est passée dans toutes les
regles & en présence de témoins. On croit que le
comté de *Haga* en a été instruit dès le matin
au palais, où il étoit pour entendre plaider
M. *Seguier*. Il est sorti un moment, & l'on présume qu'on ven it lui annoncer la funeste nouvelle.

26 *Juin*. M. *Pilâtre de Rozier* ne s'est point
vanté dans sa relation des suites funestes de son
voyage. Suivant celle du prince de Condé même,
la machine, en s'abattant, a brûlé un arbre &
s'est brûlée ensuite. Son altesse ajoute que si elle
eût tombée dans la forêt, elle auroit pu l'incen-
dier toute entiere. Cette *Montgolfiere* étoit si des-
féchée, qu'en y touchant on y faisoit des trous.

27 *Juin*. Le chambellan du roi de Suede tué,
étoit d'origine françoise & lyonnoise. Il se nom-
moit *Duperon*. Il paroît que le comte de *la Mark*
avoit tenu des propos qui lui ont été rapportés,
dont il n'a pu s'empêcher de lui demander satisfaction. Il a prévenu son maître & lui a demandé
sa permission. Le comte de *Haga* lui a répondu,
que s'il étoit en France comme roi de Suede,
il traiteroit l'affaire vis-à-vis du roi même, &
savoit ce qu'il auroit à faire ; mais que n'étant
ici que comme comte de *Haga*, il n'avoit rien
à dire, & qu'il ignoroit cela. Il en résulte
qu'il n'a pas moins été sensible au procédé de

M. de *la Mark*, qui, par égard pour le souverain, auroit dû s'abstenir des propos qui ont provoqué le combat.

27 *Juin*. En conséquence de la délibération prise avec les auteurs dramatiques, le sieur de *Beaumarchais* a déjà écrit à tous les directeurs de troupes de province pour traiter la chose à l'amiable avec eux avant d'avoir recours à l'autorité, ou même pour les effrayer d'avance & en tirer meilleur parti.

28 *Juin*. Les autres remontrances du parlement de Grenoble, *au sujet des arrêts du conseil rendus contre les freres Romieu, fabricants de petites étoffes à Romans*, sont aussi arrivées ici.

Leur objet est de se plaindre des atteintes données à l'ordre des jurisdictions, à la sureté du commerce, aux regles de la subordination, & à la liberté dont le magistrat doit jouir dans l'administration de la justice.

Il est encore question ici de M. de *Meyrieu*, conseiller mandé à la suite de la cour, comme avant rendu des ordonnances dans l'affaire, & d'un huissier interdit de ses fonctions pour avoir exécuté les arrêts du parlement.

28 *Juin*. M. de *Fontanelle* ayant essayé ses talents politiques à rédiger depuis huit ans cette partie du mercure de France, a été digne de passer à la gazette de France. C'est un M. *Mallet Dupan* qui le remplace. Celui-ci est connu pour avoir rédigé pendant deux ans à Geneve, sa patrie, les *Mémoires historiques, politiques & littéraires sur l'état présent de l'Europe*. C'est aussi lui qui s'étoit emparé de la continuation des annales de Me. *Linguet*, durant la détention de ce journaliste.

28 *Juin*. Pour savoir décidément à quoi s'en

tenir fur l'Hcfiopt , M. le maréchal de *Caftria*
vient de nommer trois commiflaires de l'académie
des fciences , qui doivent lui rendre un compte
bien circonftancié de l'expérience qu'ils feront de
l'inftrument & des réfultats qu'ils auront obtenus.

29 Juin. Entre les fpectacles donnés à M. le
comte de *Haga* , l'*Armide* du chevalier *Gluck* ,
exécuté à la cour le 14 de ce mois fur le grand
théâtre , a finguliérement frappé l'illuftre étranger
par la magnificence des décorations: celle du bo-
cage , où *Renaud* fe repofe ; celle de l'embrafe-
ment du palais de la magicienne , ont fur-tout été
remarquées.

On a obfervé auffi que Mlle. *le Vaffeur* qui ,
quoique retirée , a repris le rôle d'*Armide* en
cette occafion , n'a point brillé & a très-mal
chanté.

29 Juin. Extrait d'une lettre de Dijon , du
15 juin..... M. de *Morveau* qui s'occupe plus
aujourd'hui de ballons que des affaires de jurif-
prudence , a fait , le 12 de ce mois , conjointement
avec M. de *Virely* , préfident de notre chambre
des comptes , une expérience , par laquelle il prétend avoir dirigé fa machine horizontalement
contre le vent. Les incrédules en doutent encore
& font une petite objection. Pourquoi ces voyageurs ne font ils pas revenus defcendre dans cette
capitale , au lieu d'aller s'arrêter dans un mé-
chant village ? Les bonnes gens s'imaginent les
avoir vu planer fur Dijon & les environs. Mais
M. *Blanchard* planoit auffi........

29 Juin. Le Dormeur éveillé, comédie en quatre actes & en vers , mêlée d'ariettes , déjà jouée
l'année dernière durant le voyage de Fontainebleau , & tout récemment au petit Trianon
chez

chez la reine, avoit déjà reçu deux fois les fuf-
frages de la cour : il a été donné hier à Paris fur
le théâtre des Italiens.

Le fujet eft tiré des *Mille & une Nuits* ; il
prête, par fa nature, à une grande pompe de
fpectacle & aux plus brillantes illufions de la
fcene.

Au premier acte le dormeur éveillé n'eft qu'un
bourgeois : au fecond il eft calife ; il rentre dans
fon premier état au troifieme, & au quatrieme
remis de nouveau fur le trône il lui préfere une
efclave qu'il adore. Telles font les diverfes fitua-
tions par où paffe ce perfonnage principal.

Le muficien a travaillé fur un fujet fi riche qu'il
n'a eu qu'à déployer la variété de fon talent. En
général, cet ouvrage a plu beaucoup ; cependant
il n'eft pas neuf, il eft trop alongé & il laiffe
quantité de chofes à défirer encore, même du
côté de la mufique.

Les paroles font de M. de *Marmontel*, & la mufique eft de M. *Piccini*.

30 *Juin*. Le vendredi 25, M. le comte de
Haga affiftoit pour la feconde fois au *Mariage de
Figaro*. Le fieur *Dugazon* qui fait le rôle d'un juge
fort bête, nommé *Bride-oifon*, a voulu régaler
l'illuftre étranger d'un couplet de fa façon, que
les journaux, on ne fait pourquoi, n'ont pas jugé
à propos de conferver. Comme il fait anecdote,
quelque médiocre qu'il foit, le voici :

> L'aftre bienfaifant du monde
> D'un nuage enveloppé,
> Déjà difparoît dans l'onde
> Pour le vulgaire trompé.
> Par ma fcience profonde

Sous un air simple , en ce lieu ,
Ainsi vois-je un demi-dieu.

30 *Juin.* On a parlé d'un mémoire de Me. *Lin-guet*, qu'on ne connoissoit que par le desaveu de son procureur, nommé *Querquet.* Par une fatalité singuliere , tous ceux qui prennent les intérêts de ce turbulent personnage, sont destinés à devenir bientôt ses ennemis. C'est ce qu'on voit dans une lettre de Me. *Linguet*, datée de Londres le 15 juin , où il fait des reproches très-vifs à ce pro-cureur de sa conduite, & déclare qu'il va le révo-quer. Il avoue du reste & le mémoire & le procès au Châtelet.

30 *Juin.* Les colporteurs annoncent une nou-velle brochure très rare , puisqu'ils prétendent qu'il n'en est passé ici que cinquante exemplaires ; elle a pour titre : *le Diable dans un bénitier.* Peut-être n'a-t-elle que cela de facétieux. On la dit impri-mée à Londres , où la police a fait ce qu'elle a pu pour l'empêcher de se répandre en retirant l'édi-tion.

1 *Juillet* 1784. M. le cardinal de *la Rochefaucault*, archevéque de Rouen , étoit désigné pour prési-dent de l'assemblée décimale du clergé, qui doit se tenir en 1785 ; mais comme cette éminence n'est pas propre à entrer dans les vues de réforme politique dont s'occupent les prélats administra-teurs , on lui a substitué M. l'archevéque de *Narbonne*, qui s'est déjà distingué au chapitre de Saint-Denis.

1 *Juillet.* A la suite du comte de *Haga*, est ici un chevalier de *Mautati* qui, quoique sujet du roi de Suede , est né à Constantinople , y a passé la plus grande partie de sa vie & a trouvé le vête-

ment turc si commode qu'il ne peut se résoudre à le quitter, & a toujours l'air d'un musulman. Il est très instruit, il a beaucoup d'esprit & il est homme de lettres : il sait parfaitement le françois ; il prétend que ce qu'on a écrit jusques-là sur l'empire Ottoman, à commencer par les lettres de milady *Montaigu*, n'est qu'un roman. En conséquence il a composé une histoire de cet empire & sur-tout de ses loix, qu'il va terminer & faire imprimer en France.

1 *Juillet.* Il court depuis les représentations du *Mariage de Figaro*, l'épigramme suivante, très-singuliere.

Le vœu du Dramomane, ou la semaine couleur de rose.

Que le Parisien agit en étourdi !
A fêtoyer le drame, il s'étoit enhardi,
Et par un *Figaro* follement applaudi,
Le voilà sous mes yeux encor ragaillardi :
Je tiens de ma femaine un plan bien arrondi ;
Un joli *Requiem* pour dimanche à midi,
Item, chez *Curtius*, les grands voleurs lundi ;
Item, chez arlequin, *Jenneval* pour mardi ;
Item, chez Poquelin, *Beverley* mercredi ;
Le combat du taureau, près de Pantin, jeudi ;
Le spectacle infernal, où l'on fait, vendredi :
Ah ! si pour la clôture, on pendoit samedi.

2 *Juillet.* La Dlle. de *Montensier*, directrice de la troupe des comédiens de Versailles & de quelques autres, ayant donné l'exemple aux directeurs ses confreres de répondre négativement au sieur de *Beaumarchais*, & de lui observer même que sa

demande étoit impoffible dans l'exécution, il a pris le parti de remettre un mémoire au miniftre de Paris, formé d'après la délibération unanime des auteurs dramatiques, pour obtenir un arrêt du confeil revêtu de lettres-patentes.

Il paroît conftant en effet que les membres du bureau de légiflation dramatique fe font tous rendus à l'invitation du fieur de *Beaumarchais*, & que les abfents même ont envoyé leur adhéfion, fauf M. *Rochon de Chabannes*, qui a répondu au billet du fieur de *Beaumarchais* par le billet fui-vant, en date du 7 juin, qui court le monde & bon à conferver.

« Les auteurs dramatiques doivent fans doute,
» Monfieur, être bien reconnoiffants du zele gé-
» néreux avec lequel, même au milieu de vos
» triomphes, vous ne ceffez de veiller à leurs
» intéréts ; vous entrez dans des détails mer-
» cantilles, propres à accroître leur fortune. Je
» vous en ai, en mon particulier, une obligation
» infinie ; mais je crois inutile de me rendre à
» l'affemblée que vous jugez à propos d'indiquer
» chez vous. Je fais quel doit être le fujet de la
» délibération ; il m'eft indifférent aujourd'hui.
» Heureufement, par les circonftances je me
» trouve au-deffus du befoin ; je ne travaille
» point pour de l'argent. Loin des intrigues &
» des cabales, je ne cherche qu'à foutenir la foible
» réputation que, graces aux bontés du public,
» mes ouvrages m'ont faite : j'ambitionne fur-
» tout cette confidération perfonnelle qu'il ne
» peut refufer à la bonne conduite, aux fenti-
» ments honnêtes, & que ne fauroient jamais
» compenfer les fuccès, la renommée & la gloire
» la plus brillante. »

3 *Juillet. Les très-humbles, très-respectueuses &* *itératives remontrances du parlement au roi sur* *l'état actuel des Quinze-vingts*, présentées le 23 mai 1784, font imprimées.

Un chapitre créé par la loi dès l'origine & confirmé dans ses pouvoirs par les statuts, ainsi que par l'édit de 1746, étoit le premier juge de toutes les affaires touchant le gouvernement des Quinze-vingts, sauf l'appel en la cour ; il se tenoit réguliérement tous les mois. Une administration de magistrats gouvernoit l'hôpital ; en son absence elle étoit représentée par le maître ; celui-ci présidoit à la police intérieure. La vigilance du maître actuel faisoit de l'enclos des Quinze vingts, avant sa translation, le séjour de la décence & de la paix. L'esprit d'ordre gouvernoit les finances ; les comptes étoient en regle ; les freres dans l'aisance ; d'honorables économies grossissoient le trésor. Mais depuis la translation, le chapitre ne se tient plus, l'administration n'est plus qu'une ombre ; tout le pouvoir est dans les mains du grand-aumônier : deux hommes nommés par lui gouvernent sous son nom & par ses ordres. Tel est le précis du tableau que le parlement offre au roi : tableau soutenu de dépositions & de pieces juridiques, qui rendent beaucoup plus graves les inculpations.

3 *Juillet.* Quelques magistrats du Châtelet ont communiqué le *Factum* de Me. *Linguet* ; il est in-4°. ; il est enveloppé d'une espece d'avertissement ayant pour titre d'une part : *Annales politiques, civiles & littéraires, par Me. Linguet,* N°. 82, gratuit ; de l'autre est un avertissement sur le *Prospectus* de l'édition corrigée des œuvres de M. de *Voltaire*, qu'il a entreprise : enfin au

milieu se lit : *Défenses pour Me. Linguet sur la demande en réparation d'honneur , & en dommages-intérêts, formée contre lui au Châtelet de Paris par le sieur Pierre le Quesne , marchand d'étoffes de soie.* Il est en effet signé *Linguet* & plus bas *Quesne* procureur. Toutes ces singularités sont à remarquer de la part d'un auteur aussi original , & il en sera rendu compte plus en détail.

4 *Juillet.* Il est question d'un grand ballon que M. le duc de *Chartres* fait construire depuis long-temps à Saint-Cloud : on l'appelle une *Charlotte* ou *Caroline*, du nom de M. *charles*, dont on a adopté la méthode pour celui-ci. Mais ce n'est pas lui qui s'en mêle ; ce sont les freres *Robert*. M. *Charles* a refusé d'y monter sous prétexte qu'il ne se flattoit pas de pouvoir diriger la nouvelle machine mieux que l'autre , & que pour recommencer la même chose c'étoit un jeu d'enfant. Quoi qu'il en soit, M. le duc de *Chartres* attend avec impatience la fin de cette grande machine , qu'on dit coûter 40,000 livres : il compte monter dedans ; ce qui a occasionné un calembourg de Mad. de *Vergennes* : » *Apparemment*, a-t-elle dit , *M. le duc de Chartres veut ainsi se mettre au-dessus de ses affaires.* »

4 *Juillet.* On va voir chez M. *Firet* horloger, trois pendules de sa composition très curieuses.

La premiere représente une *Négresse* en buste , dont la tête est supérieurement faite. Elle est historiée très-élégamment & avec beaucoup de richesses & d'ornements. Elle a , suivant le costume , deux pendeloques d'or aux oreilles. En tirant l'une l'heure se peint dans l'œil droit & les minutes dans l'œil gauche. En tirant l'autre pendeloque, il se forme une sonnerie en airs différents, qui se succedent.

La seconde est une cage faite pour être suspendue, & le cadran est en dessous. La cage est travaillée de la maniere la plus délicate & la plus exquise; elle est en outre d'une richesse précieuse. En dedans sont un bouvreuil & un serin sur un bâton. On tire un ressort, & ces deux oiseaux s'agitent sur le bâton, & chantent ensemble un concert, ou separement chacun un air.

Enfin la troisieme est plus curieuse encore, plus savante & plus dans le genre. C'est un globe dont l'équateur en marquant l'heure de Paris, marque en même temps l'heure qu'il est dans chaque pays du monde. M. le duc de *Chartres* qui est connoisseur & amateur, a passé beaucoup de temps à vérifier l'exactitude des calculs, & les a trouvés justes. Il paroît qu'il auroit envie d'en faire l'acquisition.

4 *Juillet.* Par jugement du tribunal des maréchaux de France, M. le vicomte de *Noë* est condamné de nouveau à faire des excuses à M. le maréchal duc de *Richelieu*, gouverneur de Guyenne, en présence de tous les autres maréchaux de France, & en outre à un an de prison.

Le tribunal ne donne qu'un mois pour délai au vicomte de *Noë*; on le dit en Espagne.

Le jugement est du 22 juin. C'est un second. On a parlé du premier, auquel M. de *Noë* n'avoit pas satisfait. Il paroît que sa requête, afin de renvoi pardevant les juges naturels, a provoqué ce nouveau jugement.

M. le vicomte de *Noë* est lieutenant-général des armées du roi, & attaché à la maison d'*Orléans*, qui n'a pu le sauver.

4 *Juillet.* On voit un *Prospectus* d'un nouvel établissement de commerce dans le pays des Druses.

4 *Juillet.* Les *Druides*, tragédie de M. *le Blanc*, interrompue depuis pâques 1772, ont reparu le jeudi premier de ce mois. C'étoit M. de *beaumont* qui en avoit fait suspendre les représentations, & le prélat actuel plus tolérant ne s'est pas opposé, sans doute, à la reprise. Elle a eu du monde & beaucoup de succès, graces aux cabaleurs du parti qu'on y avoit ameutés en foule. Du reste, cet ouvrage est jugé & l'on sait à quoi s'en tenir.

5 *Juillet.* Me. *Linguet*, dans l'espece d'avertissement dont il a enveloppé son memoire, prévient ses souscripteurs de l'envoi qu'il doit leur en faire sous ce format in-4°. équivalent à quatre numéros. Il se fait fort de réparer l'irrégularité, & du reste annonce le tout gratuit. Il paroit que c'est une petite niche qu'il prépare aux contrefacteurs pour les embarrasser. Il demande pardon au surplus de la lenteur avec laquelle arrivent ses numéros, puisque l'on n'en est encore qu'au 8eme ; c'est-à-dire, qu'en deux ans il n'en a guere donné au public que douze ou treize : il l'attribue à ce memoire, qui lui a fait perdre trois mois.

Dans l'autre avertissement, piqué des contradictions qu'il éprouve relativement à son édition projetée de *Voltaire* purgé, des sarcasmes du *Courier de l'Europe* qui lui reproche de faire du philosophe de Ferney un capucin, & des imputations atroces d'une *feuille imprimée à Luxembourg*, qui le taxe d'hypocrisie ; Me. *Linguet* déclare qu'il renonce à son entreprise, & que les souscripteurs peuvent retirer leur argent.

5 *Juillet.* Le *Prospectus* annoncé concernant une branche de commerce nouvelle, est un memoire très développé sur l'établissement d'une compagnie, pour faire la traite directe des productions de

pays des Druses, peuple du *Mont - Liban* & *Anti-Liban*, où l'on donne le détail historique de ses productions, des forces de l'état, de ses richesses, du caractere du prince, & de celui de ses sujets.

Il est divisé en différents paragraphes: 1°. Description du pays tes Druses; 2°. caractere du prince & de ses peuples, richesses & forces de la nation; 3°. établissement d'une compagnie de commerce qui fera la traite directe de Baruth en France, dans le port le plus voisin & dans toute l'Europe; 4°. avantages pour la compagnie de la traite des marchandises du pays des Druses; 5°. avantages & point de vue sur l'extension de ces différentes spéculations projetées dans les pays qui avoisinent les Druses & avec lesquels ils sont alliés; 6°. enfin, idée des marchandises d'exportation des manufactures de France.

Ce mémoire est rédigé par deux spéculateurs, dont l'un étoit encore sur les lieux en 1782. Suivant son rapport, les Druses habitent une contrée enfermée entre le *Mont - Liban* & l'*Anti-Liban*, vallée fertile qu'on appelle *Syrie Creuse*. Ces peuples se prétendent issus en partie de deux régiments françois qui, du temps des croisades, furent incorporés avec eux après la bataille de *Méanougue* en *Syrie*. Leur souverain qui s'intitule *Emir*, désire autant que ses sujets que nous formions un établissement de commerce avec eux. Le port où il pourroit avoir lieu seroit *Baruth*; il n'y auroit des ports de France à celui-là que pour trois ou quatre semaines de trajet. Les principaux objets d'exportation seroient les soieries, la cire, les huiles, les vins, les grains de toute qualité, les laines, les cotons, le salpêtre, les chevaux, les bœufs, les bois de toute espece, &c.

D 5

Les articles d'importation dans ce pays-là
pour les échanges, feroient les draps Londrins,
l'indigo, le papier, le fucre, le café, toutes fortes
d'épiceries, les liqueurs, les confitures, les odeurs &
toutes fortes de quincaillerie, &c. &c. &c

Ce mémoire, s'il eft exact, doit être d'autant
mieux accueilli du gouvernement, qu'il nous fournit un point d'appui pour nous avoifiner des *Turcs*,
dont il s'occupe beaucoup aujourd'hui, & qu'il
s'agit de fouftraire à l'invafion prochaine des deux
cours impériales réunies.

6 Juillet. Mercredi dernier, 30 juin, l'académie
royale des fciences affemblée, a entendu le rapport
qui lui a été fait par M. *Flamand* de la conf-
truction de la montgolfiere de Lyon, nommée
la Guftave, & du voyage qu'il a fait dedans. Ce
qui a rendu cette féance curieufe & nouvelle, ç'a
été le fpectacle de Mad. *Tible*, cette Lyonnoife au-
dacieufe qui, la premiere de fon fexe, a ofé monter
dans un char aérien.

Madame *Tible*, depuis qu'elle eft à Paris, folli-
cite MM. les abbé *Miolan & Jannet* de l'affocier au
voyage qu'ils doivent entreprendre inceffamment
dans leur montgolfiere, la plus immenfe qu'on ait encore vue, & qui doit partir du Luxembourg le dimanche 11 de ce mois; mais ils n'ont point ofé faire
cette injure aux femmes de Paris, dont quelques-
unes briguent auffi cet honneur. Vraifemblablement
pour ne point faire de jaloufes, ils n'en embar-
queront aucune avec eux,

6 Juillet. Toutes les foumiffions de M. l'abbé
Mably n'ont pu empêcher la faculté de théologie
de pourfivre fa cenfure: elle commence enfin
à paroître fous le titre de *Cenfure de la faculté de
théologie fur le livre des principes de morale.*

6 Juillet. On ne cesse de parler de la fête don‑
née à M. le comte de *Haga*, par M. le duc de
Coßé. Ce prince a déclaré qu'après celle que la
reine lui avoit donnée à Trianon, il n'en avoit
point vu de plus belle. Les jardins étoient illu‑
minés de cent mille bougies, & l'on avoit poußé
la recherche jusqu'à plancheyer les allees & à y
répandre des tapis.

7 Juillet. On commence à aller voir chez mon‑
sieur *Foucou*, sculpteur de l'académie, le buste de
M. de *Suffren*, que les maire & consuls de la
ville de *Salon* en Provence, patrie de ce grand
homme, ont commandé à cet artiste: c'est la
suite d'une délibération unanime de ses compa‑
triotes.

Ce buste doit être élevé en ce lieu sur une
colonne de marbre.

7 Juillet. Les défenses de Me. *Linguet*, tou‑
jours très-verbeux, ont cent onze pages. C'est en
effet son N°. 72 qu'il a délayé dans ce volumi‑
neux mémoire; il est d'abord précédé de quel‑
ques réflexions, où il déclare qu'il n'est point
agreßeur, qu'il ne fait que répondre à la demande
en réparation d'honneur du sieur le *Quefne*, es‑
pérant ainsi éluder la demande en réparation pé‑
cuniaire que son commettant auroit à former contre
cet infidele correspondant; mais, quoique absent,
il ajoute qu'il ne veut, ni ne peut, ni ne doit
confier sa cause à aucun des membres du barreau
de Paris. Ce qui lui fournit occasion de revenir
encore une fois sur l'ordre des avocats par une
déclamation non moins violente que les précédentes;
il enveloppe même le parlement de Paris dans
cette diatribe, & renouvelle tout ce qu'il a dit
à cet égard.

D 6

Me. *Linguet* divife fon mémoire en trois parties. Il rend d'abord compte de fa fituation préfente ; il juftifie enfuite la révélation qu'il a cru devoir au public des perfidies de fon ancien agent; il finit par démontrer combien de réclamations l'autorifent fes infidélités.

La premiere partie ne confifte, à proprement parler, qu'en réflexions préliminaires ; après quoi il entre en matiere.

Il paroît d'abord que le fieur *le Quefne* a fondé fa demande fur cinq ouvrages de Me. *Linguet* qu'il a qualifiés de libelles; favoir, fon *Avis aux foufcripteurs des annales politiques*, &c. les trois numéros 73, 74 & 75, contenant fes *mémoires fur la Baftille*: enfin une *lettre adreffée à une gazette étrangere*, qu'on croit être celle de Cleves, & fignée de Me. *Linguet*. Celui-ci demande là-deffus ce que veut le fieur *le Quefne*, & fur quoi il appuie fa réclamation ? Comme tout ce qu'il dit à cet égard n'eft qu'une répétition de ce qu'il a déjà dit, qu'il n'apporte ni faits nouveaux, ni anecdotes, ni preuve nouvelle il feroit faftidieux d'entrer dans un plus long détail.

La démonftration des répétitions pécuniaires que Me. *Linguet* fe prétend dans le cas d'exercer contre fon correfpondant, quoique très - confidérables, n'eft pas mieux fondée en raifonnements & en preuves.

En général, ce mémoire n'a que la forme juridique, & fous cet appareil l'auteur a faifi avec empreffement l'occafion de renouveller l'hiftoire de fes derniers malheurs, & d'en configner authentiquement tous les détails jufques dans les mains & le fanctuaire de la juftice. Il faut attendre pour voir comment elle l'accueillera, & quel ufage elle en fera.

8 Juillet. Quoique l'engouement du public pour
le *Mariage de Figaro* se soutienne constamment,
le sieur de *Beaumarchais* cherche à le ranimer de
temps en temps par différents moyens. C'est ainsi
qu'il a fait courir, il y a plus d'un mois, une
lettre prétendue écrite par lui, suivant les uns, à
M. le duc de *Villequier*; suivant les autres, à monsieur le président *Dupaty*, lettre fort impertinente,
quoique bien faite dans son genre. Elle étoit pour
une réponse à la demande qu'on lui avoit faite
d'une loge grillée pour des femmes qui n'osoient
aller voir la pièce trop publiquement. Peu de
temps après on dit que sa pièce, qui étoit
déjà à la dix-septieme représentation, alloit être
arrêtée; ensuite on ajouta que l'auteur avoit été
mis à la Bastille. Toutes ces rumeurs s'étant accré-
ditées pendant quelques jours, le sieur de *Beaumarchais* les a démenties en avouant la lettre dans
le journal de Paris, mais en désavouant les différentes adresses qu'on y avoit mises. Comme il n'a
point déclaré la véritable, qu'on a découvert qu'il
avoit lu cette lettre dans un souper long-temps avant
qu'elle fût publique, & sans nommer davantage
celui à qui elle étoit envoyée, il y a tout lieu
de croire que c'est une ruse de sa part, & qu'elle
n'est que fictive.

8 Juillet. Les dévots sont fort scandalisés que
M. l'abbé *Miolan* ait choisi pour le jour de son
expérience aérostatique, un dimanche, & pour le
temps, celui de la matinée, c'est-à-dire, l'heure
de la messe. On assure que c'est sur les représentations de M. le lieutenant général de police, que
le choix du jour a été fait pour ne pas détourner
les ouvriers. Il a calculé que durant le reste de la
semaine ce seroit pour eux une perte de plus de

cent mille écus. Il a eu le courage de contrarier ainsi le goût de la reine qui défiroit voir ce spectacle, & vouloit en conféquence que ce ne fût point le dimanche. Sa majefté a facrifié fon plaifir à une aufli excellente raifon.

9 *Juillet*. Depuis environ dix-huit mois réfide dans ce pays-ci une étrangere qui fe nomme madame *Haffelgreen*. Elle eft Suédoife, & a été la maîtreffe du duc de *Sudermanie*, frere du roi de Suede. Elle prétend avoir quitté Stockholm par un dépit de jaloufie de voir fon amant lui faire infidelité pour une actrice. Quoi qu'il en foit, il paroît que le comte de *Haga* a quelques confidérations pour elle. Il eft allé la voir plufieurs fois, & même *in fiocchi*. Il l'a chargée de faire plufieurs emplettes de robes, de modes & de chofes de goût pour la reine de Suede. Comme c'eft la feule femme galante qu'il ait été voir dans cette capitale, les autres font furieufes. Elles prétendent que le comte de *Haga* n'aime point le fexe, & répandent fur fon compte toutes fortes de mauvais propos, plus indécents & plus odieux.

Les femmes de la cour que le comte de *Haga* voit le plus, font Mad. la comteffe de *Lamarc*, Mad. la ducheffe de *la Valliere*, Mad. la princeffe de *Croy*, Mad. de *Boufflers*, &c.

9 *Juillet*. Extrait d'une lettre de Bordeaux, du 3 juillet 1784. . . . . . . Depuis long-temps il eft queftion que notre parlement doit prendre connoiffance de l'affaire du vicomte de *Noë* : enfin il y a eu à ce fujet un comité chez le premier préfident, où les jurats ont été mandés. On leur a demandé les actes, ordres & lettres du miniftre, relatifs à cette affaire. I's ont répondu qu'ils ne pouvoient s'en deffaifir. Eux retirés, on a ouvert

l'avis de rendre arrêt à ce sujet & d'ordonner qu'ils fussent tenus de remettre ces pieces. Le bureau s'est trouvé partagé. On en a référé aux chambres assemblées : autre partage ; en sorte que la dénonciation est restée là.

9 *Juillet*. Il est beaucoup question de l'enterrement du sieur *Bougault*, charpentier employé en chef par M. *Soufflot* aux travaux de l'église de Sainte-Genevieve. Il a demandé par son testament à être enterré dans cette Basilique à côté de son maître, & en conséquence a légué deux mille écus pour sa place. Par le même testament il a ordonné un cortege & des funérailles proportionnées à cet honneur. Ce testament étoit si bizarre & si frayeux en cette partie, que les héritiers en ont contesté les dispositions, & qu'il a fallu que le lieutenant civil ordonnât de passer outre : en conséquence l'enterrement a eu lieu ces jours-ci ; le corps a d'abord été présenté à Saint-Sulpice, sa paroisse, & transporté ensuite dans un corbillard à Sainte-Genevieve. C'étoit un vrai spectacle par la singularité de cet artisan enterré avec tout l'appareil d'un grand seigneur.

10 *Juillet*. On voit dans ce pays-ci imprimées des *itératives & très-humbles & t ès respectueuses Remontrances au roi*, du parlement de Bordeaux, en date du 7 juin 1784. Elles font la suite de celles dont on a déjà parlé concernant les vexations de l'intendant & de ses impôts au sujet des corvées.

On y a joint l'arrêté du 25 mai précédent, où cette cour, les chambres assemblées, a délibéré sur la séance du comte de *Fumel*, & la transcription illégale faite sur ses registres des lettres-patentes du roi du 17 mai, & par neuf considérations où

elle en difcute les diverſes inculpations, eſt convenu de faire leſdites remontrances. On y voit
d'autres objets qui tournerent auſſi ſa ſollicitude,
& qui rendent cet arrêt très-précieux.

Quant aux remontrances, contre l'ordinaire,
elles ſont très-verbeuſes & très fuites de choſes. Elles
roulent ſur les nouvelles enquêtes : celles-ci, établies ſur des pièces juridiques, ſur des vérifications
d'experts aſſermentés, confirme d'une manière pal-
pable ce qui d'abord avoit été ſimplement énoncé
dans des dépoſitions, & c'eſt un aſſemblage d'excès
monſtrueux & les plus puniſſables.

Le ſurplus contient la juſtification du parlement,
qui bien loin d'avoir mis trop d'ardeur dans ſes recherches, n'a peut-être que trop de molleſſe à ſe
reprocher. Il y eſt queſtion à ce ſujet des attri-
butions toujours faites au détriment de la loi &
des ſujets, des évocations, enfin des formes de
coaction nouvelles, imaginées ſous ce regne, &
dont celui de *Louis XV*, où le deſpotiſme a fait
tant de progrès, n'offre aucun exemple.

10 *Juillet*. Point d'expérience aéroſtatique,
depuis celle de M. *Charles*, qui ait plus occupé
le public que celle de MM. l'abbé *Miolan & Janinet*.
Ils y travaillent depuis le mois de mars dernier.
L'obſervatoire étoit leur atelier. La hauteur de
cette *Montgolfiere* eſt de plus de cent pieds, y compris la galerie; ſon diametre de quatre vingt quatre,
& ſa circonference de deux cents ſoixante-quatre.
Il eſt entré dans ſa conſtruction plus de trois mille
ſept cents aunes de toile.

Outre les deux auteurs, il doit monter dans la
machine deux autres voyageurs, le marquis d'*Ar-
lande & M. Bredin*, méchanicien.

C'eſt au Luxembourg, dans la prairie vague &

dépouillée d'arbres que l'ascension doit se faire.
On n'y entrera que par le Luxembourg, qui lui-
même sera fermé. Toutes les précautions sont
prises pour qu'on ne puisse être admis que par
billet de 3 livres. Le plus grand ordre est établi
pour les voitures ; & un emplacement destiné
pour celles de la famille royale annonce d'augustes
personnages.

Outre le grand aérostat, il est question de deux
plus petits, dont l'un marchera cent cinquante
pieds au-dessus de lui, & l'autre cent cinquante
au-dessous : il y a une infinité d'autres circonstances de l'appareil qu'on ne peut rapporter : en
général, il est très-compliqué, & les bons physiciens n'y ont pas foi.

11 *Juillet*. Vendredi dernier M. d'*Epremesnil* a
rendu compte aux chambres assemblées du jugement du tribunal des maréchaux de France, en
date du 11 juin, contre le vicomte de *Noë*, malgré
l'arrêt du parlement de Paris qui l'avoit pris sous
sa sauve-garde, cassé par un arrêt du conseil qui
évoque le fond, & renvoie pour le surplus, c'est-
à-dire, pour le procédé & le manque de respect
au gouverneur, au tribunal juge né de ces sortes
d'affaires.

La cour a arrêté de renvoyer la délibération à
un mois, ce qui n'annonce pas beaucoup de
chaleur.

11 *Juillet*. Le comte de *Naga* est à la veille de
partir très-incessamment. On sait qu'on n'en sera
point fâché à la cour, où il ennuie les femmes &
les hommes ; ce qui fait son éloge, en ce que
les unes ne le trouvent point assez frivole, &
ne savent que lui dire, n'osant l'entretenir de quo-
lifichets & de galanterie ; & les autres trop igno-

rants pour répondre aux questions qu'il leur fait, sont désolés de voir un étranger plus instruit qu'eux, mais qui voudroit en savoir encore davantage & les embarrasse par ses demandes.

Pour dénigrer le comte de *Haga*, on a affecté de répandre quelques-uns de ses propos qui n'annoncent qu'une grande franchise, ou un défaut de cette délicatesse excessive qui évite de blesser l'amour-propre de qui que ce soit, même de la maniere la plus indirecte.

La reine lui donnant un concert chez elle, lui demanda s'il aimoit beaucoup ce genre de musique? Il répondit qu'il n'aimoit pas la musique de chambre. La reine ayant chanté avec madame *la Roche-Lambert*, jeune femme qui au plus joli gosier joint un goût exquis, sa majesté le questionnant si son concert l'avoit amusé, il dit que madame *la Roche-Lambert* le lui avoit fait trouver fort agréable. Enfin quelqu'un voulant savoir ce qu'il pensoit de la voix de sa majesté, il déclara que S. M. chantoit très-bien pour une reine.

On ajoute encore qu'au bal, la reine ne dansant point, le comte de *Haga* lui demanda si elle aimoit la danse, étant jeune? Mais cette question n'est rien moins que gauche, elle devient même une plaisanterie fine pour ceux qui savent qu'elle n'eut lieu que lorsque la reine eut annoncé qu'elle ne danseroit point parce qu'elle étoit trop vieille. Voilà comme les persiffleurs, lorsqu'ils veulent imprimer du ridicule, dénaturent tout. Il seroit bien étonnant que ce prince, qui dans les diverses conversations particulieres & sur-tout à l'académie, où cent personnes étoient à portée de l'entendre, a toujours montré beaucoup d'honnêteté, de politesse, d'aménité, de justesse & de préfence d'efprit , n'en eût manqué précifément qu'à la cour.

Le fieur de *Beaumarchais* a beau fe prévaloir de ce que le comte de *Haga* a été deux fois à fa piece ; on fait pourquoi il y a retourné : fuivant ce qu'il a dit à M. *Suard* à l'académie , en lui parlant de fa fortie contre *le Mariage de Figaro*, il comptoit la voir encore , parce qu'il ne l'avoit pas bien entendue la premiere fois. C'eft déceler affez tout ce qu'il en penfe : il trouve cette piece *fort réjouiffante, mais un peu fale*.

11 *Juillet*. Le feu ayant pris à l'aéroftat d'aujourd'hui avant l'expérience , il n'a pas été poffible de la faire ; tant de préparatifs fe font trouvés vains , & la populace furieufe d'être attrapée , a mis le refte en pieces.

12 *Juillet*. Le bureau de la ville réveillé enfin par les cris du public , apres avoir mûrement minuté un long réglement , où il a cherché à prévenir toutes les friponneries des marchands de bois, l'a préfenté au parlement, qui l'a homologué mardi 6 de ce mois. En co féquence il a fait fabriquer de nouvelles membrures qu'on va voir à l'hôtel-de-ville, comme des pieces curieufes. Il a nommé des officiers pour les infpecter & fuivre la manutention, en forte qu'il paroît que le nouveau prévôt des marchands entrera en place, fous de meilleurs aufpices que n'en fort M. de *Caumartin*

12 *Juillet* Le fieur *Bleton* revient fur la fcene ; il a été envoyé par M. le contrôleur-général dans les environs de Paris, où l'on affuroit qu'il fe trouvoit des veines de charbon de terre, pour y faire fes expériences fous les yeux de M. *Touvenel*, docteur en médecine, & de plufieurs infpecteurs des mines.

Il a d'abord été employé à Saint-Germain-en-Laye, où, suivant lui, les fouilles qu'on y fait depuis long-temps font inutiles.

Il en a trouvé, au contraire, à Luzarche & dans d'autres endroits, où l'on doit fouiller fuivant fes inclinations.

12 *Juillet*. On alloit voir ces jours derniers chez le fieur *Meniere*, orfevre-joaillier, les préfents que le roi envoie au grand-feigneur par fon nouvel ambaffadeur M. le comte de *Choifeul-Gouffier*; ils confiftent :

1°. En un fervice de vermeil, compofé de vingt-quatre petits plats de forme ronde avec leur couvercle.

2°. En un fabre, deux piftolets & un fufil, garnis en or, & d'un travail précieux.

3°. En une groffe montre de parade enrichie de brillants (on la porte fur un couffin à côté du fultan dans les cérémonies publiques.)

4°. En deux aiguieres de vermeil & une en argent.

5°. En des caffolettes, un afperfoir qu'on remplit d'eau de fenteur.

La plupart de ces pieces font enrichies de diamants. Les pipes font montées fur des flacons de porcelaine du Japon. On voit enfuite plufieurs pendules, & une quantité prodigieufe de montres, foit en or, foit en argent, dont les heures font marquées fur le cadran par des lettres ou chiffres turcs.

Tout cela eft d'un exquis; mais M. le chevalier de *Moutatfa* prétend que ce n'eft pas dans le goût de cette nation, que nous ignorons encore, malgré les inftructions que peuvent nous donner là-deffus nos ambaffadeurs, ce qui peut plaire aux Turcs ou leur déplaire.

13 *Juillet.* La *Charlotte* ou *Caroline* de Saint-Cloud devoit partir hier, & quoique l'on n'eût rien annoncé à cet égard, il s'y étoit rendu beaucoup de monde dans la nuit, parce que le bruit couroit que l'expérience auroit lieu le très-bonne heure, à cause de M le duc de *Chartres*, qui persistoit à vouloir y monter. Mais tout le monde a été attrapé ; on a dit qu'un accident empêchoit d'enlever ce jour-là l'aérostat ; que ce seroit pour le lendemain, & la foule se dispose à y retourner.

13 *Juillet.* Extrait d'une lettre de la Haye, du 9 juillet.... Il y a depuis long-temps une guerre vive entre le rédacteur de la gazette de Cleves & nos gazetiers. Le premier, qui est un homme de mérite, de beaucoup d'esprit & de prudence, qui d'ailleurs a un censeur, ne cesse pourtant de déclamer contre notre république, & prend la défense du Stadhouder en toute occasion. Il s'exprime avec une énergie que les nôtres appellent violence & fanatisme. On ne peut douter qu'il ne soit soutenu de sa cour, & que ses expressions ne soient dictées. Le gazetier de Leyde & l'auteur d'une gazette Hollandoise appellée la *Poste du Bas-Rhin*, le combattent à toute outrance, & ne lui épargnent pas les injures. Le roi de Prusse a gagné de primauté & s'est plaint par son envoyé de ces deux écrivains. La régence de Leyde a pris la chose en considération, elle a absous son concitoyen le sieur *Luzac* : quant à l'autre, la régence d'Utrecht a décidé, qu'*on offenseroit la liberté civile dans une république, si l'on empêchoit le citoyen de développer librement ses idées sur des affaires relatives à l'intérêt général.*

13 *Juillet.* Madame la comtesse de *Genlis* a composé & mis en lumiere un nouvel ouvrage,

intitulé *Les Veillées du Château*, ou *Cours de morale
à l'ufage des enfants* , en trois volumes , où beaucoup de philofophes & de gens de lettres font fort
maltraités. Ce qui lui a valu l'épigramme fuivante :

Comme tout renchérit, difoit un amateur ,
Les Œuvres de *Genlis* à fix francs le volume ;
Dans le temps que fon poli valoit mieux que fa plume,
Pour douze francs j'avois l'auteur.

14 *Juillet*. On a créé une feptieme place d'ad-
miniftrateur de la loterie royale de France , dont
eft revêtu le fieur *Morel*, & vraifemblablement afin
de le récompenfer de fes travaux littéraires pour
l'opéra & des foins qu'il prend de fon régime.
M. le comte de *Vaudreuil* qui veut du bien à
M. *Garat* , a profité de cette occafion de lui faire
faire un fort pécuniaire. Il en a parlé à la reine.
En conféquence la place eft grevée de 6,0 0 liv.
de penfion en faveur de celui ci. Le fieur *Offr edo*
juif , négociant de Bordeaux , qui chante avec
beaucoup de goût , de méthode & accompagne
M. *Garat* , a obtenu la même grace ; & un autre
amateur, nommé *Louet* , qui a eu l'honneur de
toucher du clavecin devant la reine , en a autant.
Ces bienfaits font indirectement pris fur le public,
puifqu'ils le font fur les bénéfices de la loterie,
qui devroient tourner au profit du fifc, il en a
réfulté en conféquence un vaudeville fur l'air :
Avec les jeux dans le village : on y maltraite
fort les nouveaux protégés du contrôleur-général,
& le miniftre lui-même qui a eu la main forcée.
On y peint par occafion la fociété de Mad. *le brun*,
où préfide M. de *Vaudreuil* , & qui devient un

bureau littéraire, ou plutôt une académie des arts, où l'on juge, apprécie & récompenfe les talents : cette chanfon affez plate eft quelquefois très-méchante. Elle eft en fix couplets.

14 *Juillet.* Il y a un fchifme dans l'*Ordre de l'harmonie* entre les cent premiers membres : les uns, difciples dociles & aveugles du maître, fe contentent de ce qu'il veut bien leur enfeigner, & n'en exigent pas davantage : les autres commencent à fe laffer de ne point voir les promeffes du docteur s'effectuer, & le preffent de leur apprendre enfin ce grand fecret, l'objet de leurs recherches qu'il a promis de leur tranfmettre, qu'il annonce toujours & dont il ne dit rien.

14 *Juillet.* Une chofe qui fait infiniment d'honneur à la manutention actuelle du théâtre lyrique, c'eft l'effort heureux qu'il a fait en faveur du comte de *Haga*; effort dont il n'y avoit pas d'exemple. Depuis le 11 juin, indépendamment du fervice de la cour, on y a remis, fans compter le petit acte de *Tibulle* & le ballet de *la Rofiere*, dix ouvrages capitaux; favoir, *Didon, Iphigénie en Aulide, les Danaïdes, Chimene, Armide,* (à Verfailles) *Athys, Caftor, Iphigénie en Tauride, la Caravane & le Seigneur bienfaifant.*

14 *Juillet.* Chanfon aux navigateurs aériens partis le 23 juin 1784; fur l'air : *Vous m'entendez bien.*

C'étoit en Suede & non ailleurs,
Qu'il falloit, mes braves meffieurs,
  Aller à tire d'ailes :

    Hé bien,

  Y porter des nouvelles :

  Vous m'entendez bien.

Déja vous feriez de retour
Et vous auriez fait votre cour
 A ce roi dont la gloire,
  Hé bien,
 Ornera notre hiftoire :
 Vous m'entendez bien.

Stockholm eft près de Chantilly
Pour un voyageur aguerri
 qui dirige à fa guife,
  He bien,
 Et le fud & la bife :
 Vous m'entendez bien

Mais pour bien mener un ballon,
Comme Eole eft un vieux barbon,
 Tâchez par préférence,
  Hé bien,
 D'avoir fa furvivance :
 Vous m'entendez bien.

Sans cela vos pompeux élans
 Ne feront que des cerfs volants,
 Et vous n'irez qu'apprendre,
  Hé bien,
 Comment il faut defcendre :
 Vous m'entendez bien.

15 *Juillet.* La chanfon ci-deffus peut encore
mieux s'appliquer à l'acroftat de Saint-Cloud, lancé
enfin aujourd'hui après plufieurs remifes. Il s'eft
élevé très rapidement, & eft defcendu encore plus
vite

vîte. Nous en parlerons plus amplement, après
avoir recueilli les détails certains de cet évene-
ment brillant dans le principe, & qui a penſé devenir funeſte.

15 *Juillet.* Le comte de *Haga* devoit aller entendre juger une cauſe à la tournelle ; mais le
garde-des-ſceaux l'en a diſſuadé, ſous prétexte que
ce n'étoit pas l'uſage, que ces affaires-là devoient
ſe traiter à huit clos. Tout étoit arrangé pour
que le criminel eût ſa grace, d'autant que c'étoit
un cas très-graciable, puiſqu'il s'agit d'un homme
qui en a tué un autre avec une quille, ce qui
ſuppoſe un crime du moment, & même invo-
lontaire. MM. du parlement ſont très-fâchés de
l'obſervation de M. le garde-des-ſceaux, d'autant
que cet exemple ne peut tirer à conſéquence,
puiſqu'il ne vient pas tous les jours des ſpecta-
teurs de cet ordre. Le comte de *Haga* devoit lui-
même apporter ſa grace au coupable, qui ne l'aura
pas moins, à ce qu'on eſpere, par ſon entremiſe.

15 *Juillet.* Le pape a envoyé depuis peu à Paris
le corps d'une ſainte appellée ſainte Victoire. Le
bruit avoit couru d'abord que c'étoit un cadeau que le
ſaint pere faiſoit à Mad. *Louiſe.* Il paroît conſtant
aujourd'hui qu'il reſte aux Filles-Dieu de la rue
Saint-Denis, où il eſt en dépôt, & où les curieux
vont le viſiter. Cela fait ſpectacle ; il y a des
gardes ; on entre par un endroit, & l'on ſort par
l'autre, pour éviter l'engorgement, car le peuple
s'y porte en foule. Il n'eſt pas cependant encore
queſtion de miracles que la ſainte ait fait.

Le corps, richement paré, eſt couché ſur un
lit de repos, & ſous une eſpece de bocal ; tout
cela eſt en dedans du chœur des religieuſes. La
grille eſt entre deux : en outre on a formé une

Tome XXVI.   E

enceinte d'une baluftrade de fer qui retient la
multitude : il n'y a que les gens diftingués qui
puiffent approcher de plus près & jufqu'à la grille
du chœur. On avoit d'abord expofé le vifage dans
tout fon defféchement ; on a trouvé que c'étoit
trop hideux, & l'on a fait à fainte Victoire un
vifage de cire. Ce fpectacle doit durer jufqu'à
famedi.

16 *Juillet.* La machine aéroftatique de Saint-
Cloud a préfenté hier un fpectacle nouveau par
fa forme : c'étoit un fphéroïde affis fur fon axe
le plus long. MM. *Robert* & le duc de *Chartres*
y font montés ; on a eu beaucoup de peine à le
dégager de fon appareil, & il s'eft enfin élevé
à la vue d'un peuple immenfe ; car il étoit venu
toute la nuit à Saint-Cloud un nombre infini de
voitures : beaucoup de gens y étoient reftés depuis le midi, & quantité d'autres s'y étoient
rendus à pied, ce qui formoit le plus beau coup
d'œil. Une circonftance finguliere, c'eft que les
derniers rangs ayant prié les premiers de leur
permettre de voir en fe baiffant, ils fe font ac-
croupis, & mis comme en adoration devant la
machine & fon alteffe féréniffime, qui eft partie aux
acclamations générales. L'afcenfion a été rapide,
& en moins de rien la machine s'eft perdue dans
un nuage ; peu après on l'a vu redefcendre encore
plus vîte. Elle eft prefque tombée dans un étang.
Il a fallu que le duc de Chartres envoyât un
grelin pour retirer l'aéroftat. On a fu que ce prince
ayant éprouvé beaucoup de froid, de neige & de
frimas, avoit demandé à revenir fur terre ; mais
que n'ayant pu faire jouer la foupape, pour gagner
l'air inflammable, on avoit pris le parti d'éventer
le ballon ; un fecond rempli d'air atmofphérique,

dont MM. *Robert* comptoient faire ufage, & inféré dans le grand, empêchoit au contraire le
jeu du premier. Les rames, le gouvernail dont ils
étoient munis, rien n'a pu fervir; on regarde cet
effai comme manqué abfolument.

16 *Juillet*. M. *Sauffaye*, receveur des impofi-
tions, fyndic de fon corps, ayant refufé une gratification à un de fes commis, celui-ci, pour fe
venger, a fait un mémoire à confulter, où il
prétend découvrir toutes les malverfations de fon
chef. Un certain *Martin de Marivaux*, avocat
déjà très mal famé, l'a muni d'une confultation
en date du 26 juin 1784, & l'a envoyé à toutes
les portes cocheres. La chambre des comptes a
cru devoir prendre connoiffance des faits. Le procureur-général a rendu plainte; en conféquence
le fcellé a été mis fur le comptable, & il eft décrété
d'ajournement perfonnel. On ne doute pas que
M. *fauffaye*, qui eft fort eftimé, ne fe juftifie, &
l'on fait qu'il travaille à fa défenfe.

16 *Juillet*. On a dit il y a long-temps qu'il
y avoit un *mémoire pour l'armée, en réponfe aux
mémoires du comte de Graffe*, mais il étoit fi rare
qu'on n'en connoiffoit que le titre. Il fe répand,
manufcrit toujours. Il eft fanglant contre le général, il roule fur fept chefs.

1°. Il n'étoit pas abfolument néceffaire au comte
de *Graffe* de livrer bataille pour fauver *le Zélé*.

2°. Si *le Zélé* eût pu être pris, la maniere dont
M. le comte de *Graffe* livroit bataille, faifoit
infailliblement prendre *le Zélé*.

3°. La bataille a été donnée par le comte de
Graffe de telle maniere, que l'armée françoife
eût-elle eu fur l'angloife la fupériorité en tout
genre qu'avoit celle-ci, la bataille n'en étoit pas
moins perdue fans reffource.

4°. Les fignaux faits par le comte de *Graſſe* durant le combat, ou ont été exécutés, ou n'ont pu être phyfiquement exécutés.

5°. Pluſieurs de ces fignaux, ceux particuliérement fur lefquels le comte de *Graſſe* infifte le plus, font de telle nature que leur exécution rendoit la défaite de l'armée, & beaucoup plus prompte, & beaucoup plus complete.

6°. Une fois la bataille perdue, une fois l'armée jetée fous le vent, coupée en pluſieurs points, mife dans un défordre entier & forcée par le combat, le changement de vent & le calme, le comte de *Graſſe* n'a pas fait un feul fignal à l'armée, ni aucun mouvement perfonnel propre à remédier au défordre, & à le rendre le moins funefte poſſible.

7°. Enfin, & ce feptieme article eft une conféquence néceſſaire des fix premiers, aucun commandant d'efcadre ni de vaiſſeau de cette armée, accuſée toute fans exception, ne peut être taxé d'avoir cauſé la perte de la bataille du 12 avril 1782.

Voilà ce que démontre ce mémoire d'une façon aſſez claire, fi les faits articulés font plus vrais que ceux fur lefquels fe fonde le comte de *Graſſe*. On lui contefte juſqu'à fes plans, dont on veut qu'il n'y ait pas une poſition exacte.

Ce mémoire n'eft, à proprement parler, que le réfumé de tous les autres qui y font fondus; on en attribue la rédaction principalement à M. de *Bougainville*; il a cinquante-quatre pages, & eft parfaitement bien fait dans fon genre.

17 *Juillet*. On a déjà fait un vaudeville aſſez

malin fur le voyage aérien du duc de *Chartres* ;
il eft fur l'air : *Vous m'entendez bien.*

Chartres va , dit-on , s'envoler ,
Jufques à Londre il veut aller :
   Mécontent de Neptune ,
     Hé bien ,
  Il cherche en l'air fortune :
  Vous m'entendez bien.

Chartres s'envole , & les François
Certains fur fon brillant fuccès ,
   N'ont nulle inquiétude :
     Hé bien ,
  Il en a l'habitude :
  Vous m'entendez bien.

17 *Juillet.* On raconte que la cabale philofo-
phique qui protege & prône beaucoup la tragédie
des *Druides* , a déterminé M. *le Blanc* à envoyer
fa piece au comte de *Haga* , qui l'a prié de venir
le voir. Ce prince lui a témoigné la plus grande
fatisfaction de fon ouvrage ; il lui a dit entre
autres chofes : « Vous avez peint la fcélératefle &
» la fourberie des prêtres de main de maître ;
» mais vous en avez fait un honnête homme,
» ce qui eft contre les vraifemblances. » Et les
philofophes de recueillir cet apophthegme , qui
n'a été dit fans doute que par plaifanterie , & de
le débiter très-férieufement ; & les dévots de
maudire le prince hérétique & philofophe.

17 *Juillet.* Les comédiens italiens ont joué hier
le duc de Bénévent , comédie héroïque en trois

actes & en vers, de M. de *Rauquil-Lieutaud*. Elle est tirée d'un conte de Voltaire, intitulé, *l'Éducation d'un Prince*, & il suffit de dire que le conte vaut infiniment mieux que ce drame misérable, décousu & très-mal joué.

On a joué à la suite *Les deux jumeaux de Bergame*, qu'on n'avoit osé donner depuis la mort de *Carlin*. Le sieur *Corali* l'a très-bien remplacé dans le premier rôle, & le sieur *Thomassin* s'est tiré du second avec beaucoup de succès. Il n'a pas paru indigne du fameux *Thomassin*, son aïeul, si renommé dans ce genre.

18 *Juillet*. Le nouvel ouvrage de M. *Mercier*, intitulé *mon bonnet de nuit*, en deux gros volumes in-8°. ne diffère de son *Tableau de Paris* que par le titre, & en cela est plus juste. C'est un réceptacle de digressions de toutes espèces, & sur toutes les matières, rédigées par chapitres, au nombre de cent trente-six, à-peu-près.

M. *Mercier* laisse toujours, suivant son usage, quelque pierre d'attente ; à la fin de l'ouvrage ci-dessus il annonce l'*Homme sauvage*, roman en un volume, & le *Portrait de Philippe II*, roi d'Espagne, en un volume aussi.

18 *Juillet*. M. le comte d'*Albon*, connu par quelques ouvrages philosophiques, a voulu avoir dans ses jardins de Francouville, le cadavre de M. *Court de Gebelin*, protestant, & conséquemment expulsé du sein des catholiques. Il a obtenu cette faveur : le 2 de ce mois l'exhumation a été faite du cimetière des protestants, & le corps a été transporté au lieu désigné, où le comte d'*Albon* se propose d'élever un monument à ce savant, original & point assez connu.

18 *Juillet*. Voici la lettre du fieur de Beaumarchais, bonne à conferver.

*Réponfe à quelqu'un qui me rend une grande loge
pour en avoir une petite, en difant que c'est pour des
femmes qui craignent d'être vues à ma piece.*

« Je n'ai aucune confidération , M. le Duc,
pour des femmes qui fe permettent de voir un
fpectacle qu'elles jugent malhonnête , pourvu
qu'elles le voient en fecret. Je ne me prête point à
de pareilles fantaifies : j'ai donné ma piece au
public pour l'amufer & pour l'inftruire , & non
pour offrir à des bégueules mitigées le plaifir d'en
aller penfer du bien en petite loge, à condition
d'en dire du mal en fociété. Les plaifirs du vice ,
& les honneurs de la vertu.... telle eft la pru-
derie du fiecle. Ma piece n'eft point un ouvrage
équivoque , il faut l'avouer ou la fuir. Je vous
faiue, je garde ma loge. »

(Signé) *Beaumarchais.*

19 *Juillet*. Extrait d'une lettre de Prades en
Rouffillon , du 27 Juin. .... M. *Raymond de
Saint-Sauveur*, notre intendant , eft un grand
économifte ; il a d'un autre côté beaucoup de prétentions à l'efprit; il a dans fa jeuneffe compofé
de petits écrits, entre autres l'*Agenda des auteurs* ;
il a depuis fait des difcours pour la fociété libre
d'émulation. Jaloux de fe diftinguer , ainfi que
plufieurs de fes confreres , il a imaginé de faire
exécuter ici une fête champêtre , dont il a trouvé
l'idée dans un ouvrage nouveau , intitulé , *l'Edu-
cation du Peuple*. Je n'entrerai point dans le détail
de ces cérémonies puériles , mais dont l'allégorie
fenfible eft de faire connoître qu'après les bienfaits
de la Providence, le travail & la bonne conduite

E 4

font les véritables fources du bien-être ; ce qu'a
déclaré M. l'intendant, qui a remis dans une bourfe
la valeur en argent de deux charges de bled, ou
fix cents livres pefant, comme prix d'agriculture
au laboureur indiqué par le corps-de-ville pour le
meilleur cultivateur, le plus honnête & le plus
laborieux du canton.

Ce prix a été accompagné de charités, & le
couronné, les moiffonneurs, les glaneufes, les
pauvres & les chefs de la danfe, appellés ici *Cap
de jougla*, ont trouvé une table couverte de mets
analogues à la fête & à eux. M. l'intendant a fervi
les pauvres, & les officiers municipaux l'ont imité.
Il a porté la fanté du roi, qui a été fuivi d'acclamations, de *vive le roi*, puis de danfes, &c.

19 *Juillet*. Il y a aufli dans la faculté un fchifme à l'occafion du *mefmérifme* entre les jeunes
docteurs initiés à cette doctrine, & les vieux,
ennemis des nouveautés. Parmi ceux-ci fe diftingue le docteur *Millin de la Courvault*, un des
plus chauds ennemis de *Mefmer*. Il faut favoir
qu'il a une très jolie femme, & qu'on le prétend
grandement cocu. Voici à cette occafion un im-
promptu fanglant qu'on attribue à M. *le Preux*,
fur le compte duquel on met toutes les méchan-
cetés qui s'enfantent au fein de la faculté :

Du novateur *Mefmer* les partifans ardents
De l'art s'imaginant avoir franchi les bornes,
En faculté montroient les dents :
Ils ont été bien fots, ces docteurs impudents,
Quand *Millin* enhardi leur a montré les cornes.

20 *Juillet*. M. le duc de *Chartres* a fait préfent à l'académie des fciences , du ballon de Saint-Cloud. Cette compagnie ne compte pas en faire aucun ufage, mais le garder parmi les machines curieufes; il faudroit 2,000 écus feulement pour le remplir de gaz.

20 *Juillet*. Les premieres remontrances du parlement de Bordeaux en date du 13 mai 1784, commencent à fe répandre en cette ville imprimées. Après avoir applaudi aux vues bienfaifantes du monarque dans l'abolition de la corvée , il rappelle fes remontrances du 26 août 1779 , où il porta au pied du trône les réclamations des cultivateurs contre les abus naiffants de la nouvelle forme de cet impôt , qui eft la plus difpendieufe , la plus oppreffive , la plus oppofée à la perfection des ouvrages , & celle qui ouvre la porte à un plus grand nombre de défordres. De-là une peinture effroyable de ceux dont il a recueilli les détails dans les enquêtes. Il en donne un *extrait* à la fuite des remontrances & tout cela fait frémir; il fe difculpe du refte de ces recherches néceffitées par le cri général , & qu'il n'auroit pas été dans le cas de faire , fi le commiffaire départi eût rempli fon devoir. Son vœu eft pour qu'on rétabliffe les chofes dans le premier état. Il finit par annoncer qu'il eft difpofé à concourir lui-même à une charge pour laquelle il ne doit point y avoir de privilégié.

Ces remontrances font très-bien écrites , pleines de morceaux éloquents & pathétiques, & donnent en outre un tableau de la fituation de la province très-inftructif & rempli d'intérêt.

On eft fort furpris de trouver dans cet ouvrage

E 5

du parlement, un éloge magnifique de M. *Turgot*, contre lequel les cours ont si fort déclamé de son vivant.

L'ingénieur en chef, *Valfranbert*, est le plus maltraité, & c'est sur lui que les magistrats pour ne point effaroucher le ministere, font porter leur indignation.

20 *Juillet*. Le sieur *Anseaume*, qui de souffleur de la comédie italienne en étoit devenu le secretaire, vient de mourir : il est auteur d'environ vingt-quatre ouvrages ou pieces à lui seul ou en société, joués tant à l'opéra comique qu'à la comédie italienne, & quelques-uns sont restés au théâtre. En outre c'étoit le *rebouteur* de la troupe qui charpentoit, morceloit, disséquoit les pieces des autres au besoin. C'est une perte pour elle.

21 *Juillet*. Vendredi 16 de ce mois, M. le comte de *Haga* étoit à l'opéra pour la derniere fois ; la reine y assistoit aussi. Elle voulut régaler cet illustre étranger du spectacle des talents du jeune *Vestris* qu'il n'avoit point encore vu, parce que ce danseur arrivoit d'Angleterre. Elle lui fit dire de danser : il répond qu'il ne peut, qu'il a mal au pied. Comme sa majesté étoit instruite que ce n'étoit qu'un prétexte, elle lui envoie un second message, par lequel elle *l'en prie* : la priere n'a pas plus d'effet que son ordre. Indignée elle raconte l'anecdote au roi, qui veut qu'on mette à Bicêtre cet impudent. La reine intercede pour qu'il ne soit mis qu'à l'hôtel de la Force. Le public n'a su que depuis ce qui s'étoit passé. Mardi dernier il en est résulté une grande fermentation dans le parterre. Comme on a su que le sieur *Vestris* devoit sortir, la premiere fois, vendredi 23 pour danser, on a proposé de ne point le laisser

paroître qu'il n'ait demandé pardon à genoux devant la loge de la reine de fa défoheiffance, & en'uite au public. Cet événement rendra plus mémorable encore la premiere repréfentation de la reprife d'*Armide*, qui n'a pas été jouée depuis le 21 décembre 1780.

21 *Juillet*. L'auteur des *Mémoires du vicomte de Barjac* nous donne un nouveau roman de fa façon, ayant pour titre : *Olinde*, 1784, & il pouvoit fe difpenfer d'annoncer qu'il étoit de la même main. Il eût été facile de le juger : même affemblage d'événements bizarres & précipités, même mélange du fabuleux & de l'hiftorique, même connoiffance du grand monde, même morale, même philofophie. Celui-ci eft feulement plus noir, on y trouve des cataftrophes affreufes & dégoûtantes. Il y a toujours un peu de critique, des vues, des jugements rapides & pas toujours d'un tact bien fûr. L'auteur nous fait l'honneur de nous citer à l'occafion d'un libellifte qu'il fuppofe venir confulter à *Londres le compilateur facile des Mémoires fecrets, pour apprendre comment on fait circuler la vengeance, la calomnie & le ridicule.* Nous avons tant de fois répondu à ces odieufes imputations que nous n'y reviendrons plus. Pour prouver feulement au romancier du jour que nous ne connoiffons pas la vengeance, c'eft que nous allons faire l'éloge de fon ouvrage, en ajoutant qu'il eft plein d'intérêt, bien écrit & fe fait lire avec empreffement.

21 *Juillet*. Pour remercier M. le duc de *Chartres* de fa complaifance de fe prêter aux défirs du public en le laiffant jouir du fpectacle de fa machine, en fe donnant lui-même en fpectacle à fes yeux,

On ne lui répond que par des fatires & des injures.
Voici de nouveaux vers à ce fujet.

Chartres ne fe vouloir élever qu'un inftant :
Loin du prudent *Genlis* il efpéroit le faire ;
Mais par malheur pour lui, la grêle & le tonnerre
Retracent à fes yeux le combat d'Oueffant.
Le prince effrayé dit : Qu'on me remette à terre ;
J'aime mieux n'être rien fur aucun élément.

2 2 *Juillet.* L'académie de peinture & de fculpture vient de perdre M. de *Beaufort*, un de fes
confeillers, ancien profeffeur de l'académie de
peinture, fculpture & architecture civile & navale
à Marfeille. Il travailloit pour l'hiftoire, mais il
étoit médiocre.

2 2 *Juillet.* On ne ceffe de parler de l'abbé
Miolan, & la police femble l'avoir abandonné à
la dérifion publique, en permettant qu'on le chan-
fonnât dans les rues pour le punir de fon efpece
d'efcroquerie : parce qu'il favoit très-bien que fon
aéroftat étoit de nature à ne pouvoir s'enlever, &
qu'il s'étoit enfui de bonne heure fous prétexte
d'aller chercher quelques uftenfiles propres à fon
expérience, & n'avoit point reparu : ce qui a fait
retomber fur fes camarades toute la vengeance du
peuple, auquel il a fallu les fouftraire par rufe.
Quoi qu'il en foit, voici l'anagramme qu'on a
trouvé dans l'*Abbé Miolan* : *Ballon abimé.*

2 2 *Juillet.* Les troubles continuent dans l'ordre
des bénédictins. Ce font chaque jour de nouveaux
appels comme d'abus, que les oppofants préfentent
au parlement qui les reçoit ; mais ils font bientôt
évoqués au confeil. Matiere à des remontrances

que ne cesse de faire cette cour , & toujours sans succès. De leur côté les opposants commencent à se lasser, & quatre viennent de se faire séculariser. Ce sont les deux *Dapre* , si renommés par le pamphlet contre l'archevéque de Narbonne ; Dom *Bourdon* , un des grands colliers de l'ordre & remplissant à merveille la mesure de ce nom bruyant ; enfin dom *Veble*.

Le gouvernement offre toutes les facilités possibles à ceux qui veulent prendre ce parti , & espere par-là venir à ses fins.

2 3. Juillet. Depuis qu'on a diminué les membrures du bois , il est question d'en augmenter le prix , ce qui fait double mal. Le zele du parlement s'est échauffé ; les chambres ont été assemblées plusieurs fois , & il en a résulté des représentations qui sont à présent sous les yeux du roi, mais dont on n'attend nul succès.

23 *Juillet*. Il y a environ quarante ans qu'il courut une chanson très - scandaleuse , intitulée : *La Confession*. On vient d'en composer tout récemment une qui ne l'est pas moins, sur l'air : *Ce mouchoir , belle Rémonde*. Elle est en dialogue entre un pénitent & son confesseur. On en va juger :

> C'est à vos genoux , mon pere ,
> Que je dépose aujourd'hui
> Les fautes d'un cœur sincere
> Qui demande de l'appui.
> Mais quoi ! suis-je donc coupable
> D'avoir négligé le ciel
> Pour un objet adorable
> Ouvrage de l'Eternel ?

— Ecoutez-moi bien , mon frere,
Je ne fuis point capucin.
— J'en fuis très-enchanté , mon pere,
Car j'ai l'odorat très-fin ;
Je tiens encore à la vie,
Seroit-ce un grand péché ! — Non.
— J'ai vu bonne compagnie.
— Le compte en fera plus long.

Commencez, je vous écoute.
Je ne vous foupçonne pas
D'avoir volé. — Non, fans doute.
— Violé. — Dans aucun cas.
— Tué. — Non , jamais , mon pere.
— Juré. — Beaucoup, au brelan.
— On peut fe mettre en colere ,
Quand on perd tout fon argent.

Parlons un peu du beau fexe ,
C'eft le point intéreffant :
Votre ame paroît perplexe.
— Le cas eft embarraffant.
— Combien de filles & de femmes ?
— Le nombre m'eft inconnu :
J'ai beaucoup aimé les dames ,
J'en eus autant que j'ai pu.

— Je fens bien que la premiere, . . . ,
— Ah ! c'étoit une beauté ;
C'étoit la fleur printaniere ;
Elle vous eût enchanté :

Pied mignon & jambe fine ,
Oeil vif , regard affaffin ,
La taille la plus divine ! . . . .
— Allez donc jufques à la fin.

— Ce fut un beau jour de fête
Que je commis ce péché.
Mon pere, ah ! quelle conquête !
Rien ne m'en eût empêché.
Je la trouve à fa toilette ,
Le fein nu, l'air languiffant :
Qu'elle étoit belle , Lifette !
— C'eft le plus intéreffant.

— Je l'approche, je l'embraffe ;
La rougeur couvre fon front ;
Dans mes bras je l'entrelace.
— Pour la pudeur , quel affront !
— Après quelque réfiftance
Qui fit croître mon bonheur ,
Je lui prouvai ma conftance
Et lui dérobai fon cœur.

Vous peindrai-je les délices
Que je goûtai dans fes bras !
— En eûtes-vous les prémices !
Mon pere , voilà le cas :
Je me damnai dans une heure
Jufques à fept fois au moins :
Si je vous mens , que je meure,
— Vous aviez de grands befoins,

╌ Dans ces heureux temps , mon pere ,

J'étois un fort grand pêcheur.

╌ Vous en rabattrez , mon frere.

╌ Je le vois avec douleur.

╌ Le ciel n'est jamais injuste.

╌ Combien je m'en apperçois !

C'est bien mal dit que le juste

Par jour peche au moins sept fois !

╌ Pensez–vous qu'à la tendresse

Vous ayez bien renoncé !

En feriez- vous la promesse

Au ciel que vous offensez ?

╌ Elle seroit indiscrete ;

Car entre nous , je sens bien

Que si je voyois Lisette ,

Je ne répondrois de rien !

24 *Juillet*. Depuis la fondation des prix de l'université par *J. B. Coignard*, dont la distribution se fait tous les ans dans le mois d'août avec beaucoup d'appareil, sous les auspices & en présence du parlement, on rassemble dans les divers colleges les écoliers de chaque classe les plus en état de concourir ; on les réunit ensemble & on leur donne un sujet de composition. Cette fois, M. *Charbonnet* , le recteur, avoit choisi pour sujet du prix de rhétorique l'*Eloge de Rollin*. On prétend qu'il l'avoit pris à dessein d'en faire rejaillir quelque chose sur lui par la similitude des circonstances où tous deux se sont trouvés d'augmenter les revenus de l'université ; on l'ac-

eufe même d'avoir fait paſſer à un écolier l'amplification toute faite. Quoi qu'il en ſoit, lorſqu'on a annocé ce ſujet, les compoſants ſe ſont
récriés, ont dit qu'*il ne ſignifioit rien, ne fourniſ-
ſoit rien : A la bonne heure ! un Voltaire, un Rouſ-
ſeau, un Raynal,* &c. L'aſſemblée eſt devenue
très-tumultueuſe ; elle a dégénéré en révolte, &
il a fallu lever la ſéance. Le recteur s'eſt obſ-
tiné à ne point vouloir changer le ſujet : l'affaire a été portée au tribunal de l'univerſité. On
croit qu'on ſévira contre les plus mutins ; mais
ce qu'il y a de plus conſtant, c'eſt que cette
année on ne décernera point les prix de rhétorique.

24 *Juillet.* M. *Pilâtre de Rozier*, penſionnaire
du roi, intendant des cabinets de phyſique,
chymie, d'hiſtoire naturelle de *Monſieur*, frere du
roi, ſecretaire du cabinet de *Madame*, membre
de pluſieurs académies nationales & étrangeres,
chef du premier muſée autoriſé par le gouvernement, ſous la protection de *Monſieur* & de
Madame, &c. a obtenu la permiſſion de faire imprimer, aux frais du gouvernement, le récit
de ſa *premiere expérience de la Montgolfiere,* conſtruite par ordre du roi, lancée en préſence de
leurs majeſtés & de M. le comte de *Haga*, le
23 juin 1784. Tel eſt le titre pompeux de ſa
narration fort verbeuſe en vingt pages *in·4°.* &
en forme de réponſe à M. *le Roy*, de l'académie
des ſciences, de l'imprimerie royale.

24 *Juillet. Récit de la conduite des Maréchaux
de France à l'égard du vicomte de Noë, maire de
Bordeaux, fait en parlement, les chambres aſſemblées, le mardi 6 juillet 1784.* Tel eſt le titre de
la dénonciation imprimée de monſieur d'Epré-

mefnil, dont nous allons extraire tout ce qui peut fervir à éclaircir ou réformer ce que nous avons dit précédemment d'après les relations particulieres de cette finguliere conteftation.

C'eft le 10 fevrier qu'un portier fuiffe empêcha les jurats *non gentilshommes* de franchir la barriere du théâtre en préfence & malgré les ordres du maire, M. le vicomte de *Noë*, qui lui fit ôter fon habit de livrée du roi & le fit conduire en prifon. Le corps-de-ville, au lieu de juger le fuiffe, dont l'appel auroit été au parlement, rendit compte du fait le 10 du même mois au fecretaire d'état ayant le département de la province. Dès le 17, le comte de *Vergennes* répondit que le fuiffe n'étoit point en faute, puifqu'il avoit fuivi fa configne; que l'intention du roi étoit qu'il fût élargi fur le champ: qu'au furplus, S. M. feroit examiner le droit que la ville réclamoit, & lui rendroit juftice.

Le maréchal de *Richelieu*, non content de cette décifion miniftérielle, a fait renvoyer la conteftation entre le vicomte de *Noë* & lui au jugement du tribunal des maréchaux de France qu'il a préfidé.

Le 8 mars, citation du vicomte de *Noë*, fignifiée le 28 dudit.

Le 7 mai, déclaration & proteftation du vicomte de *Noë*, qui décline le tribunal & demande fon renvoi à la connétablie.

Le 13 mai, requête du vicomte de *Noë*, qui décline le même tribunal pour trois moyens: fur le défaut de caufe dans la citation, fur la conftitution de la connétablie, & fur les qualités du vicomte de *Noë*.

Procédure en conféquence. Enfin arrêt du 25

mai, par lequel le parlement a pris le vicomte
de Noë fous la fauve-garde, & fur le furplus a
renvoyé les parties à l'audience.

Au mépris de cet arrêt, le tribunal a envoyé
chercher le vicomte de Noë chez lui pour l'amener
de force.

Le 31 mai, évocation de l'affaire, du propre
mouvement du roi.

Arrêt du 5 juin, qui renvoie de nouveau l'affaire au tribunal, qui déclare la procédure du vicomte de Noë nulle & de nul effet; caffe l'arrêt
de la cour du 25 mai; prononce l'exécution de
l'ordonnance des maréchaux de France du 8 mars
précédent; enjoint au vicomte de Noë de s'y con-
former, & porte à la fin l'ordre exprès, tant de
la fignification au fieur vicomte de Noë & Brazon,
fon procureur, que de la notification à M. le
procureur général.

Jugement du 21 juin.

Arrêté que le récit fera remis entre les mains
des gens du roi, pour, par eux, en être rendu
compte à la cour, toutes les chambres affemblées,
le mardi 3 août prochain.

25 *Juillet.* Le parlement, les chambres affemblées le 20 de ce mois, a fupprimé, par arrêt, le
récit dont on a parlé, de toute la procédure du
tribunal des maréchaux de France contre monfieur le vicomte de Noë, inféré dans la dénonciation de cette affaire, attribuée à M. d'*Eprémefnil.*
La cour lui donne en outre des qualifications
qui ne ferviront qu'à exciter la curiofité du public.

25 *Juillet,* Outre le récit très-détaillé des opérations de M. *Pilâtre de Rozier,* qu'on trouve dans
fa lettre, & qui ne peut être intéreffant que pour

les gens de l'art, on y recueille des anecdotes
fort singulieres & fort curieuses.

1°. C'est en l'absence de M. de *Montgolfier* que
le roi a confié au sieur *Pilâtre* la direction de la
machine.

2°. Cinquante-quatre personnes furent désignées
pour monter sur la *Montgolfiere*, entr'autres monsieur le comte de *Dampierre*, officier aux gardes,
qui, déjà puni de son zele lors de la *Montgolfiere*
de Lyon, ainsi qu'on l'a raconté, avoit, plus
que tout autre, des droits à être reçu.

3°. Seize aspirants seulement furent désignés pour
tirer au sort, mais deux ayant refusé de se soumettre à cette loi, & plusieurs protégés voulant
interposer l'autorité, le sieur *Pilâtre*, pour éviter
toute rivalité & toute discussion, supprima deux
places des quatre à donner, & le sieur *Proust*,
chymiste connu, fut seul accepté.

4°. S. M. avoit ordonné de commencer à midi,
mais le sieur *Pilâtre* représenta à la reine le danger
de l'ascension à cette heure, à cause du grand vent
& par d'autres raisons physiques: elle le renvoya
aux ministres, lesquels, à leur tour, s'en remirent
à sa prudence.

5°. Embarras du sieur *Pilâtre* qui veut s'en
tirer par ordre du roi, portant *qu'il avoit prévu
les risques auxquels il exposoit la Montgolfiere avant
le départ & après la descente; mais qu'ayant as-
suré qu'il n'y avoit aucun danger pour les voyageurs, S. M. avoit consenti à sacrifier la machine
en totalité, plutôt que de voir le public s'en retourner
mécontent.*

6°. Le contrôleur-général, après six heures de
délibération, donne, de la part du roi, au sieur
Pilâtre l'autorisation qu'il demande. La reine le

rassure même & lui dit avec bonté que, quand
bien même il n'obtiendroit aucun résultat satif-
faisant, il fera seul chargé d'une nouvelle expérience, si elle a lieu.

7°. Le comte de *Vergennes* met le feu sous la
Montgolfiere; on y arbore un pavillon blanc por-
tant les armes de la reine, & sur le revers *Marie-
Antoinette*

8°. Au château de *Chantilly*, le prince de *Condé*
fait présent au sieur *Pilâtre* de la carte de cette
terre, après avoir lui-même marqué le lieu de la
descente, auquel il daigna donner le nom de
Rozier.

9°. La reine envoie dès le soir un courier pour
savoir des nouvelles des voyageurs & de la machine.
Le sieur Pilâtre adresse à S. M. un extrait signé
du prince de *Condé*, de M. le duc d'*Enguien* & de
Mlle. de *Condé*.

10°. Le lendemain le sieur *Pilâtre*, qui étoit
allé coucher à *Versailles*, instruit que la reine
avoit bien voulu s'informer plusieurs fois s'il étoit
de retour, dès huit heures du matin se rénd à
l'appartement du roi qui l'accueille de la façon
la plus flatteuse, puis la reine & toute la famille
royale.

11°. M. le comte de *Vergennes* & le maréchal
de *Castries* le reçoivent aussi avec admiration. Enfin, & voici le point essentiel, le contrôleur-général lui obtient, de la bienfaisance du roi, une pension de 2,000 livres. Du reste, ce ministre reçoit
le jeudi 9 juillet, l'hommage du pavillon de la
Montgolfiere.

Le sieur *Pilâtre* n'ajoute pas où cette espece de
relique sera déposée & exposée à la vénération des
amateurs.

Tel est le résumé de cette lettre verbeuse, emphatique & remplie de gasconisme.

25 *Juillet.* La cabale formée vendredi dernier contre le sieur *Vestris* n'a pu avoir lieu : on a su qu'il ne devoit pas venir, & que de nouvelles insolences avoient obligé de le mettre au secret.

On dit que le jour même où il avoit refusé la reine, il gambadoit dans les foyers pour faire voir qu'il étoit très-libre des jambes.

26 *Juillet.* Le châtiment du sieur *Auguste*, c'est ainsi que l'appelle le pere *Vestris*, paroît fixé décidément à six mois de prison à l'hôtel de la *Force*, pendant lequel temps il ne pourra voir que sa famille. Un oncle qu'on appelle *le Cuisinier*, a demandé la permission de s'enfermer avec lui, & l'a obtenue.

Le sieur *Auguste* avoit deux mille écus de pension sur le trésor-royal, qu'on disoit rayés ; mais on veut que le paiement des arrérages soit seulement suspendu. Tout cela est trop doux.

Le pere *Vestris* ayant appris l'insolence de son fils, lui témoigna son indignation : *Comment*, lui dit-il, *la reine de France fait son devoir, elle te prie de danser, & tu ne fais pas le sien ! je t'ôterai mon nom.* Ce propos seroit incroyable, si l'on ne connoissoit le personnage. Il l'est d'ailleurs beaucoup moins que l'action du fils.

Depuis, ce pere tendre a fait des démarches auprès du baron de *Breteuil.* Il a dit qu'il mourroit si on le privoit d'*Auguste.*

26 *Juillet.* L'ordre des avocats s'est occupé ces jours-ci du sieur *Martin de Marivaux*, dont le mémoire contre M. *Saussaye* a été dénoncé à l'ordre comme un libelle. Une assemblée indiquée au mardi 20 a été renvoyée au samedi 24. On n'en sait pas encore le résultat.

17 Juillet. Extrait d'une lettre de Cherbourg, du 15 juillet..... « Vous me demandez des éclaircissements sur l'auteur du projet incroyable qui s'exécute ici & sur son ouvrage.

L'auteur est M. de *Cessart*, inspecteur-général des ponts & chaussées. Il est déjà connu par la construction du pont de *Saumur*, par le rétablissement du petit port de *Tréport*, & par les intéressants travaux du port de *Dieppe*.

Notre rade a de 30 à 40 pieds de hauteur d'eau dans les hautes marées. Elle ne pouvoit être fermée sans une dépense considérable. M. de *Cessart* proposa de former une jetée à claire-voie, avec des cônes tronqués, dont l'enveloppe, construite sur la plage, seroit remplie, après leur échouement, de pierres d'un pied cube d'échantillon.

C'est cette idée aussi ingénieuse qu'économique qu'on a adoptée & qu'on a commencé d'exécuter. Je n'entrerai point dans le détail de ces cônes. Le premier a été totalement achevé le 5 juin. Le lendemain 6 il a été mis à flot par plusieurs chaloupes canonnières sous les ordres de M. de *la Bretonnière*, capitaine des vaisseaux du roi, qui commande ici : c'est encore un détail fastidieux & incroyable que je vous épargne. Enfin après huit heures de travaux, la machine arriva dans l'endroit où elle devoit se fixer, c'est-à-dire à 1,600 toises de son point de partance, & à la distance de 4 à 5 0 toises de l'Isle-Pelée.

Au moment où la caisse toucha le fond, partit de la galerie un cri de *vive le roi*, qui fut répondu de tous les bâtiments qui couvroient la mer & de toute la plage, & le canon annonça à la ville que cette superbe expérience avoit reçu son exécution parfaite.

Entre les spectateurs se distinguoient M. le duc de *Beuvron* , M. le comte d'*Harcourt* , M. le marquis de *Praslin* , &c.

La seconde caisse conique a été coulée dans la nuit du 6 au 7 juillet avec le même succès. On compte en placer une troisieme dans le courant de l'année , & l'on se flatte toujours qu'en 1789 ce grand ouvrage sera achevé.

27 *Juillet*. On ne cesse de se dédommager, par des chansons , de l'escroquerie de l'abbé *Miolan* & consort. On en fait une sur l'air : *les capucins font des gueux* , la meilleure de cette espece , quoique sans beaucoup de sel encore. La voici :

1.

Je me souviendrai du jour ,
Du globe du Luxembourg.
Que de monde il y avoit ,
 Monsieur *Janinet* ,
 Monsieur *Janinet* !
Que du monde il y avoit
Pour voir s'il s'enleveroit.

2.

Lassé d'avoir attendu
Et de ne l'avoir point **vu**
Chacun s'en alloit disant ,
 L'abbé *Miolan* ,
 L'abbé *Miolan* !
Chacun s'en alloit disant :
Qu'on nous rende notre argent,

3.

C'eft à qui veut un lambeau
De votre globe à fourneau :
J'en ai vu dans tout Paris,
   Même à Saint — Denis,
   Même à Saint — Denis,
J'en ai vu dans tout Paris,
Dont vous excitez les ris.

4.

Vous n'aurez jamais beau jeu
Par le fyftême du feu.
Le fyftême eft plus expert,
  De *Charles* & *Robert* ;
  De *Charles* & *Robert*
Le fyftême eft plus expert,
Et qui veut trop gagner, perd.

28 *Juillet*. Les Italiens ont joué hier *Léandre Candide*, ou *les Reconnoiffances*, comédie-parade en deux actes & en vaudevilles. Cette bagatelle eft tirée du roman de *Candide*, & a eu le fuccès du moment. Les airs font très-bien adaptés, & il y en a de toutes les efpeces. Le fieur de *Beaumarchais* a le plaifir de voir qu'on a pris même les deux de fon *mariage de Figaro*.

Les auteurs font les fieurs *Radet* & *Rofiere*, qui ont déjà travaillé dans le même genre en fociété. On connoît le dernier, bon acteur dans fon genre du théâtre italien. L'autre eft fecretaire-bibliothécaire de Mad. la duchesse de *Villeroy*.

28 *Juillet*. L'arrêt de suppreffion de la dénonciation de M. d'*Eprémefnil*, a produit l'effet défiré par le parlement. Les expreffions du réquifitoire de M. Seguier, par lefquelles il déclare *qu'il n'a pas dans le moment fous les yeux le procès - verbal d'où la brochure eft tirée, pour juger fi la copie eft conforme à l'original; mais que dans tous les cas elle doit être fupprimée, comme imprimée contre les réglements*, &c. Ces expreffions, qui font un aveu réel du pamphlet, ont irrité la curiofité du public; mais il eft fort rare. Nouveau véhicule, feul propre à le faire rechercher.

29 *Juillet*. Par le procès - verbal du troifieme voyage aérien de M. *Blanchard* du 18 juillet dernier, exécuté à *Rouen*, il paroît qu'il a confirmé la bonne opinion qu'avoient conçue de lui, dès fon voyage de Paris, quelques gens plus impartiaux. On ne peut douter aujourd'hui que fes ailes ne lui aient fervi de moyens de direction; ce qu'aucun navigateur aérien, autre que lui, n'a conftaté jufqu'à préfent.

29 *Juillet*. Le fieur *Pinetti*, dont on a parlé cet hiver, a fait imprimer une brochure ayant pour titre: *Amufements phyfiques* où, avec fes autres qualités, il a pris celle d'agrégé à l'académie de Bordeaux. Il a en même temps envoyé un exemplaire de cette brochure à cette compagnie.

Aujourd'hui, M. de *la Montaigne*, fecretaire perpétuel de ladite académie, par une lettre du 11 juillet, adreffée aux journaliftes de Paris, réclame contre l'ufurpation du fieur *Pinetti*, auquel ce titre n'a point été conféré. Il convient qu'il y a été préfenté à titre de phyficien & de chymifte; qu'il y fut vu & écouté avec plaifir; qu'on lui délivra un certificat de la fatisfaction de

la compagnie, mais qu'on s'en tint-là. Voilà une
finguliere réclamation, & il faut voir la réponfe
du fieur *Pinetti*.

29 *Juillet*. La Gazette *noire* eft une brochure
très-méchante, annoncée ici depuis bien long-
temps, mais dont on conteftoit l'exiftence, parce
que perfonne n'atteftoit l'avoir lue. L'auteur du
nouveau roman d'*Olinde* en parle avec une confiance qui femble ne laiffer aucun doute fur fa
réalité. Il faut en ce cas que les précautions aient
été bien prifes pour en empêcher le paffage en
France.

29 *Juillet*. On fait que l'ordre militaire de *Cincinnatus* établi chez les Etats-unis de l'Amérique
feptentrionale, n'eft que l'ouvrage de la vanité
de quelques particuliers, & de celle des officiers
François qui ont été employés au fervice de la
république. Les vrais citoyens regardent l'inftitu-
tion comme contraire aux loix du pays, & def-
tructrice de l'égalité qui doit en faire la bafe. En
conféquence M. *Franklin*, trop fage pour l'approuver, ayant entendu M. le comte de *Mirabeau*,
qui ne parle de rien qu'avec feu, s'élever avec
beaucoup de force & de raifon contre l'ordre de
Cincinnatus, l'a prié de vouloir bien rédiger par
écrit fes idées; & c'eft à quoi M. de *Mirabeau* travaille en ce moment.

30 *Juillet*. On fait aujourd'hui que M. *Martin
de Marivaux* a prévenu le jugement de l'ordre,
& a déclaré qu'il fe défiftoit d'être infcrit fur le
tableau.

Ses griefs font d'avoir autorifé par fa confultation, l'impreffion d'un mémoire diffamant, dans
lequel il fe trouve des faits rapportés : *folo animo
nocendi*, n'ayant aucun trait à la caufe. D'ailleurs

F 2

cet avocat étoit ennemis perfonnel de M. *fauffaye*, & fa propre délicateffe auroit dû le faire fe défifter de confulter contre lui en cette occafion.

30 *Juillet*. Il a percé ici à la longue un *Journal françois*, compofé en pays étranger, & commencé dès 1781; il a pour titre: *Le Pot-pourri*. On annonce que la réfidence de l'auteur, qu'on ne nomme point, eft à *Francfort fur le Mein*, & que c'eft un M. *Vanberk* qui reçoit les avis, lettres, nouvelles, &c. Quoi qu'il en foit, ce journal remplit à merveille fon titre. Il eft bon tout au plus pour les étrangers qui ne favent rien de ce qui fe paffe en France & ne voient rien de ce qu'on y publie. Du refte, des menfonges, des balourdifes & des *coq-à-l'âne* fans nombre, très-propres à faire rire les gens mieux inftruits.

Le journal n'ayant pas fait fortune apparemment fous ce titre, le compilateur en a pris un fecond: *Journal des gens du Monde*. Celui-là, très-féduifant, ne pouvoit être que très-mal rempli par le rédacteur obfcur, ne voyant le monde que de loin, & *écoutant tout au plus aux portes*. Suivant l'avertiffement de celui-ci, un M. *Vriette*, à Caffel, eft le fecond correfpondant qu'il s'eft ménagé. Comme les numéros de ce fecond journal que nous avons fous les yeux, ne vont que jufques au 6 compris, nous ne pouvons affurer jufques où il eft pouffé, car on dit qu'il a été continué. Les amateurs de Paris fe font laffés vraifemblablement, & les colporteurs ont ceffé de fe procurer cette marchandife prohibée.

31 *Juillet*. C'eft à la réquifition des *Filles-Dieu* que le pape a fait fouiller dans les catacombes, pour leur envoyer des reliques. Elles font venues d'une façon peu révérente par toutes fortes de

voitures publiques, & tant de mains profanes ne les ayant pas ménagées, elles sont arrivées en fort mauvais état à la douane de cette capitale le 2 juin, & ce n'est que le 9 juillet que la translation en a été faite au couvent des Filles Dieu.

Les dévots se flattoient, en allant voir la nouvelle sainte, de trouver sa vie; mais on est occupé sans doute à la composer, & elle n'a point paru. En attendant, on en a toujours gravé le portrait, qui ne peut être aussi qu'un ouvrage d'imagination. On lit au bas : *Sainte Victoire, vierge & martyre, sous le regne de l'empereur Dioclétien, & du pape Saint Cyriaque.* L'artiste n'a pas manqué d'en faire une très-belle créature.

3 1 *Juillet.* Extrait d'une lettre de Dijon, du 15 juillet 1784..... On s'occupe très-fort de nos canaux à construire, & le comte de *Haga* en a eu le spectacle dans sa route de Lyon à Paris, le 5 juin, s'étant arrêté à Chagny, pour voir les travaux qu'exécute en cet endroit le régiment de *Monsieur*, pour la construction d'un de ces canaux, qui est celui de *Charolois.* L'ingénieur en chef qui l'avoit conduit par-tout, a exposé ensuite à l'illustre voyageur les trois projets dont la province s'occupe, & le comte n'a pu s'empêcher, après avoir vu les plans & entendu toute l'explication, de témoigner son admiration, pareille à celle de M. le comte de *Falkenstein*, lorsqu'il visita le fameux canal de Picardie de M. Laurent.

En outre, nous avons su que le 13 juin l'élu du clergé des états de Bourgogne, avoit eu l'honneur d'offrir au comte de *Haga*, au nom de l'administration de notre province, une des médailles qu'elle fait frapper à l'occasion de nos trois canaux pour la communication des deux mers.

3 *Août* 1784. Extrait d'une lettre de Dijon, du 25 juillet.... Vous favez que nous avons ici une école de deffin. M. *Defvoges*, qui en eft le profeffeur, a préfenté aux élus de notre province un projet qui doit contribuer merveilleufement à perfectionner le goût de nos éleves, & à l'infpirer dans cette capitale. Il confiftoit à obliger les éleves de notre école, penfionnaires à Rome aux frais de la province, d'envoyer des ftatues & des tableaux copiés d'après les meilleurs maîtres pour en décorer les principales pieces du palais des états ; ce qui s'exécute. Nous avons déjà plufieurs tableaux de cette efpece, & nous venons tout récemment de recevoir une belle ftatue de la *Junon du Capitole*, & deux tableaux, qui font *la bataille d'Arbelles*, & *l'enlevement des Sabines*, d'après *Pietro Bervotini*, dit *Pierre de Cortonne*. Il réfultera par la fuite de cette munificence des états, une collection précieufe, que nous enviera même la capitale.

1 *Août*. Les comédiens françois viennent de fe faire, après la trente-unieme repréfentation du *Mariage de Figaro*, une répartition des recettes, qui fe font trouvées former un capital de cent cinquante mille livres.

2 *Août*. Nous avons parlé dans le temps, avec les éloges qu'il méritoit, de l'excellent livre intitulé : *Conftitution d'Angleterre*. On fait que l'auteur en M. de *Lolme*, citoyen de *Geneve* : il l'a traduit lui-même en Anglois. Ce livre eft à la troifieme édition dans cette langue, & tout récemment, c'eft-à-dire, le 14 juillet, M. de *Lolme* a eu l'honneur de préfenter à S. M. britannique un exemplaire de la derniere édition augmentée d'environ 60 pages. Les Anglois avouent que ce traité eft le plus fage, le plus profond & le plus

exact de tous les écrits politiques fur leur gouvernement.

2 *Août*. M. Caffini le fils, membre de l'académie des fciences, a fait préfenter, par la voie
de l'ambaffadeur de France à Londres, au roi
d'*Angleterre*, un mémoire dans lequel il demande
que quelque aftronome de cette ville veuille bien
fe charger de tirer des triangles de *Greenwich* à
Douvres, afin de pouvoir déterminer de Calais là
diftance exacte entre les obfervatoires de *Paris* &
Greenwich.

Le roi d'Angleterre a foudain accordé, dit-on,
une fomme d'environ 24,000 livres de France,
pour effectuer l'opération confiée au général *Roy*.

2 *Août*. Me. *Prevôt de Saint-Lucien* eft un
ancien avocat affez eftimé de fes confreres, mais
qui paffe pour mauvaife têté, parce qu'il eft très-
chaud, très-ardent ; qu'il s'identifie volontiers
avec fon client, & fe paffionne pour fa caufe : ce
que les parties regardent au contraire comme une
qualité rare & excellente. Ce zele lui a déjà procuré plufieurs affaires, & le voilà tout récemment dans le cas d'une dénonciation à fon
ordre.

Dans un mémoire qu'il a écrit, car il ne plaide
point en faveur d'un M. de *Villiers*, ancien mouf-
quetaire, gendre du fieur *Bourdet*, dentifte du
roi, contre la femme, qui demande fa réparation
à raifon de févices & mauvais traitemens ; il
n'a pas diffimulé que cette dame étoit tribade,
& il s'eft expliqué là-deffus fans myftere ; ce qui
a donné lieu famedi aux magiftrats de grand'chambre, en rendant arrêt qui admet la·dame de
Villiers à la preuve, de fupprimer le paragraphe
du mémoire où il eft queftion de tribaderie,

F 4

comme contraire aux bonnes mœurs & à l'honnêteté publique. Ces qualifications forceroient nécessairement les avocats à rayer Me. *Prévôt de Saint-Lucien.* Il se remue beaucoup en conséquence pour obtenir des juges que cet article du jugement ne subsiste pas.

On seroit d'autant plus sévere envers cet avocat, que lui même étoit un des plus acharnés contre Me. *Martin de Marivaux.*

2 *Août.* Depuis long-temps on avoit parlé du délabrement de la santé de M. *Diderot* ; il vient enfin de succomber le 31 juillet. Il étoit né à Langres en 1714. Il n'étoit d'aucun corps littéraire en France, mais de plusieurs étrangers ; comme l'académie des sciences de Berlin, celles de Stockholm & de Saint-Pétersbourg. Il avoit en outre le titre de bibliothécaire de S. M. I. *Catherine seconde,* impératrice de Russie. On ne dit encore aucune particularité de sa mort & de son inhumation.

3 *Août.* Les chansons ne tarissent point sur les deux derniers ballons : en voici encore une sur celui du *Luxembourg* ; elle est censée faite par un grivois d'un cabaret de *Vaugirard,* nommé la *Croix-blanche,* & sur l'air : *J'avois toujours gardé mon cœur.*

> Ma foi, j'ai bien ri vendredi,
>   Buvant à la Croix-blanche :
> Un Ballon promis pour midi,
>   M'a fait pleurer dimanche.

> On se moque du vendredi,
>   En mangeant de l'éclanche :

Mais Dieu se venge, & tout Paris
   A jeûné le dimanche.

Vous dont on a trompé l'espoir,
   Restez dans vos demeures,
Pauvres badauds, n'allez plus voir
   Midi à quatorze heures.

3 *Août.* La réponse du roi aux représentations du parlement concernant l'augmentation de l'impôt sur le bois, depuis long-temps attendue par cette cour, lui étant arrivée absolument négative, elle a enregistrée hier la déclaration, les chambres assemblées. Il s'agit de 2 liv. 10 sous sur le bois de compte, & de 1 liv. 10 sous sur le bois de gravier. Tout cela fait trembler pour cet hiver, & craindre une disette plus grande.

1°. L'on sait qu'il n'arrive point de bois par la *Marne*; cette rivière est absolument interceptée par la chûte du pont de la *Ferté* dont les pierres ne sont point encore déblayées, & empêchent tous les trains d'en-haut de passer.

2°. Les eaux de la *Seine* sont basses depuis très-long-temps.

3°. Beaucoup de gens prévoyants ont doublé, triplé, quadruplé leur provision, soit par crainte d'en manquer, soit par spéculation & pour revendre.

3 *Août.* Quoique M. *Diderot* passât généralement pour athée; qu'il fût véhémentement soupçonné d'être l'auteur du *Système de la nature*; qu'il fût un des fondateurs de l'*Encyclopédie*, & que tous ses ouvrages philosophiques respirassent une liberté de penser opposée à ce qu'exige le

F 5

clergé ; quoiqu'enfin n'appartenant à aucun corps littéraire en France, il fût un particulier ifolé, en faveur duquel les prêtres ne craigniffent pas de réclamation & le fecours de l'autorité, il faut que le mourant fe foit fi bien conduit, qu'on n'ait pas ofé lui refufer la fépulture chrétienne. Même, plus favorifé que fon collegue d'*Alembert*, le curé de Saint Roch, fur la paroiffe duquel il eft mort, n'a fait aucune difficulté fur le grand convoi demandé par le gendre de *Diderot*.

On rappelle à ce fujet que M. *Remi*, l'exécuteur teftamentaire de d'*Alembert*, aprè les premieres difficultés levées fur le refus abfolu de fépulture, ne put jamais obtenir du curé de Saint-Germain-l'Auxerrois plus de vingt prêtres. A quoi M. *Remi* répondit : *le bien, monfieur, il y aura quarante laquais.* Et ils y furent en effet, & il leur fit donner un ecu à chacun, tandis que les prêtres n'eurent que 20 fous.

3 *Août.* Bien loin qu'on ait donné des confreres à M. *l'Allemani* pour la confervation de la navigation intérieure de la France, la miffion même de celui-ci a éprouvé de telles difficultés qu'elle n'a pas eu lieu cette année & qu'il n'a point vifité la *Garonne*. On a pris pour prétexte les difficultés élevées par le parlement de Bordeaux & l'envoi des commiffaires du confeil, dont on veut attendre le rapport; mais la véritable caufe eft la jaloufie des ponts & chauffées, qui voient avec peine un particulier leur enlever ce b au travail. Ils fe font même fait attribuer fpécialement la confervation de la *Loire*, dont les crues, cet hiver, ont occafionné de grands dégâts. Du refte, ils donnent tant de dégoûts à M. *l'Allemani*, qu'on ne feroit pas furpris de le voir renoncer à fon

fuperbe projet, que lui feul eft en état d'exécuter.

4 *Août*. Pendant que M. le duc de *Chartres* eft abfent & eft allé faire un fecond voyage en Angleterre, fes ennemis acharnés le chanfonnent encore, & voici un nouveau vaudeville enfanté par leur méchanceté, fur l'air *des Pendus* :

Chartres, de nos princes du fang
Eft le plu- brave affurément :
Après avoir bravé Neptune,
Bravé l'opinion commune,
Emule de *Charles* & *Robert*,
Le voilà qui brave encore l'air.

Admirez comme il va volant
Au fein de cet autre élément.
Quel cœur, & fur-tout quelle tête !
Rien ne l'émeut, rien ne l'arrête ;
Son rang, fes amis, fa moitié,
Ce héros foule tout au pié.

Il peut aller dorénavant
Tête levée, le nez au vent.
Il eft, les preuves en font claires,
Fort au-deffus de fes affaires :
Eh oui ! ce grand prince, aujourd'hui,
Doit être bien content de lui.

Mais quel foudain revers, hélas !
Ne vois-je pas mon prince en bas ?
Comme il eft fait ! comme il fe pâme !
On diroit qu'il va rendre l'ame.

F 6

L'ame ! . . . . Oh ! qu'il n'eſt pas dans ce cas.
Peut—on rendre ce qu'on n'a pas ?

4 *Août.* Actuellement que le Palais-Royal commence à ſortir du chaos où il étoit depuis trois
ans, on peut en parler pertinemment. Le jardin
n'offre plus guere que l'image d'un de ces par-
terres de moines, entouré d'un cloître, auquel
on aſſimile plus juſtement encore les bâtiments
nouveaux dont il eſt ceint. Leurs murs frappés
ſucceſſivement de trois côtés par le ſoleil, rendent la promenade inſupportable durant le jour
& peu agréable le ſoir, parce que l'air qui manque de courant & de circulation ne ſe rafraîchit
que lentement. Du reſte, ces murs offrent une
très-belle ſculpture, mais dont le coup d'œil,
trop monotone, devient faſtidieux. Ils ſont d'ailleurs trop élevés & terminés par un comble mauſ-
ſade & du plus mauvais goût. Il eût fallu, à
l'inſtar du jardin de M. *d'Etienne*, dont on a
parlé, les couronner à l'Italienne, & par de
ſemblables jardins ſupérieurs qui auroient mer-
veilleuſement égayé ce bâtiment, lui donner un
air de ſingularité & de magnificence, & rappeller
ceux de *ſemiramis*.

Les corridors ne répondent point à la beauté
du plan : ils ſont étranglés, & les reverberes
meſquins n'éclairent que foiblement. Les boutiques, qui en forment le pourtour, donnent à
tout l'enſemble un air de foire, peu digne du
palais d'un grand prince.

Les rues de derriere ſont de véritables cloaques,
parce que les maiſons nouvelles n'ayant ni cour,
ni dégagement, ni réceptacle pour leurs immon-

dices , y enverront tout leur déblaiement ; que
d'ailleurs elles feront habitées en grande partie
par des filles, par de jeunes gens, par des libertins , peu propres , peu foigneux de leur naturel ,
& dont les valets le font encore moins.

Tous ces travaux ont été commencés avec
tant de précipitation , & le plan en a été fi mal
digéré , qu'il a fallu faire après coup des égouts,
& que n'ayant pas prévu que la rue *Vivienne* étoit
d'un niveau plus élevé que celui des nouvelles
rues , M. le duc de *Chartres* a été obligé de prendre fur la rue parallele à la rue des *Petits-Champs*,
une pente prolongée pour les carroffes ; ce qui ne
laiffe en cette partie qu'une ruelle étranglée pour
les gens de pied & en enterre défagréablement
les maifons.

Ces additions faites après coup , empêchent les
locations pour le temps convenable & augmentent
les dépenfes pour le prince , qui s'en eft tellement trouvé gêné qu'il a été forcé de fufpendre
la quatrieme façade du jardin , qui doit faire
partie de fon palais ; en forte que de toutes manieres il doit fe repentir de fon entreprife auffi folle
que ruineufe.

5 *Août.* Extrait d'une lettre de Bordeaux, du 31
juillet .... Vous favez , fans doute , que les
remontrances de notre parlement contre M. *Dudon*,
par la malice de quelque émiffaire , fe font trouvées imprimées dans la *gazette de Leyde.* On avoit
choifi cette gazette , parce que c'eft la feule que
life le roi, & qu'on comptoit que S. M. auroit
ainfi connoiffance d'une réclamation fondée fur
des motifs d'honnéteté & de juftice , faits pour
la frapper , fi l'on les lui eût mis fous les yeux.
Le fecretaire d'état de la province & le garde-des-

sœaux, scandalisés de voir publiques des remontrances, suivant eux devant rester dans le secret,
en ont fait indirectement des reproches au Sr. *Luzac*,
gazetier de Leyde, qui, pour satisfaire tout le
monde & prouver son impartialité, n'a pas manqué
de les imprimer aussi. Il faut lire ces divers paragraphes très-singuliers, inintelligibles même pour
ceux qui ne connoissent pas le dessous de cartes.
Quoi qu'il en soit, notre parlement vient de former un arrêté contre M. *Dudon*, qui justifie le
gazetier & le venge des imputations qu'on lui
faisoit. Je compte vous l'adresser incessamment.

A l'égard des corvées, les commissaires du roi
restent dans l'inaction. On rejette actuellement le
tort sur le sieur *valfranbert*, l'ingénieur en chef
des ponts & chaussées, mort à propos pour recevoir toutes les iniquités des autres.

M. le gouverneur, pressé par M. *de Vergennes*,
le secrétaire d'état de la province, qui commence
à craindre l'éclat que doit faire l'histoire de monsieur le vicomte de *Noë*, vient de retirer de notre
théâtre & son suisse & sa consigne; ce qui sans
doute est fort inconséquent avec tout ce qui a été
fait, & donne au fond gain de cause au corps
municipal.

5 *Août*. Mardi dernier, dans l'assemblée des
chambres au sujet du vicomte de *Noë*, il a été
arrêté de faire des représentations, malgré les gens
du roi qui n'avoient pas pris la chose fort à cœur
& contrarioient même le récit de M. d'*Eprémesnil*.

6 *Août*. On présume que M. *Diderot*, sentant
approcher sa fin, avoit pris le parti de se soustraire aux persécutions du curé de *Saint-Sulpice*,
qui avoit si fort tourmenté *voltaire* en 1778, &
s'étoit réfugié chez son gendre sur la paroisse de

Saint-Roch, dont le pasteur est plus tolérant. En effet, il s'est escamoté adroitement à la vigilance de celui-ci, auquel on a fait accroire que le défunt avoit été surpris, qu'il étoit très-repentant & disposé à désavouer ses erreurs, même par écrit. Le curé a cru, ou fait semblant de croire tout cela, & n'a formé aucune difficulté sur l'enterrement.

On dit au surplus que c'est l'impératrice des Russies qui, ayant appris que M. *Diderot* avoit besoin pour sa santé de quitter un quatrieme étage où il avoit passé sa vie, lui fit choisir un appartement plus convenable pour se loger, comme son bibliothécaire, & pour y loger la bibliotheque de ce savant qu'elle avoit achetée, & dont elle lui conservoit la jouissance avec des appointements.

6 Août. Les nouveaux cafés qui s'établissent au Palais-Royal, cherchent à se surpasser l'un l'autre par quelque invention singuliere. C'est aujourd'hui le *café méchanique* qu'on va visiter. A chaque table est un tuyau cylindrique, par lequel on demande ce qu'on désire. A l'instant il s'éleve par le même canal, sans le ministere d'aucun agent visible. Cet enfantillage, qui doit être fort cher, & sur-tout d'un entretien dispendieux, amuse un instant, mais au fond le service n'en est ni meilleur ni plus prompt.

6 Août. On sait qu'en effet mardi, dans l'assemblée des chambres, M. *Seguier*, avocat général, portant la parole pour les gens du roi, a démenti tous les faits allégués par M. d'*Eprémesnil* dans sa dénonciation & tous ses raisonnements ; il a conclu par ne pas conclure, & par s'en rapporter à la prudence de la cour.

M. d'*Eprémesnil* a repris en sous-œuvre le dis-

cours de M. *Seguier* , & l'a fi bien renverfé de fond
en comble, que les gens du roi ont confenti que
le réquifitoire ne fût pas infcrit fur le regiftre.

7 *Août*. La déclaration du roi , portant réglement pour le mefurage & le prix du bois deftiné
à l'approvifionnement de Paris, avec diminution
de droits fur le charbon de terre, fe publie aujourd'hui , & eft à peu-près conforme à ce qu'on
a dit L'augmentation du prix de chaque voiture
de bois neuf eft de 2 liv. 10 fous 9 deniers , &
celle du prix du bois flotté & bois blanc, de 1 liv.
14 fous 4 deniers. Il n'y aura plus que ces trois
efpeces de bois, le bois de compte, dit à l'anneau , fera fupprimé. Cette déclaration du 8 juillet
n'eft point faite pour raffurer contre les craintes
de la difette de bois. Au contraire, le préambule
ne peut que l'augmenter par l'affectation fur-tout
de favorifer & d'exciter l'ufage du charbon de
terre, par le ménagement qu'on y montre envers
les marchands de bois, & l'aveu indirect qu'on to-
léroit leurs friponneries & vexations, parce qu'on
favoit qu'ils auroient perdu autrement fur la vente.
Auffi, depuis la nouvelle loi, connue déjà par
l'enrégiftrement du 3 de ce mois, l'accaparement
a redoublé.

7 *Août*. La diftribution des prix de l'univerfité a eu lieu , fuivant la coutume, jeudi dernier ;
& en effet il n'y a point eu d'amplification pour
la rhétorique, ce qui a dû être une vraie morti-
fication pour le recteur, puifqu'il comptoit bien
faire faire fon éloge avec celui de *Rollin* , & en
indiquant pour un des principaux points de la
compofition l'éloge du rectorat. Cependant il n'a
pas ofé févir contre les mutins, parce que d'après
la procédure claffique qu'il a inftruite , & les in-

terrogatoires qu'il a faits, entre les chefs de la cabale se sont rencontrés le fils de M. *Seguier* & celui de M. d'*Aligre*.

7 *Août*. La censure de la faculté de théologie de Paris contre un livre qui a pour titre : *Principes de morale, par M. l'abbé de Mably*, a été déterminée par une conclusion portée le premier juin dernier. Elle est en latin originairement, & traduite aujourd'hui en françois.

Le livre est condamné comme *contenant des propositions respectivement fausses, scandaleuses, erronées, contraires à la parole de Dieu, injurieuses à la religion chrétienne, dérogeant à la religion naturelle, pernicieuses pour les mœurs & nuisibles à la société* .

Les points sur lesquels, suivant la faculté, l'auteur s'est écarté davantage, sont ceux où il parle de nos devoirs envers Dieu, de la sanction & des motifs qu'il faut proposer à l'homme pour qu'il fasse le bien, de la maniere dont on doit s'y prendre pour former les mœurs publiques ou domestiques ; enfin du célibat. De-là la censure se divise en cinq articles.

A l'égard du premier, on reproche à l'abbé de *Mably* de prétendre que les premieres leçons de notre morale n'auroient pas dû être sur nos devoirs envers Dieu, parce que cette méthode, qui a produit en grande partie nos préjugés & nos malheurs, n'est point proportionee à la nature de l'homme.

Quant au second, la faculté ne veut pas qu'il mette la raison au-dessus de la révélation ; qu'il regarde celle-ci comme indifférente pour la réforme des mœurs, & qu'il fasse entendre qu'appuyer sur un pareil fondement les leçons de morale, c'est en empêcher tout le fruit; que c'est par le seul intérêt personnel qu'on peut guider l'homme.

La maxime avancée par l'abbé de *Mably* , que dans quelques circonstances on ne doit pas craindre de distribuer à propos des vices à un peuple, pour le retirer de sa stupeur , est trop contraire aux maximes de l'évangile pour avoir été tolérée par les sages maîtres qui la relevent dans le troisieme article.

On a déjà parlé de ce que le moraliste a dit concernant les mœurs domestiques , & des étranges assertions qu'il avance à cet égard , comme la fréquentation des courtisanes qu'il permet à son éleve. On sent combien il prétoit le flanc à la censure théologique, & l'on ne la lui épargne pas dans le quatrieme paragraphe.

Le cinquieme & dernier, sur le célibat, que l'écrivain fronde en politique & en citoyen, & auquel il préfere infiniment l'état du mariage, devoit nécessairement déplaire encore à la faculté , qui , suivant ses principes religieux , met la continence au-dessus de tout.

Cette censure est , comme tous les ouvrages de ce genre, forte de citations & d'autorités , & très-foible de logique. Du reste , on y ménage beaucoup l'abbé de *Mably* , dont on exalte les talents & dont on excuse les intentions.

8 *Août*. Il est enfin décidé de finir l'église de Sainte-Genevieve , dont les travaux , depuis la mort de *Souflot* , avoient été totalement suspendus. Comme il faudroit encore quarante ans pour la terminer en n'y employant que les fonds ordinaires , il a été résolu de faire un emprunt de quatre millions, au moyen duquel la construction totale sera achevée en quinze ans , & dont

les détails feront arrêtés par le comte d'*Angi-viller*.

8 *Août*. La vente de la bibliotheque de monfieur le duc de *la Valliere* eft calculée, & fe monte à 464,677 liv. 8 f.

8 *Août*. MM. le chevalier de *Seine* & *Desforges*, font deux gendarmes qui, pour faute grave fans doute au corps, avoient été condamnés à vingt ans de prifon. A la veille d'être transférés de la prifon de l'abbaye de *Saint-Germain-des-Prez* au lieu de leur deftination, ils ont été effrayés de la longueur de la punition, & ont réfolu de s'y fouftraire, à quelque prix que ce fût : ils fe font procurés, on ne fait comment, des fabres, des piftolets, des balles, de la poudre, &c. Dimanche dernier, premier de ce mois, le foir, la garde retirée, ils font defcendus, & ont voulu contraindre le geolier à les laiffer fortir. Celui-ci s'y étant refufé, & ayant appellé du fecours, ils lui ont lâché un coup de piftolet, dont heureufement il a évité le coup. Forcés de remonter dans leur chambre, ils s'y font barricadés ; ils menacent de tuer le premier qui fe préfentera & ils capitulent. Leur commandant, le commiffaire des prifons & autres perfonnes ont en vain effayé de les prêcher ; ils menacent de faire fauter la prifon, fi l'on ne leur accorde leur liberté. Comme on ne peut favoir ce qu'ils ont de poudre, on prend toutes fortes de précautions. L'on a fait déloger les prifonniers logés au-deffus & au-deffous ; les pompiers font toujours prêts à donner des fecours, & l'on eft fort embarraffé que répondre à leurs propofitions.

9 *Août*. Me. *Romain de Seize* eft un avocat du barreau de *Bordeaux*, qui, jeune encore, s'y étant attiré beaucoup d'ennemis & dans le parlement,

& dans son ordre, pour son zele à soutenir monsieur *Dupaty*, dégoûté de ces tracasseries, a pris le parti de suivre ce magistrat à Paris, & d'y essayer ses talents. Il a débuté mercredi 4 au Châtelet dans une cause de partage, très-ingrate conséquemment, n'ayant d'intéressant que le nom d'*Helvetius*, dont il a défendu la fille, Mad. la comtesse d'*Andlau*, & il l'a fait avec un éclat sans exemple. Il a eu l'art de faire entrer dans son plaidoyer des morceaux de philosophie & de pathétique qui lui ont concilié l'attention générale. Pendant cinq quarts-d'heure qu'il a parlé, l'huissier n'a pas été dans le cas de crier une seule fois: *Paix-là !* Les juges ne l'ont pas perdu de vue un seul instant, & il a été applaudi à la fin pendant plusieurs minutes comme au spectacle. Les magistrats du Châtelet conviennent n'avoir point entendu d'orateur réunissant à ce degré toutes les parties; car son accent gascon est devenu même une grace. M. *Herault*, premier avocat du roi, homme de lettres en outre, & bien fait pour apprécier le mérite de Me. *de Seize*, quoiqu'il ne le connût pas, est venu le voir & le féliciter au nom du parquet.

Me. *de Seize*, à ses talents naturels & acquis, joint l'avantage de la naissance Il est homme de bonne condition, & pourroit figurer partout, s'il n'avoit préféré de briller par son mérite seul. En voilà plus qu'il n'en faut pour faire frémir l'envie; & ce sont déjà des cabales qui se forment contre lui dans l'ordre.

Me. *Hardouin*, qui devoit répondre, confonda par ce succès n'a point plaidé au jour indiqué & a prétexté qu'il étoit enrhumé; ce qui a fait prédire plaisamment à Me. *de Seize*, par M. *Herault*, qu'il en enrhumeroit bien d'autres.

10 *Août*. L'on doit se ressouvenir du chevalier du *Rumain*, capitaine de vaisseau qui, de 1779 à 1780, prit les isles de *Saint-Martin* & de *Saint-Vincent*, monta à l'assaut de la *Grenade*, commanda les galeres & l'artillerie au siege de *Savannah*, & qui le 10 août 1780, fut tué dans le combat de la frégate la *Nymphe*, de trente-deux canons, qu'il commandoit, contre une frégate angloise de quarante-quatre canons.

Le roi voulant reconnoître les services distingués de cet officier par un monument durable, a fait remettre à M. le comte du Rumain son' frere, trois mortiers en fonte, qui, en conséquence des ordres du maréchal de *Castries*, lui ont été délivrés par le commissaire aux classes de *Tréguier*.

10 *Août*. Tout ce qu'on sait du comte de *Haga* depuis le 19 juillet qu'il est parti, c'est qu'il est allé à Ermenonville visiter le tombeau de *Jean-Jacques Rousseau*.

10 *Août*. Par un arrêt du conseil du 13 juillet 1783, le roi, pour encourager la taille des pierres fines & des pierres de composition, a ordonné, pendant le cours de six années, un concours : il aura lieu le 17 du présent mois au bureau de la maison commune du corps des marchands orfevres de Paris. Tous les lapidaires, même étrangers, y feront admis sans distinction. Ils y trouveront les matieres premieres, tous les outils, moulins & ustensiles nécessaires.

Les ouvrages établis pendant le concours seront jugés dans une assemblée, à laquelle présidera M. le lieutenant-général de police. Les deux artistes qui se seront trouvés les plus experts, l'un dans la taille des pierres fines, l'autre dans celle des pierres de composition, seront admis à exercer leur profeſſion librement pendant le cours de trois années ; à l'expiration deſquelles , s'ils ont notoirement exercé leur art chacun dans leur genre , ils feront gratuitement , *ſans frais ni faux frais* , reçus dans le corps des marchands orfevres.

On eſpere qu'un tel encouragement excitera l'émulation parmi les artiſtes de ce genre , diſtingués par la ſupériorité de leur talent , auxquels on procure ainſi l'occaſion de le faire valoir.

11 *Août*. Hier les deux gendarmes ſe ſont enfin rendus & ont mis les armes bas. M. de *Saint-Alban*, conſeiller de grand'chambre , commiſſaire des priſons, avec un ſubſtitut du procureur-général , & un greffier, étoient occupés à dreſſer procès-verbal de cet événement incroyable.

11 *Août*. Extrait d'une lettre de Conſtantinople ; du 15 juillet.... « Graces aux exhortations de la France , & ſur-tout à la triſte expérience que les Turcs font des ſuites funeſtes de l'ignorance, l'imprimerie vient de ſe rouvrir ici ; elle eſt en plein exercice , & l'on verra bientôt en ſortir une eſpece de *Gazette de Cour* , depuis 1723 juſques en 1750 , compoſée ſous le titre d'*Annales de l'Empire.* »

11 *Août*. La riviere de Saône doit ſervir de tronc commun à toutes les navigations dont s'occupent les états de *Bourgogne*. En conſéquence il eſt eſſentiel de réparer le lit & de nettoyer le cours & les bords de cette riviere, pour y procurer une navigation libre & facile. A cet effet , les états du Mâconnois empruntent une ſomme de 320,000 livres & y ſont autoriſés par lettres-patentes.

11 *Août*. Un M. de *Blois*, muſicien de l'orcheſtre des Italiens , avoit compoſé un opéra comique ſans

paroles, mais cependant avec un plan & des idées
dont il a fait part à M. *Parifau*, qui les a fuivis
& a écrit une piece entiere d'après cette mufique,
ayant pour titre les *Rendez-vous* ou *les deux Rubans*,
en un acte & en vers, mêlée d'ariettes. Elle a été
jouée hier avec beaucoup de fuccès, fur-tout pour
la mufique agréable, piquante, variée & quelquefois
originale, dont l'auteur mérite des encouragements.

1 2 *Août*. M. de *Boufflers* enfante toujours de temps
en temps des chanfons charmantes, remplies de fel
& de gaieté, mais dont quelques-unes percent
difficilement, foit à caufe du vernis d'impiété, ou
de la licence des images qu'on lui reproche. De ce
nombre eft celle intitulée : *les Cierges du paradis* ;
fur l'air du *confiteor*. Elle eft en onze couplets que
peu de femmes ofent apprendre ou même entendre
chanter. On en va juger.

> Dans un des coins du paradis,
> Sont en ligne onze mille vierges ;
> Dans l'autre coin, tout vis-à-vis,
> Sont placés onze mille cierges :   (*bis*)
> Toujours brûlants fans raccourcir,
> On ne les voit jamais finir.   (*bts*)
>
> Autant de faints les ont en main ;
> Au bout brille une flamme pure ;
> Et c'eft pour l'office divin,
> Que cette flamme toujours dure :   (*bis*)
> Toujours brûlants, &c.
>
> Comme c'eft pour l'éternité,
> Que ces faints brûlent pour ces vierges ;

Pour fauver l'uniformité ,
Chaque vierge change de cierges :   (*bis*)
Toujours brûlants , &c.

Les faintes ont toujours quinze ans ,
Et les faints en ont toujours trente ;
Leurs charmes font toujours naiffants ,
Des cierges la flamme eft conflante : (*bis*)
Toujours brûlants , &c.

Les vierges n'ont pour vêtement
Que le voile de l'innocence ;
Les faints le percent aifément ,
Vu le feu de leur cierge immenfe : (*bis*)
Toujours brûlants, &c.

Le matin , à midi , le foir ,
Enfemble ils font tous l'exercice.
Ah ! c'eft-là qu'il fait beau les voir
Répeter onze fois l'office :   (*bis*)
Toujours brûlants , &c.

Dieu ! quel coup d'œil intéreffant !
Onze mille faints d'une bande,
Onze mille faintes d'un rang ,
Des cierges recevant l'offrande : (*bis*)
Toujours brûlants , &c.

Pas un feul inflant de repos,
Entre chaque office l'on danfe :
Le cierge en main, faifant des fauts ,

Les

Les vierges marquant la cadence :   (bis)
Toujours brûlants , &c.

La sainte chandelle d'Arras
Est l'échantillon de ces cierges :
Ce saint bout , qui ne finit pas ,
Fut donné par une des vierges :   (bis)
Toujours brûlants , &c.

Avec grande dévotion ,
Je vous invoque , heureuses vierges ;
Que par votre interceffion
J'obtienne un jour un de vos cierges : (bis)
Toujours brûlants , &c.

Ces bouts sans fin du paradis
Font la félicité parfaite :
O mes bonnes & bons amis ,
Un même bout je vous souhaite :   (bis)
Toujours brûlants , &c.

13 *Août.* Depuis long-temps on a dit que les
États-Généraux avo ent arrêté de faire préfent d'une
épée à M. le bailli de *Suffren* , pour le remercier
des bons & importants fervices qu'il a rendus dans
l'Inde à la république , & fervir de monument à fa
gloire. Cette épée, finie avec le plus grand foin,
enrichie de diamants & qu'on évalue à 150,000
livres , a été apportée ici par des députés de la
république , qui l'ont aujourd'hui , à heure convenue, offerte au général françois. Ils ont été en
grande cérémonie , rue de Tournon , à l'hôtel où
il demeure. Quatre carroffes formoient le cortege :

Tome XXVI.   G

l'épée fe voyoit feule dans un , puis les députés des Etats-généraux , puis l'ambaffadeur , puis leur fuite. Les fanfares & les trompette, ont fuccédé , & tout ce jour a été un jour de triomphe dans l'hôtel de M. de *Suffren*.

13 *Août*. Tout fait fpectacle dans ce pays-ci. C'eft aujourd'hui le donjon de *Vincennes*, ouvert au public , qu'on s'empreffe d'aller vifiter. Il eft décidé que la deftination n'en fera plus la même, & l'on va en faire des magafins. C'eft à qui bénira M. le baron de *Breteuil* , & l'on ne ceffe de répéter fes louanges à mefure qu'on parcourt dans tous fes détails cette horrible demeure.

13 *Août*. Dans *Zémire & Azor* on trouve cette ariette , fcene IV. du fecond acte :

Plus de voyage qui me tente ,
Je veux mourir vieux , fi je puis :
Je ne ferai plus qu'une plante ,
Et je prends racine où je fuis.
Paffe encor pour aller fur terre ,
C'eft un plaifir quand il fait beau :
Paffe encor pour aller fur l'eau ,
Quoique je ne m'y plaife guere :
Mais voyager fur les nuages ,
Et voir là-bas , là-bas , là-bas
La terre s'enfuir fous fes pas !
Cela degoûte des voyages :
La tête tourne d'y penfer ,
Je ne veux plus recommencer.

Le public malin qui femble chercher toutes les occafions de mortifier le duc de *Chartres* , un jour

qu'il affiſtoit à cette piece depuis l'aventure de
ſon ballon de *Saint-Cloud*, n'a pas manqué d'y
trouver une alluſion parfaite, d'applaudir à tout
rompre & de ſe tourner vers la loge du prince qui,
après avoir voulu faire bonne contenance, n'a pu
y tenir & s'en eſt allé. On crioit en même temps
bis, mais l'acteur n'a pas oſé recommencer.

14 *Août*. L'on attend toujours avec impatience
le mémoire de M. *Sauſſaye*, receveur des impoſi-
tions de la ville de Paris, en réponſe à celui du ſieur
Alexis du Paſquier de Saint-Genix en Savoie. Outre
la converſation très-mordante, par laquelle celui-
ci, à la réquiſition fictive du premier, lui rappor-
tant tout ce qu'on en dit dans Paris, fait une ſa-
tire vive de ſa morgue, de ſon faſte, de ſes mœurs;
il y a des développements de tour de bâton ſous ces
mots: *récréation*, *mémoire*, *modération*, *décharge*,
délais, *frais*, faiſant verſer à flots l'or & l'argent
des contribuables dans la caiſſe du receveur, qui
méritent une réfutation particuliere dont ne ſont
pas embarraſſes ceux qui connoiſſent particuliérement l'intégrité & l'honnêteté de l'accuſé. On aſſure même que la chambre des comptes, qui convient avoir mis fort légérement les ſcellés chez
lui, va les lever.

14 *Août. Florine* eſt une mauvaiſe piece de
M. *Imbert*, jouée aux Italiens en 1780 ſans ſuccès,
& qu'il s'eſt aviſé de remettre avec quelques corrections le ſamedi 7 de ce mois. Les journaliſtes de
Paris, voués à cet auteur, ont eu la baſſe complai-
ſance pour lui d'annoncer que *Florine* avoit été fort
bien reçue. Le parterre indigné, hier à la ſeconde
repréſentation en a preſque hué tout le ſecond acte,
au point qu'on ne croit pas qu'elle reparoiſſe.

Ce même jour on a joué la premiere repréſenta-

tion d'une comédie en un acte & en vers, ayant
pour titre : *l'Amour à l'épreuve*. Cette nouveauté
peu neuve, quant au fond, n'a point été mal reçue. On la dit de M. *Faure*, secretaire de M. le duc
de *Fronsac*.

14 *Août*. On est fort content au palais du début
du nouvel avocat-général, M. *Pelletier de Saint-Fargeau*, qui a déjà donné de l'humeur à M. *Seguier*
1°. Il ne lit point ses plaidoyers & les débite de mémoire. 2°. Il n'hésite point, il ne s'en rapporte point
à la prudence de la cour, mais il se décide, & a
toujours un avis à lui. Enfin il ne demande point
de retard ni de délais, comme fait souvent le premier avocat-général ; & dernierement il a porté la
parole dans toutes les causes où il a été invité de
le faire.

15 *Août*. M. *Morand*, docteur-régent de la faculté
de médecine, membre de l'académie des sciences
& déjà pensionnaire de la classe d'anatomie, vient
de mourir. C'étoit un savant qui, jeune encore,
avoit de profondes connoissances, mais qui n'auroit jamais eu la réputation du chirurgien *Morand*, son pere.

15 *Août*. C'est M. le prince de *Condé*, gouverneur de *Bourgogne*, qui le 13 & le 24 juillet a posé au
nom du roi, en présence des élus généraux des
états, à Châlons sur Saône, à Saint-Jean-de-Losne
& à Saint-Symphorien, la premiere pierre de la premiere écluse de chacun des trois cannaux de *Charolois*, de *Bourgogne* & de *Franche Comté*.

16 *Août*. Extrait d'une lettre d'Agde, du 8
août..... « Notre port, très-intéressant par sa
situation, à cause du canal de *Languedoc*, qui fait
la jonction des deux mers, se combloit en partie
depuis quelques années à son embouchure par l'as-

fluence des fables qu'y apportoit la mer. Les états envoyerent ici l'année derniere M. *Groignard*, si renommé par les preuves qu'il a données en ce genre à Toulon.

» Cet habile homme a imaginé de prolonger les jetées avec des caisses à peu-près dans le genre de celles de *Cherbourg*. Le sieur *Poncet*, constructeur du roi, chargé de l'exécution, a commencé son travail le 9 juin dernier par une caisse qui a été lancée avec succès & avec beaucoup de pompe, après avoir été bénie par notre évêque. Cette opération n'a duré qu'une minute & demie.

Cette caisse a été placée le... juillet, par les soins de M. *Groignard*, en présence des états de la province. L'année prochaine, on en construira deux autres, & successivement le nombre suffisant, jusqu'à deux cents toises en avant dans la mer. »

16 *Août*. La compagnie des actionnaires de l'entreprise des *Eaux de Paris*, commence à prendre quelque consistance. Elle a tenu le 10 de ce mois une assemblée solemnelle, & elle a trouvé qu'elle pouvoit, sur ses produits, établir annuellement un dividende. En conséquence on commence à délivrer des actions.

16 *Août*. Madame *Mara*, cette célebre cantatrice dont on a parlé dans le temps, est revenue dans Paris, & avoit attiré un monde très-brillant hier au concert spirituel, où elle a été accueillie avec transport.

M. *Crosdill* a partagé l'admiration du public sur le violoncelle, instrument sur lequel il a fait supporter deux sonates, espece de merveille pour les oreilles françoises. On sait que c'est un genre très-froid, & abandonné depuis long-temps pour les concerts.

16 *Août.* Extrait d'une lettre de Berlin, du premier août...... « Le *Porte-feuille hiftorique* eft un journal allemand qui s'imprime ici, & contient quelquefois des détails hiftoriques, affez curieux & affez exacts fur les cours du Nord, fur leurs établiffements civils & militaires, fur leur état actuel, &c. »

17 *Août.* Le travail de M. le baron de *Cormerai* ne paroîtra pas encore cette année, comme on s'en flattoit. Il eft immenfe. Cet infatigable calculateur s'en occupe depuis dix ans. Il a trente-cinq commis fous fes ordres. Il faut fe rappeller qu'il s'agit de la fuppreffion des traites, & de rendre le fel & le tabac marchands. M. de *Calonne*, qui auroit fort à cœur de voir exécuter ce grand projet fous fon miniftere, encourage l'auteur, & lui continue le traitement de 60,000 liv. accordé par fes prédéceffeurs. M. de *Cormerai* veut embraffer auffi les corvées dans fon plan & foulager d'autant le peuple en cette partie.

17 *Août.* C'eft décidément aujourd'hui que doit danfer le fieur *Vejlris* fils. On a choifi *Atis*, parce qu'il n'y paroît qu'au dernier ballet, & que le tumulte qu'on prévoit, ne pourra du moins empêcher l'opéra. Ce danfeur, de fon côté, s'attend à une forte cabale contre lui, & en a foudoyé une en fa faveur. On veut que fa famille & lui aient acheté jufqu'à deux cents billets de parterre.

Au refte, pour calmer un peu les mécontents, fes parents, amis & partifans affectent de dire qu'il n'a été en prifon, ni pour avoir manqué à la reine, ni pour avoir manqué au public; que M. le baron de *Breteuil* l'a puni feulement pour être contrevenu au réglement, dont un article

porte que , tout acteur , chanteur , danseur , &c.
hors d'état de jouer , ne se montrera point au
spectacle. En outre , ils publient des certificats
de chirurgiens & autres gens de l'art , qui , après
avoir visité le sieur *Vestris* , au moment de sa
détention , attestent que s'il eût dansé alors , il
se fût mis hors d'état de paroître de plus d'un
an.

17 *Août*. En rendant compte de la séance
publique de l'académie royale des sciences du
21 avril dernier , on a déjà parlé du mémoire
de M. d'*Aubenton* , où il démontre la possibilité
d'*améliorer les laines de France, au point de suppléer aux laines étrangeres , dans nos manufactures de draps fins.* M. le contrôleur-général , at-
tentif à tout ce qui peut augmenter la richesse
réelle de l'état , a jugé ce mémoire digne de la
plus grande publicité , & en conséquence a voulu
qu'il fût imprimé à l'imprimerie royale , & répandu avec profusion.

En effet , la fabrique du premier drap de laine
superfin du cru de la France , est un événement
important pour les manufactures & pour le commerce. Les moyens donnés par M. d'*Aubenton*
pour faire croître des laines superfines , d'après
de longues expériences , sont faciles & peu dispendieux , & l'épreuve de ses laines dans la fa-
brication du drap , comparé avec le drap de laine
d'Espagne , fabriqué en France , a tourné absolument à l'avantage du premier L'ouvrier y a reconnu plus de force & de nerf , avec la même
finesse à l'œil , & la même douceur au toucher.
Ce drap a plus de rapport avec ceux que les
Anglois fabriquent ; il sera durable comme celui-
ci , résistera mieux à la pluie que le drap fa-

G 4

briqué avec des laines d'Espagne, & sera d'un meilleur débit dans le commerce du Nord. On peut encore le rendre aussi souple & aussi moëlleux que le drap d'Espagne.

La durée de cette amélioration, au surplus, est déjà prouvée par seize ans d'expériences sur les laines de *Roussillon*.

18 *Août*. Le sieur *Vestr'Allard* a en effet dansé hier, & l'on avoit fort heureusement choisi pour le faire paroître, le dernier ballet d'*Atis*, car il n'auroit pas été possible de jouer, tant le tumulte étoit violent & tant il a duré Lorsque ce danseur a paru, les mécontents ont crié : *à genoux ! à genoux !* & n'ont point cessé de le siffler & de le huer pendant tout le temps qu'il est resté en scene. Ses partisans, au contraire, applaudissoient à tout rompre, avec des *bravo*, des *bravissimo* qui ne finissoient pas. Il y avoit tant d'acharnement de part & d'autre qu'il en est résulté des rixes particulieres, & que pour mettre le *holà*, la garde a été obligée d'arrêter plusieurs personnes. Du reste, le sieur *Vestr'Allard* ne s'est point déconcerté ; il a soutenu tout ce bruit à merveille, & a vérifié ce qu'on avoit dit que son talent s'étoit encore perfectionné durant son séjour à Londres : il a dansé mieux que jamais.

19 *Août*. Le grand-conseil, depuis son rétablissement, a toujours été tracassé par les parlements de province, car celui de Paris le tourmente le moins. Tout récemment les parlements de Dijon & de Bordeaux ont fait contre lui des actes d'hostilité qui ne peuvent se tolérer. Le premier a décrété de prise-de-corps un religieux qui n'étoit pas de sa compétence & sous la sauve-

garde de ce tribunal. Le fecond a jugé une caufe évoquée de droit par la loi du prince au grand confeil, fur laquelle il avoit déjà prononcé. Il a caffé le jugement de ce tribunal, & a rendu un arrêt tout oppofé.

Les chefs du grand-confeil ont eu recours au garde-des-fceaux : ils lui ont repréfenté qu'il falloit abolir le grand-confeil, ou venger ces attentats. Il a promis une déclaration.

19 *Août.* Le prince *Henri de Pruffe*, fur lequel on ne comptoit plus, eft enfin arrivé. Il loge rue de Richelieu, à l'hôtel de la *Chine*, & non chez le miniftre du roi fon frere. Il doit aller demain à l'opéra, où l'on joue *Chimene*, par ordre.

16 *Août.* Extrait d'une lettre de Montpellier, du 10 août...... *Pierre Richer de Belleval* a été le reftaurateur de la botanique dans les écoles de cette ville. Il a employé toute fa fortune à la recherche des plantes du Bas-Languedoc & à un ouvrage de botanique très-étendu qu'il s'étoit propofé de publier. Un grand nombre de gravures en cuivre, faites avec une exactitude inconnue avant lui, & qui exiftent encore, devoient entrer dans cet ouvrage. On a de lui en outre plufieurs écrits imprimés fur cette fcience.

La ville de Montpellier lui doit l'établiffement de fon jardin-royal des plantes, qu'il fut chargé de conftruire par ordre de *Henri IV* en 1598, c'eft-à-dire, vingt-huit ans avant la fondation de celui de Paris. La difpofition de ce jardin, qui peut paffer pour un modele, eft une preuve non équivoque des connoiffances de fon fondateur en ce genre.

La même fcience a depuis été cultivée ici par

des hommes célebres, MM. *Magnol*, *Riffole*, de *Sauvages*, membres de notre société royale, qui a publié leur éloge. *Richer de Belleval* étant mort avant l'établissement de cette compagnie, cet honneur a manqué à sa mémoire. C'est pour réparer ce défaut que M. *Bouffonnet* fils, un des membres de la société royale, lui a remis 300 livres qu'il destine à l'éloge de *Richer belleval*, suivi d'un prix extraordinaire qu'elle propose au concours, & qui sera proclamé à son assemblée publique, pendant la tenue des états de Languedoc en 1785

10 *Août.* L'auteur de *la Poupée parlante*, oubliée depuis un an, ramene la curiosité du public par un nouveau phénomene. C'est un *Ventriloque*. Tout le monde sait ce que c'est que cette espece d'hommes rares, doués du talent particulier de parler sans ouvrir la bouche, & sans qu'on puisse reconnoître à aucun signe de leur visage avec qui sont eux qui font la conversation. Celui-ci est un des plus merveilleux, en ce que c'est un homme octogénaire, qui conserve cette faculté depuis l'âge de trente ans qu'elle s'est développée chez lui. Il vient de Portugal ; il prend dans ses bras un automate, qu'il suppose être un enfant malade. Le *Ventriloque* en est le pere ; l'enfant s'éveille, se plaint & ses accents déchirent l'ame. Le pere parvient à l'égayer ; il se forme un dialogue entre eux deux qu'il exécute seul. La voix du Ventriloque est très-forte, & celle du petit interlocuteur semble être d'un enfant de trois ans.

La scene du Ventriloque terminée, on porte l'automate à une corde, sur laquelle il danse & exécute à-peu-près tous les tours d'usage parmi les baladins.

20 *Août.* Enfin les commissaires chargés par le

roi de l'examen du *Magnétisme animal*, ont terminé leur rapport, & il doit être inceſſamment imprimé par ordre du roi à l'imprimerie-royale. Il faut ſe rappeller que c'eſt chez le docteur *Deſlon* qu'ils ont dû faire leur examen, & que le docteur *Meſmer* prétend que celui-ci ne profeſſe pas ſa doctrine véritable & dans toute ſa ſublimité. Quoi qu'il en ſoit, ils déclarent le *magnétiſme animal*, une invention illuſoire, vaine & funeſte.

21 *Aout*. Hier il s'étoit rendu encore beaucoup de monde à l'opéra, pour voir ce qui ſe paſſeroit à l'égard du ſieur *Veſtr'Allard* : mais la garde étoit tellement renforcée que les battoirs ont pu l'applaudir en toute liberté & ſans contradiction. On jouoit *chimene* ; & comme on avoit ajouté *par ordre*, on s'étoit imaginé que la reine y viendroit. Mais c'étoit pour le prince *Henri*, frere du roi de *Pruſſe*, qui a été accueilli ainſi que le méritoit ce héros. On lui a trouvé avec peine l'air fatigué, uſé, caſſé.

21 *Aout*. On a déjà parlé de l'exploſion du docteur *Bertholet* de la faculté de médecine de Paris & de l'académie royale des ſciences. Il a donné ſon avis ſur le *Magnétiſme animal* d'une façon non équivoque & très préciſe, par une déclaration datée du 2 mai & conſignée dans la *Gazette de ſanté*, où il dit formellement, qu'après avoir fait plus de la moitié du cours de M. *Meſmer* du mois d'avril 1784, après avoir été admis dans les ſalles des traitements & des criſes, où il s'eſt occupé à faire des obſervations & des expériences, il déclare *n'avoir pas reconnu l'exiſtence de l'agent nommé par M. Meſmer : Magnétiſme animal;* avoir jugé la doctrine qui lui a été enſeignée durant le cours, *démentie par les vérités les mieux établies ſur le ſyſ-*

G 6

tême du monde & fur l'économie animale, & n'avoir rien apperçu dans les convulsions, les spasmes & les crises prétendus, produits par les procédés Magnétiques, qui ne dût être entiérement attribué à l'imagination, à l'effet méchanique des frictions fur des parties très-nerveuses..... Enfin il termine par regarder la doctrine du Magnétisme animal, & la pratique à laquelle elle sert de fondement, comme parfaitement chimériques.

22 Août. Ceux qui sont curieux de connoître par approximation la population du royaume, pourront tirer des inductions du nombre des morts & des baptêmes, la Corse comprise.

En 1780.		En 1781.	
Naissances.	989,306.	Naissances.	970,406.
Mariages. .	241,138.	Mariages. .	2,6,503.
Morts. . . .	914,047.	Morts. . . .	881,138.
Professions religieuses.	1,475.	Professions religieuses.	1,400.
Morts en religion. . .	2,067.	Morts en religion. . .	1,968.

On voit par là aussi que le nombre des professions religieuses, non-seulement n'est pas en proportion des morts, mais décroît sensiblement d'une année à l'autre.

23 Août. Lorsqu'on a rendu compte de la premiere représentation des Danaïdes, & sur-tout du poëme, on a cité l'avertissement de l'auteur des paroles, où il dit s'être beaucoup aidé d'un poëme manuscrit italien sur le même sujet, de M. Caffa- ligy, conseiller honoraire de S. M. impériale, royale & apostolique. Celui-ci, piqué vraisemblablement

d'une mention auffi légere , a écrit au rédacteur du mercure , une lettre datée de *Naples* le 25 juin 1784, où il fe plaint & fait toute l'hiftoire affez curieufe , & de fon *Hypermneftre* , & de fes relations avec le chevalier *Gluck* ; où il parle d'ailleurs de l'art en homme très-inftruit & qui l'a médité profondément.

A l'égard de la tragédie lyrique en queftion , voici ce qu'il raconte : Ce fut en 1778 , & après le grand fuccès d'*Orphée* & d'*Alcefte* , dont les poëmes viennent auffi originairement de M. *Caffabigy* , que M. *Gluck* le follicita de lui adreffer une *Hypermneftre* dont il lui avoit parlé. Le chevalier *Gluck* la reçut au mois de novembre de la même année , & ce n'eft qu'après un filence de quatre ans , & au mois de février dernier , que fon auteur apprit que cette tragédie lyrique alloit être jouée fur le théâtre de Paris , avec une mufique en partie du chevalier *Gluck* , & en partie de monfieur *Salieri* , qui y avoit travaillé fous la direction de ce grand maître.

Dans l'intervalle le poëte avoit fait des changements à fa piece. Il la fit mettre en mufique par M. *Millico* , non moins célebre chanteur que compofiteur , & la fit exécuter avec fuccès à la cour de Naples.

Comme on avoit difpofé de fa tragédie à fon infçu , il craignit qu'on ne la fît imprimer de même & fans fes corrections ; il fe détermina à la publier au mois de février dernier.

M. de *Caffabigy* entre enfuite dans la difcuffion des défauts reprochés par le rédacteur du *Mercure* , aux *Danaïdes* , qui ne font autre chofe que fon *Hypermneftre* , & il établit très-bien qu'il les a fait difparoître dans la tragédie italienne , ou que

les défauts font du traducteur françois. C'est à
M. le bailli du *Rollet* à répondre & à se tirer
de - là.

23 *Août*. Le tribunal des maréchaux de France,
bien loin de prononcer de plus amples peines contre
le vicomte de *Noë* pour ne s'être pas représenté après
le délai d'un mois accordé , n'a pas jugé la contu-
mace , & a arrêté un sursis.

On prétend, 1°. qu'il a eu peur du parlement ;
2°. que le roi étonné lui-même des coups multipliés & vigoureux que le tribunal frappoit contre
le maire de *Bordeaux* , a dit qu'il ne dérangeroit
pas désormais si légèrement l'ordre légal ; 3°. que
Monsieur a dit au maréchal de *Lévi* , son capitaine
des gardes , que le jugement du tribunal dans
cette affaire étoit un *jugement de Vandales*.

Quoi qu'il en soit , c'est à la dénonciation de
M. d'*Epremesnil* que le vicomte de *Noë* a vérirable-
ment l'obligation d'avoir arrêté le tribunal , &
sur-tout au soin qu'a eu ce magistrat de la répandre
dans Paris par la voie de l'impression. Cet écrit a
tellement soulevé l'opinion publique, & éclairé sur
l'atrocité de la sentence & de la conduite du tribunal, qu'il a été effrayé lui-même , & que la cour
n'a osé soutenir la suite de son entreprise.

23 *Août*. On parle depuis long-temps d'une
Sémiramis dont M. *Sahui* a composé la musique.
Il y a tout à parier encore que cette tragédie est
prise de celle de M. de *Cassaligy* , envoyée dès
1778 au chevalier *Gluck* , & que ce musicien
l'avoit engagé de composer pour lui. Il l'approuva
beaucoup d'abord , & s'apperçut la suite qu'elle ne
s'adaptoit point aux acteurs qui brilloient alors sur
la scène lyrique.

23 *Août*. M. de *Seize* a continué au Châtelet sa

premiere & sa seconde réplique avec le même succès. Vendredi dernier il a gagné sa cause en totalité , & , ce qui est sans exemple , le lieutenant-
civil lui a adressé un compliment en pleine au-
dience.

24 *Août*. M. de *Caffabigy* , après avoir défendu
son *Hypermnestre* , attaque le chevalier *Gluck*
dans la partie la plus sensible , car il prétend que
si ce grand homme a été le créateur de la musique dramatique , il ne l'a pas créée de rien ;
c'est-à dire, que c'est M. de *Caffabigy* qui l'a rendu
ce qu'il est. Il n'est pas musicien , mais il a beaucoup étudié la déclamation. On lui accorde le
talent de fort bien réciter les vers , particuliérement les tragiques , & sur-tout les fiers. Il y a
vingt cinq ans qu'il a pensé que la seule musique
convenable à la poésie dramatique , & sur - tout
pour le dialogue & pour les airs que les Italiens
appellent d'*azione* , étoit celle qui approcheroit
davantage de la déclamation naturelle , animée,
énergique ; que la déclamation n'étoit en elle-
même qu'une musique imparfaite ; qu'on pourroit
la noter , si l'on avoit des signes en affez grand
nombre , &c.

Plein de ces idées , M. de *Caffabigy* arriva à
Vienne en 1761. On lui propo d'y faire jouer son
Orphée , & on lui donna le chevalier *Gluck* pour
musicien. Celui ci n'étoit pas alors compté parmi
les grands maîtres. Le poëte lui fit part de ses
idées ; il lui nota par des signes les traits les plus
saillants , & suppléa par des notes au surplus.
C'est sur un pareil manuscrit que l'Allemand com-
posa sa musique ... M. de *Caffabigy* en fit autant
depuis pour *Alcefte*.

24 *Août*. Le comte de *la Porte d'Anglefort* ,

dont on a eu occasion de parler plusieurs fois ,
& l'un des argonautes du ballon de Lyon, vient
de périr d'une maniere sinistre. Il avoit accompagné le prince de *Nassau* à *Constantinople*, où
l'on sait qu'il est allé. Le prince , en faisant ce
voyage , a voulu rechercher si le *Niester* étoit navigable depuis *Kaminick* jusques à la *mer Noire*.
Le comte *d'Anglisort* l'accompagnoit ; il étoit
allé seul à la découverte , lorsqu'effrayé à la vue
de Cosaques qu'on avoit envoyés pour le chercher , dans l'inquiétude où l'on étoit de lui : il
les prit pour des *Haydamaques* ou bandits, voulut
les éviter par la fuite & se noya.

Il étoit , ce semble, destiné à périr d'une
maniere violente. A Cancale , il sauva un frégate
du roi , & fut dans le plus grand danger. Il se
distingua à l'attaque de *Jersey*. A l'*Orient*, un soldat
le perça de part en part d'un coup de bayonnette ;
ce qui fit courir le bruit anticipé de sa mort. Il
étoit à Gibraltar sur l'une des batteries flottantes,
& l'on peut se rappeller quel danger il a couru à
Lyon.

14 *Août*. Comme *Diderot* n'étoit d'aucun corps
littéraire en France , son panégyrique ne sera
vraisemblablement prononcé dans aucune académie : il n'y a d'ailleurs plus de Nécrologe. Pour
suppléer à ce silence général , on va donner ici
une courte notice des principaux traits de sa vie.

Il étoit né à *Langres* , en 1713 , d'un coutelier
aisé, & qui lui fit faire ses études aux jésuites de
cette ville. Ceux ci l'avoient déjà déterminé à
entrer dans l'ordre & à partir pour le noviciat à
l'insçu de ses parents. Son pere, averti la veille ,
le retira du college. Le jeune *Diderot* étoit aussi
tonsuré, mais son pere ne voulant pas le laisser

prendre même l'état ecclésiastique, le destinoit à
exercer sa profession : l'enfant y répugna, & on
l'envoya finir ses études à Paris. Ensuite, selon
l'usage, on le plaça chez un procureur. Il avoit
encore moins d'attrait pour la chicane, & conti-
nuoit à s'occuper de littérature. Son pere l'apprit,
cessa de payer sa pension, parut l'abandonner, &
ne reçut son fils en grace que dix ans après, à
l'époque de son mariage. *Diderot* fut forcé de vivre
de ses ouvrages. Tout le monde les connoît, mais
sur-tout l'*Encyclopédie* : ce monument, tout im-
parfait qu'il soit, est celui de sa gloire. Trente
mille exemplaires de ce livre, répandus dans les
deux mondes, ne laisseront jamais périr la mémoire
de son principal éditeur.

Le *Systéme de la Nature*, qui lui est assez généralement attribué, lui donna beaucoup d'inquiétude, lors de son explosion. Il se tint à Langres,
& avoit des émissaires à Paris qui l'instruisoient de
ce qui se passoit. Au moindre mouvement contre
lui, il étoit disposé à glisser en pays étranger.

Cet auteur joignoit deux qualités qu'on trouve
rarement ensemble, parce qu'elles sont opposées
& s'excluent le plus souvent : le raisonnement &
l'imagination. C'est ce qui le rendoit également
propre à la philosophie, aux hautes sciences & aux
lettres. Il étoit bien supérieur en cette derniere
partie à son collegue d'*Alembert*, qui manquoit
absolument d'imagination. Il paroît décidé que
l'un & l'autre sont morts dans leur façon de penser
sur la religion, en quoi ils ont toujours été parfaitement d'accord.

25 *Août*. Relation de la séance publique,
tenue aujourd'hui, jour de *saint Louis*, par
l'académie françoise pour la distribution des
prix.

L'arrivée d'un prince étranger, venu depuis peu dans cette capitale, & qui n'a pas voulu manquer cette occasion de voir l'académie françoise assemblée, est un événement heureux, qui a donné encore beaucoup d'ardeur pour s'y trouver, & à rendre la séance très-brillante. Elle étoit déjà illustrée par la présence de Mad. la duchesse de *Chartres*, prenant le plus vif intérêt à l'un des candidats couronnés, M. de *Florian*.

Le directeur & le vice-directeur étant absents, c'est M. *Marmontel*, le secretaire, qui a rempli seul toutes ces fonctions. Il a d'abord annoncé que le prix de prose, remis il y a deux ans, étoit décerné cette année à M. *Garat*. Le *sujet étoit l'éloge de Fontenelle*.

Il est d'usage qu'un académicien fasse à l'assemblée la lecture de l'ouvrage couronné: mais tous messieurs présents étant vieux, cacochymes, mauvais lecteurs, M. de *la Harpe* seul auroit pu la faire. Le *Laureat*, déjà mécontent de la maniere dont cet académicien avoit rendu & annoncé un de ses écrits, anecdote dont on a parlé dans le temps, a demandé la permission de lire lui-même. L'académie a eu peine à souffrir cette innovation. Enfin on lui a accordé la liberté qu'il sollicitoit à *titre d'encouragement*.

Cet éloge de *Fontenelle* est si long qu'il auroit lassé les poumons les plus vigoureux ; mais le zele paternel a soutenu dans son entreprise M. *Garat* qui, au surplus, a très mal lu. Sa modestie étoit cependant encouragée par de fréquents applaudissements.

Le sujet du discours étoit d'autant plus difficile à traiter, au gré de ceux qui l'ont bien examiné, qu'il le paroit peut-être moins au

premier coup d'œil ; qu'il a déjà été ébauché
en détail de mille manieres & qu'il y a des
façons de penſer très oppoſées entre les littéra-
teurs ſur le compte du héros, qu'on s'accorde
pourtant à regarder comme un auteur original,
dont les ouvrages forment époque dans l'hiſtoire littéraire.

Quantité de partiſans de M. *Garat* ont jugé
ſon diſcours admirable. Ils y ont trouvé des
vues fines, des penſées brillantes, des expreſ-
ſions tantôt neuves, tantôt fortes. Il a montré, ſuivant eux, *Fontenelle* ſous tous les aſpects,
& manifeſté, pour ainſi dire, tous les ſecrets
de ſon eſprit & de ſa philoſophie. D'autres ont
été plus loin ; ils y ont découvert facilement ce
qui caractériſe tout ce qui eſt ſorti de ſa plume ;
un philoſophe qui penſe avec jugement & qui
écrit avec imagination ; du bel eſprit qui, par un
accord infiniment rare, ne nuit point à l'énergie ni à la profondeur des idées, & qui donne
de l'éclat à ſon ſtyle, ſans rien ôter de la vérité
de l'expreſſion. Si cet éloge a paru long à quelques-
uns, ce n'eſt pas en appréciant l'effet qu'il a
produit, mais en meſurant la durée de la lecture.

Les critiques prétendent, au contraire, que les
applaudiſſemens n'ont été rien moins qu'unanimes ; que beaucoup d'auditeurs les ont dé-
mentis, à raiſon de l'entortillage & du néolo-
giſme qu'ils ont remarqués en certains endroits.
Ils blâment ſur-tout le morceau où le panégy-
riſte loue la naïveté & les graces des *Idylles de*
Théocrite & les *Bucoliques de Virgile*, pour exalter
enſuite les églogues métaphyſiques de *Fontenelle* ;
enfin, à les en croire, la maniere du peintre eſt

pauvre, mesquine; il est stérile dans son abon-
dance, petit dans sa gigantomachie, & très-
mauvais singe du modèle qu'il a voulu rendre;
il manque enfin de ce goût qui fait se mesurer &
s'arrêter. De-là les fréquens bâillemens, qui mêloient leurs murmures peu sonores aux batte-
mens de mains des enthousiastes. Comme le discours est imprimé, chacun peut le prendre & juger
entre ces deux avis.

La lecture de l'ouvrage de M. *Garat* avoit ab-
sorbé tant le temps, que M. *Marmontel* n'a fait
qu'annoncer un autre *Eloge de Fontenelle* de M. *le
Roi*, ancien commissaire de la marine, avec une
mention honorable, mais sans *accessit*. On avoit
flatté l'auteur qu'on liroit publiquement le morceau de son ouvrage, qui est le parallèle de *Fontenelle* & de *Voltaire*, ce qui n'a pas eu lieu.

Le secrétaire a dit ensuite que M. le chevalier
de *Florian* avoit mérité le prix de poésie, dont
le sujet avoit été laissé libre. Celui choisi par ce
candidat est une églogue tirée de la bible, intitulée *Ruth & Booz*, invention assez bizarre, mais
dont l'objet est facilement saisi par l'épilogue
adressé à M. le duc de *Penthièvre*.

Il regne dans l'ouvrage de M. de *Florian*, du
sentiment, de l'ingénuité, & en général le ton
du genre. Ce dernier vers de l'envoi au prince a
été très applaudi.

Vous n'épousez point *Ruth*, mais vous l'avez pour fille.

Quelque vrai que soit cet éloge, il a paru fade,
étant prononcé devant Mad. la duchesse de *Chartres*,
présente.

Après cette églogue, il a été lu des morceaux
d'une autre qui, d'un aveu unanime, méritoit le

prix du génie, s'il y en avoit eu un à décerner. Du reste elle peche contre les premieres regles de la versification, ce qui est prouvé par des *hiatus* & d'autres fautes pareilles qui ont rebuté les juges. Le sujet est le *Laboureur parmi ses enfants.* Le poëte destinoit aux pauvres l'argent du prix. L'auditoire a vivement pressé le secretaire de déclarer son nom. Il a montré le billet cacheté où il étoit renfermé. On l'a prié de rompre le cachet. Il étoit prêt à se rendre, lorsque ses confreres, plus rigides & plus scrupuleux, lui ont représenté que ce seroit enfreindre les loix de l'académie. Alors M. *Marmontel* a seulement ajouté, qu'on croyoit l'auteur mort.

Il a été fait mention d'un troisieme prix à décerner dans cette assemblée : *le prix de vertu.* Le secretaire s'est contenté de dire qu'on l'avoit accordé à la dame *le Gros,* marchande merciere, qui le méritoit d'autant plus qu'elle ne l'avoit ni pretendu ni espéré. Malgré sa santé délicate & sa fortune médiocre, elle n'a cessé pendant trois ans de se donner toutes sortes de soins pour venir au secours d'un particulier, dont elle avoit appris par hasard les longues infortunes. Tel est le récit succinct qu'a fait M *Marmontel,* & qu'il auroit dû étendre beaucoup plus.

Quoi qu'il en soit, la dame *le Gros* est venue recevoir la médaille, aux acclamations de toute l'assemblée. Ceux qui n'étoient pas présents, ne manqueront point de demander : est elle jolie? Et on leur répondra qu'elle est fort laide ; qu'ils auroient dû s'en douter, la beauté & la vertu allant rarement ensemble.

Le reste de la séance s'est passé en annonces.
1° L'éloge de *Louis XII, pere du peuple,* est

propofé pour le prix d'éloquence de l'année pro=
chaine.

2° C'eft au premier janvier prochain qu'eft fixée
l'époque où les difcours deftinés à concourir au
prix pour *l'éloge de d'Alembert* doivent être remis.

3° En 1786, on décernera le prix deftiné au
meilleur ouvrage de *morale élémentaire* & remis
encore une fois, afin de laiffer le temps aux candidats de traiter avec toute la maturité néceffaire
une matiere auffi importante. Ils pourront concourir jufqu'au premier mai de la même année.

26 *Août.* Comme l'ordre des avocats n'a point
de greffe, ni de regiftre, ni d'hiftorien; qu'il ne
conferve rien par écrit, il faut configner ici l'anecdote concernant le nouveau membre du barreau
de Paris, Me. *de Seize.*

Quand le lieutenant civil eut prononcé le jugement, il lui dit: *de Seize avez-vous quelqu'autre caufe?* Celui ci lui répondit que non. Le magiftrat reprit: *de Seize* (& il avoit alors fon
bonnet à la main, qu'il mit fur fa tête & s'affit)
puis il continua en ces termes: « La capitale eft
» le centre des lumieres & des talens, elle ac-
» cueille toujours avec plaifir dans fon fein les
» fujets qui fe font diftingués dans les provinces
» par des fucces: c'eft vous témoigner, monfieur,
» avec quelle fatisfaction la cour vous a entendu,
» & combien elle défire vous voir fixé au bar-
» reau de Paris. »

Me. *de Seize,* étonné de ce compliment fans
exemple, & étourdi, répondit qu'il ne pouvoit
reconnoître en ce moment une faveur auffi fignalée
de la cour, que par fon refpect & fon filence.

Il eft à obferver que ce mot de *cour,* qui eft
l'attribut diftinctif des tribunaux fouverains, par

un privilege fpécial & unique , eft auffi confacré pour le Châtelet.

Me. *de Seize* étant allé rendre fes devoirs au lieutenant-civil & le remercier, ce magiftrat l'accueillit de la maniere la plus flatteufe , lui dit qu'il avoit héfité à lui faire fon compliment, parce que ce n'étoit pas un homme comme lui qui avoit befoin d'encouragement; mais qu'il avoit cru cependant que cela lui feroit plaifir.

26 *Août*. M. *Chabert*, le directeur actuel de l'école vétérinaire, n'oublie rien de ce qui peut illuftrer de plus en plus un établiffement auffi utile & unique en ce genre. Il a obtenu du gouvernement que le dimanche 5 feptembre on y ouvriroit un cours gratuit d'anatomie, des proportions & des allures des animaux , en faveur des jeunes gens qui fe deftinent aux arts d'imitation.

C'eft M. *Vincent* , profeffeur - royal à l'école vétérinaire, penfionnaire de S. M. qui ouvrira le cours.

26 *Août*. Les comédiens italiens doivent jouer aujourd'hui pour la premiere fois *Memnon*, comédie nouvelle, en trois actes, mêlée d'ariettes. La mufique eft de M. *Raguier*, les paroles font de M. *Guichard*. Cependant un autre auteur eft venu mettre oppofition à la reprefentation de cette comédie, fous prétexte que c'étoit un larcin que M. *Guichard* lui avoit fait. Les acteurs embarraffés l'ont prié de ne pas infifter & de ne pas arrêter cette piece au moment où elle alloit être donnée , fauf à lui à faire enfuite toutes les réclamations qu'il voudroit. Comme cet auteur, qu'on nomme M. *Plaifant*, a une autre piece reçue, & qu'il a intérêt de ménager les comédiens, il s'en eft tenu à la déclaration.

17 Août. Avant-hier on a expofé, fuivant l'ufage, les fept tableaux des éleves de l'académie de peinture qui ont paru les plus dignes de concourir pour aller à *Rome*. Le fujet étoit pris de l'écriture fainte ; c'eft *la Cananéenne*. Quoique tous ces tableaux foient en général bien faits, un d'eux a paru l'emporter infiniment fur les autres, & être au-deffus de toute concurrence. Mais le directeur & les anciens s'y font oppofés. Ils font convenus que ce jeune peintre en hiftoire valoit déjà mieux qu'eux tous ; ils ont objecté feulement qu'il étoit à craindre qu'on ne fe prévalût de cet exemple pour accorder enfuite à la faveur, ce qui, cette fois, n'auroit été accordé qu'au mérite. Au furplus, il faut attendre jufqu'au 28 de ce mois, qui eft le jour du jugement définitif.

L'auteur de ce tableau fi vanté & fi digne de l'être, eft M. *Drouais*, le fils du fameux peintre de portraits & petit-fils auffi d'académicien. Mais ce jeune homme eft fait pour furpaffer fes aïeux. Il n'a que vingt ans, & jouit déjà de vingt mille livres de rente, & ce n'eft que par une paffion pour fon talent & par l'amour de la gloire qu'il travaille. Il ne peut qu'aller très-loin avec ce noble aiguillon & les heureufes difpofitions dont la nature l'a doué.

27 Août. Rien de fi mauvais que la piece de *Memnon*. Dès le fecond acte elle a été très-mal accueillie, & au troifieme, les auteurs dégoûtés avoient déjà levé le fiege de la table où ils étoient affis ; la toile alloit tomber, lorfque le public les a forcés de revenir.

La mufique n'eft point mal faite : il y a des chofes agréables, mais point affez pour que le compofiteur n'ait pas été entraîné dans la chûte

du

du poëte. On a jugé que ce coup d'essai de monsieur
Raguier méritoit un meilleur poëme.

27 *Août*. Il y a déjà beaucoup de fermentation
dans l'ordre des avocats contre Me. *de Seize*; cependant il s'y est pris de façon à désarmer l'envie,
si c'étoit possible. Le dernier jour de son triomphe
au châtelet, comme on l'entouroit, on le pressoit,
on l'applaudissoit ; on vouloit savoir son nom,
son âge ; on vouloit le voir : il s'est échappé de
cette foule d'admirateurs, & est allé trouver
son avocat adverse, Me. *Hardouin*, qui, seul en
un coin, gémissoit sur la perte de sa cause. Me. *de
Seize* l'a embrassé & lui a dit qu'il seroit plus
heureux une autre fois, & qu'on devoit lui rendre
la justice, qu'il avoit défendu sa cause avec tout
le zele & tout le talent possible. « Pour vous, mon
» confrere, lui a répondu Me. *Hardouin*, vous
» n'aviez pas besoin de gagner la vôtre pour
» triompher. »

La maison de Mad. *Helvetius*, mere de madame la comtesse d'*Andlau*, qu'on sait être
un bureau de bel esprit, retentit de toutes parts
des louanges de Me. *de Seize*, & cette société
philosophique & littéraire désire déjà de l'initier
parmi elle.

28 *Août*. Le prince *Henri de Prusse* est ici sous
le nom de comte d'*Oels*. En conséquence il ne
porte aucun ordre, aucun attribut distinctif. Il
accueille fort les gens de lettres & en a déjà eu
plusieurs à sa table, entr'autres M. *Baculard
d'Arnaud*, qui a résidé long-temps à Berlin Ce
prince, en passant par Neuchâtel, a visité l'abbé
Raynal, qui y demeure actuellement & l'a eu à
dîner aussi. Les muses françoises ont dû le cé-

lébrer par reconnoiſſance, & voici un madrigal du
marquis de *Fubvy* :

Cette faveur ſi douce à recevoir
Dès long-temps par moi fut prédite :
Puiſque les dieux venoient nous voir,
Mars nous devoit une viſite.

28 *Août.* Le mémoire juſtificatif de monſieur
Sauſſaye, ſuivi d'une conſultation des 21 juillet
& 4 août 1784, ſignée de dix des plus fameux
juriſconſultes du palais, étoit prêt depuis ce temps.
Il alloit paroître, lorſque les commiſſaires de la
chambre des comptes ſe ſont tranſportés chez lui pour
vérifier ſur ſes regiſtres tous les articles relatifs aux
chefs d'accuſation intentée contre lui par ſon déla-
teur. L'opération eſt finie ; tout s'eſt expliqué par les
procédés qu'il a développés dans ſon mémoire ;
il a répondu à tous les interrogats qui lui ont été
faits ; il a repréſenté toutes les pieces demandées ;
il a donné tous les éclairciſſements qu'on a déſirés,
& les ſcellés ſont levés.

M. Sauſſaye qui avoit cru devoir différer juſqu'à ce moment pour rendre compte en même
temps au public des ſuites de cette opération,
publie aujourd'hui ſon mémoire, dont Me. de
Bonnieres eſt effectivement l'auteur.

29 *Août.* L'académie de peinture aſſemblée
hier, a couronné ſans difficulté & avec les plus
grands éloges M. *Davids*, mais n'a donné aucune
ſuite à la délibération de l'aſſemblée ſur le champ
comme agréé. Les jeunes gens ſes camarades, plus
enthouſiaſtes & moins ſuſceptibles des mouvements
de la jalouſie, l'ont reporté en triomphe juſques

chez lui. Ils avoient préparé des flambeaux, & ce cortege flatteur étoit le plus beau spectacle qu'on pût voir, également honorable & pour le héros & pour les éleves qui lui rendoient cet hommage Les Anglois nous envieront sans doute une pareille scene.

29 Août. Mémoire à consulter & consultation pour le sieur Sauffaye, *receveur des impositions de la ville de Paris, contre le sieur du* Pasquier. Tel le titre du mémoire annoncé.

Il commence par un précis des faits qu'on y restitue dans leur vérité. Non seulement le sieur *du Pasquier* avoit donné une quittance définitive de ses appointements, mais d'une gratification pour ouvrages extraordinaires. Tout cela s'étoit passé en 1783, avant un voyage que ce commis devoit faire pans son pays. A son retour il a voulu rentrer dans les bureaux de M. *Sauffaye*, chez lequel il étoit remplacé, & c'est sur son refus que le 18 juin dernier il l'a assigné en paiement d'une somme considérable.

M. *Sauffaye* étant allé en campagne, après avoir rejeté des prétentions aussi absurdes, le sieur *du Pasquier* va trouver, au refus d'un premier avocat, Me. *Martin de Marivaux*, contre lequel M. *Sauffaye* avoit été obligé de porter plainte autrefois; ce qui avoit failli déjà le faire rayer du tableau. Ce jurisconsulte enfante bientôt le libelle qui l'a fait proscrire par ses confreres, mais non sans avoir fait plusieurs tentatives, afin d'effrayer la femme de M. *Sauffaye* pendant son absence, en exigeant jusqu'à 50,000 liv. pour que le prétendu mémoire ne se répande pas dans le public. Rien de plus ignoble & de plus honteux pour un avocat, que le détail des différentes gradations de ce marché, suivant lequel il est réduit enfin à moins de deux mille écus.

Ensuite, M. *Saussaye* discutant article par article les plus petits détails intérieurs de sa vie privée, y répond modestement & prouve que tout est fausseté ou exagération dans le récit fastueux de son ennemi.

Il entre enfin dans la discussion des six chefs d'accusation & les réfute complétement. Tout ce que l'on peut en inférer, c'est que les formes de la comptabilité pourroient être perfectionnées, & que la chambre des comptes devroit peut-être soumettre à la sagesse du roi des observations sur l'insuffisance de ces formes.

Dans la consultation, les jurisconsultes établissent parfaitement que l'accusation intentée contre le sieur *Saussaye* a tous les caractères de la calomnie, & que les tribunaux ne peuvent punir avec trop de sévérité le sieur *du Pasquier*, son auteur, qui, sans titre, sans raison, méchamment & à dessein de nuire, s'est érigé en inquisiteur de la conduite du sieur *Saussaye*.

On s'est étendu sur cette affaire particuliere plus qu'on n'auroit fait, si elle n'étoit la matiere des entretiens de tout Paris, où un financier inculpé produit toujours une grande sensation.

19 *Août*. Le *mercure de France*, qui se tourmente sans cesse pour s'améliorer, & qui, depuis son existence, n'a pu encore parvenir non-seulement à se perfectionner, mais à se faire supporter à un certain point, quelque métamorphose qu'il ait subie, en prend encore une nouvelle aujourd'hui. Il s'érige en *cour d'amour*. Outre l'énigme & le *logogryphe*, son apanage ordinaire, il proposera aussi de temps en temps des questions d'amour,

qu'on pourra rendre en quatre, six ou huit vers. Pour commencer, il en fait une très-neuve : « Lequel de ces deux malheurs est le plus cruel » pour un amant, la mort ou l'infidélité de ce » qu'il aime? „

30 *Août*. Extrait d'une lettre de Vienne, du 15 août . . . . .

La liberté de conscience dans les états autrichiens a fait espérer celle de la presse. Un observateur a compté 1172 ouvrages sur ces matieres, publiés dans cette ville depuis dix-huit mois. De ce nombre 879 lui ont paru mauvais, & 293 raisonnables.

30 *Août*. On ne cesse de parler de M. *Germain Drouais*, qui n'a décidement que vingt ans & demi. Il a d'abord été éleve de M. *Brenet*, sous lequel il a appris la correction du dessin; mais ce professeur sage & froid s'accordoit mal avec l'enthousiasme du jeune artiste, qui est passé ensuite à l'école de M. *David*, d'un genre plus analogue au sien.

M. *Drouais* avoit concouru dès l'an passé, & son tableau auroit été certainement couronné; mais mécontent de son ouvrage, il ne voulut pas le produire & le déchira. Heureusement on en a retrouvé les morceaux, on les a recollés & l'on assure que M. *d'Angiviller* les conserve comme très précieux, sur-tout depuis le succès de son auteur.

31 *Août*. *Jesus-Christ* allant du côté de *Tyr* & de *Sydon*, une femme Cananéenne vint se jeter à ses pieds & le supplia d'avoir pitié de sa fille qui étoit possédée du démon. Il ne lui répond rien. Ses disciples touchés de la douleur de cette femme, intercedent pour elle. Alors le Christ lui dit : " On ne donne point le pain des hommes aux

H 3

,, chiens. Elle repart: Il est vrai, Seigneur, mais
,, on leur en laisse ramasser les miettes. Femme,
,, ajoute t-il en ce moment, votre foi vous a sauvée.
,, Levez vous, allez vous-en, vous trouverez votre
,, fille guérie ,,

Tel est le sujet du tableau de M. *Drouais* tiré
du nouveau testament, *évangile selon saint Matthieu,*
chap. XV.

Le jeune artiste a choisi l'instant le plus intéressant de cette scene, le plus propre à développer
son génie par l'expression des passions diverses
dont les acteurs sont agités.

Le Christ est au milieu du tableau debout &
dans ce calme profond qui caractérise la divinité.
Il repousse de la main droite la Cananéenne, à
ses pieds, à genoux, éplorée, & dans l'état du
plus grand désespoir. Il a le visage tourné vers ses
disciples, entre lesquels saint Pierre se remarque, l'intéressant vivement en faveur de la suppliante. Derriere la Cananéenne, est un grouppe de ses conci-
toyens ennemis naturels du peuple juif & indignés de
son action. Un grouppe du côté opposé termine
le tableau; il est dans l'éloignement, & l'on le
juge un assemblage de curieux. Le fond est enrichi de tous les accessoires les plus propres à le bien
garnir, & qui annoncent les approches d'une grande
ville.

Ainsi trois personnages éminents dans cette
superbe composition & qui fixent principalement
l'attention du spectateur. *Jesus Christ*, que le Peintre a su art d'ennoblir, ce qui n'est pas commun.
La *Cananéenne*, infiniment intéressante par la
beauté de sa figure, par sa douleur & par son
attitude; enfin, le *saint Pierre*, vieille d'un véné-
rable, d'une nature on ne peut mieux choisie,

& dont les inftances auprès de fon maître, pleines de confiance, font accompagnées du refpect convenable, fans rien perdre de leur force.

L'ordonnance répond à cette fuperbe compofition: elle eft nette, facile & tout-à-fait bien entendue. Si l'on examine enfuite les figures du côté du deffin, il eft digne des maîtres les plus renommés; c'eft la pureté de *le fueur*: les pieds & les mains fur-tout font d'une correction rare. Les draperies font étonnantes: c'eft un méchanifme de l'art, & communément le fruit d'un travail confommé, & l'on ne peut concevoir que dès fon premier ouvrage, l'artifte ait acquis ce degré d'intelligence. Elle brille principalement dans les effets du clair obfcur, dont il poffede déjà la magie. Il eft enfin c lorifte, & rien d'effentiel ne manque à ce chef-d'œuvre, car la critique y a bien découvert quelques petits défauts dans plufieurs points, mais on fait que rien de ce qui fort de la main des hommes ne peut être parfait. A vingt ans & demi, qui en pourroit faire autant?

31 *Août*. Il paroît conftaté que M. d'*Entrecafteaux* a été arrêté à Lisbonne le 17 juillet, comme il y débarquoit d'un bâtiment où il s'étoit introduit fous un nom étranger. Il a dû être ramené à Aix, de concert avec la cour de Portugal. Son projet étoit, dit on, de fe ménager une occafion de paffer en Turquie & d'y prendre le turban. Malgré la vigilance avec laquelle on a exécuté l'ordre du roi pour réclamer par-tout ce fameux coupable, on prétend que le crédit l'emportera & qu'il ne fera pas exécuté. On commence déjà par répandre le bruit qu'il n'y a pas contre lui de preuves fuffifantes, bruit qui ne s'accrédite pas fans deffein.

3 1 *Août.* Outre le Rapport dont on a parlé concernant le *Magnétisme animal*, on vient d'en imprimer un féparé, ayant pour titre : *Rapport des Commiffaires de la fociété royale de médecine, nommés par le Roi pour faire l'examen du Magnétisme animal*, imprimé par ordre de fa majefté : ce qui paroît multiplier les êtres, mais eft la fuite de la divifion entre la faculté & la fociété royale, & du refus fans doute des membres de la premiere de communiquer avec ceux de la feconde.

Ce rapport ci, daté du 16 août, imprimé à l'imprimerie royale auffi, n'a que 39 pag. *in-4°*. Il eft du refte parfaitement d'accord avec le premier fur la néceffité de la profcription de la nouvelle doctrine.

1 *Septembre* 1784. M. *Tiffard*, jeune officier aux gardes, eft amateur des arts & des fciences ; il a des connoiffances & cherche avec ardeur à les augmenter. Il s'eft rendu difciple du docteur *Mefmer* & eft devenu enthonfiafte de fa doctrine, qu'il s'eft imaginé poffeder affez pour la pouvoir exercer. En conféquence dans une terre de la comté de *Rouvre*, fa mere, il magnétife & attire des malades de dix lieues à la ronde. Comme il n'auroit point de lieu affez vafte dans le château pour établir le bacquet myftérieux & contenir la foule, il a pris un grand arbre dans fon parc pour agent de fon influence, il a taché aux branches une infinité de cordes & de ficelles fecondaires ; chacun s'en adapte à l'endroit fouffrant, & ce fpectable feul eft propre à attirer une affluence de curieux ; c'eft la fcene des convulfions renouvellée : le tombeau de faint *Médard* n'opéra jamais plus de merveilles, ou ne caufa plus de folies. Parmi les malades qui accourent à l'arbre divin, il y a beau

coup de pauvres & de mendians. Ceux-ci font héber-
gés pendant tout le temps du traitement dans une
grange, où on leur donne du pain, de la foupe,
quelques légumes & quelquefois du vin. Ce qui
ne contribue pas peu à leur guérifon. On fournit
auffi des empîtres aux bleffés, des médicaments
aux fébricitants : dans le nombre il en eft fur qui
ces fecours opèrent, & l'on attribue au Mefmérime
ce qui n'eft que la fuite de la bonne nourriture ou
des remèdes ordinaires. Mais le gros public n'y regarde pas de fi près, il ne difcute rien & l'on crie
au miracle.

Le maréchal duc de *Biron*, enchanté d'avoir
dans fon régiment un jeune militaire auffi chari-
table, auffi inftruit & auffi merveilleux, en parle
& le vante à tout le monde. Il a excité l'empreffement de M. le comte d'Oës, & lundi dernier 30
août il l'a mené à Berubourg, théâtre de fes pro-
diges, qui n'eft qu'à fix lieues de Paris environ.
Le docteur *Mefmer* n'a pas manqué de s'y trouver :
on a magnétifé le héros ; mais il n'a rien fenti.
Du refte, il ne s'eft point expliqué dans le canton
fur fa façon de penfer à cet égard ; feulement il n'a
point paru fort enchanté.

1 *feptembre*. Ce qui rend le triomphe de
M. *Drouais* plus brillant, c'eft qu'outre le premier
prix qu'il a remporté, l'académie dans fon affemblée du 18 a jugé fes concurrents prefque tous dignes de la couronne, & elle a multiplié fes récom-
penfes ; en forte qu'il y a eu deux premiers &
deux feconds prix.

Louis *Gauffier*, de Rochefort, âgé de 21 ans,
éleve de M. *Taraval*, a eu le premier prix, mis en
réferve en 1779.

Les deux feconds ont été accordés à Guillaume *le Thierre*, de la Guadeloupe, âgé de 24 ans, élève de M. *Doyen*, & à Louis *Rivière* de Paris, élève de M. *Suvée*.

Le fujet du prix de fculpture étoit *Jofeph vendu par fes freres*. Il a été aufli traité fupérieurement, au point que l'académie a également décerné un prix de plus en ce genre.

Le premier a été remporté par M. *Chaudet* de Paris, âgé de 21 ans, élève de M. *Gois*. Comme il eft pauvre, fon maître en parlant de fon mérite au comte de *Vaudreuil*, engageoit ce feigneur à folliciter auprès de M. d'*Angiviller* un fupplément de penfion pour ce jeune homme. « Qu'eft-il befoin » d'en parler au directeur, a répondu M. de *Vau-* » *dreuil*: ne puis-je pas le faire moi même. » Et en même temps il eft convenu d'accorder de fa bourfe 200 livres de penfion à M. *Chaudet* pour chacun des quatre ans qu'il doit refter à Rome. Il en a fur le champ remis les fonds à M. *Gois*.

Les deux feconds prix de fculpture ont été décernés, l'un à Henri Victor *Regnier* de Befançon, âgé de 26 ans, élève de M. *Boizot*, & l'autre à Jean-Jacques *Oger*, âgé de 21 ans, élève de M. *Pajou*.

2 Septembre. Le neveu de M. *Taraval*, après avoir remporté en 1782 le premier prix de peinture à 16 ans & demi, vient de mourir en Italie dans les effo ts d'une croiffance extraordinaire. Quelqu'un, à ce fujet, difoit à M. *Gauffier*, q i a cette année obtenu le fecond premier prix dans le même genre: « Vous êtes délicat, ménagez vous, n'al- » lez pas mourir aux lieux où vient de périr votre » camarade ! — *Ah ! n'importe*, dit il, *il eft beau de* » *mourir à Rome.* » Il faut fe rappeller que ce voyage eft une fuite du prix.

2 *septembre*. Il paroît que d'abord le gouvernement, pour l'examen du magnétisme animal, n'a-
voit nommé le 12 mars dernier que quatre médecins de la faculté de Paris; les docteurs *Borie*, (qui
étant mort dès le commencement des séances, a
été remplacé par M. *Majault*) *Sallin*, *d'Arcet* &
Guillotin; que ceux-ci ont demandé d'associer à
leurs travaux cinq membres de l'académie des
sciences, & qu'on leur a donné messieurs *le Roy*,
Bailly, *de Bory*, *Lavoisier*, & *Franklin*, dont ils
ont fait leur président. Quant aux membres de la
société royale, on a vu qu'ils avoient fait bande à
part. Cette commission a duré plusieurs mois &
n'a fini que le 11 août dernier.

La question à décider rouloit sur l'existence &
l'utilité du magnétisme animal.

Le rapport commence par une courte exposi-
tion de la doctrine du magnétisme animal, ex-
traite des ouvrages imprimés de M. *Mesmer*. Après
la théorie déduite, on en trouve l'application à l'é-
conomie animale, telle que l'a fait le docteur
Deslon, qui s'étoit engagé à en prouver l'existence
& l'utilité. Non-seulement il ne l'a pas fait au
gré des commissaires, mais ces messieurs, dans
un comité tenu chez M. *Franklin* le 19 juin, l'ont
amené à reconnoître l'imagination pour un grand
agent du magnétisme animal, & le seul suivant les
commissaires, qui par des expériences multipliées,
regardent comme démontré que l'imagination sans
magnétisme produit des convulsions; & que le
magnétisme prétendu sans l'imagination ne produit rien. Ils ont par conséquent conclu d'une voix
unanime, que rien ne prouve l'existence du fluide
du magnétisme animal, encore moins son utilité;
que les crises dont ils ont été témoins, ne sont dues

H 6

qu'à des caufes étrangeres ; ils finiffent par déclaa
rer que les attouchements , l'action répétée de
l'imagination pour produire des crifes peuvent êtr
nuifibles ; que le fpectacle de fes crifes eft également dangereux à caufe de l'imitation dont la nature femble nous avoir fait une loi ; & que , ulté-
rieurement & par une fuite de cette loi , tout traitement public où les moyens du magnétifme feront
employés , ne peut avoir à la longue que des effets
funeftes.

Tel eft le réfultat du rapport des commiffaires
qui , malgré fa longueur de 86 pages in-4°. fe lit
avec intérêt , à caufe de l'importance de la matiere,
& avec plaifir à raifon des faits curieux qu'il contient. Il eft d'ailleurs compofé avec beaucoup de
méthode & d'ordre , & écrit avec clarté , fimplicité , nobleffe & élégance.

3 Septembre. Les états-généraux de Bourgogne
ont arrêté dans leur affemblée du vendredi 6 août
que : « fur ce qu'il a été obfervé aux trois ordres
„ des états généraux que le chevalier de *Charitte*,
„ capitaine des vaiffeaux du roi, pendant la der-
„ niere campagne de guerre en Amérique, avoit
„ commandé le vaiffeau *la Bourgogne* avec la plus
„ grande diftinction : que pendant la journée du
„ 12 avril 1782, il avoit déployé la plus haute
„ valeur, les manœuvres les plus favantes & les
„ plus hardies, ayant conftamment couvert de
„ fon feu plufieurs des vaiffeaux du roi, &
„ n'ayant quitté le combat qu'à la nuit, & que
„ fa conduite avoit infpiré tant d'eftime & d'admi-
„ ration aux généraux Anglois, les lords *Rodnay*
„ & *Hood*, & à tous les officiers de l'armée enne-
„ mie, qu'ils avoient expreffément chargé un
„ officier françois fait prifonnier dans cette jour-

„ née , d'aller porter leurs compliments au ca-
„ pitaine du *vaiſſeau noir* , ne connoiſſant encore
„ qu' la bonne conduite du chevalier de *Charitte*,
„ & ignorant ſon nom & celui de ſon vaiſſeau:
„ que ces compliments flatteurs lui avoient été
„ faits au Cap-François, chez le ſieur de *Belle-*
„ *combe* , gouverneur de Saint-Domingue , en
„ préſence des officiers de terre & de mer des
„ armées françoiſe & eſpagnole; que cet hom-
„ mage honorable & le ſuffrage de l'armée an-
„ gloiſe avoient été conſignés dans la gazette de la
„ Jamaïque en date du mois de mai ſuivant. „ Les
états ont décrété de charger les élus de leurs
remerciements au chevalier de *Charitte* , pour la
gloire que le vaiſſeau *la Bourgogne* a acquiſe ſous
ſes ordres.

3 Septembre. La deſcription du traitement par
le magnétiſme animal eſt ſans doute un des
articles les plus curieux de l'ouvrage des commiſſaires.

Ils ont vu au milieu d'une grande ſalle, une
caiſſe circulaire, faite de bois de chêne & élevée
d'un pied ou d'un pied & demi, que l'on nomme
le *baquet*; ce qui fait le deſſus de cette caiſſe,
eſt percé d'un nombre de trous, d'où ſortent des
branches de fer coudées & mobiles. Les malades
ſont placés à pluſieurs rangs autour du baquet & à
ſa branche de fer, laquelle, au moyen du coude,
peut être appliquée directement ſur la partie malade: une corde paſſe autour de leurs corps, les
unit les uns aux autres; quelquefois on forme
une ſeconde chaîne en ſe communiquant par les
mains, c'eſt-à-dire, en appliquant le pouce
entre le pouce & l'index de ſon voiſin: alors on
preſſe le pouce qu'on tient ainſi; l'impreſſion reçue

à la gauche, se rend par la droite, & elle circule à la ronde.

Un *piano forte* est placé dans un coin de la salle, & l'on y joue différents airs sur des mouvements variés; on y joint quelquefois la voix & le chant. Il est à observer que le docteur *Mesmer* se sert d'un *harmonica*, instrument composé de verres remplis plus ou moins d'eau, dont le son est infiniment doux, & même affadissant.

Tous ceux qui magnétisent, ont à la main une baguette de fer, longue de dix à douze pouces.

C'est par tous ces instruments ou moyens, conducteurs du magnétisme, qu'on opère & produit les crises diverses. Les uns toussent, crachent, sentent quelque légère douleur, une chaleur locale, ou une chaleur universelle, & ont des sueurs: d'autres sont agités & tourmentés par des convulsions, dont le nombre, la durée & la force sont également extraordinaires: après on tombe le plus souvent dans l'affoiblissement.

Il y a une salle matelassée & destinée aux malades tourmentés des convulsions, où l'on les jette: on l'appelle *la salle des crises*.

Pendant ces convulsions il s'établit des sympathies. On voit des malades se chercher exclusivement, & en se précipitant l'un vers l'autre, se sourire, se parler avec affection, & adoucir mutuellement leurs crises. Tous sont soumis à celui qui magnétise; ils ont beau être dans une stupeur apparente, sa voix, un regard, un signe les en retire. On ne peut s'empêcher de reconnoître, à ces effets constants, une grande puissance qui agite les malades, la maîtrise, & dont celui qui magnétise, semble être le dépositaire.

Il y a cependant des malades qui sont calmes, tranquilles & n'éprouvent rien.

Les commiffaires terminent leur mémoire par une note fort longue, où ils préviennent l'objection que leur conclufion porte fur le magnétifme animal en général, au lieu de porter feulement fur le magnétifme pratiqué par M. *Deflon*.

Ils répondent également à celle que pourroit faire M. *Mefmer*, que n'ayant fuivi & connu que la doctrine & la méthode de M. *Deflon* qu'il a déjà renié pour fon difciple, leur profcription ne peut embraffer les fiennes.

1º. Les principes de M. *Deflon* font les mêmes que ceux renfermés dans les vingt-fept propofitions que M. *Mefmer* a rendues publiques par la voie de l'impreffion en 1779.

2º. M. *Deflon* a été pendant plufieurs années difciple de M. *Mefmer*. Il a vu conftamment pendant ce temps employer les pratiques du magnétifme animal, & les moyens de l'exciter & le diriger. M. *Deflon* a lui-même traité des malades devant M. *Mefmer* : éloigné, il a opéré les mêmes effets que M. *Mefmer* Enfuite rapprochés l'un & l'autre, ont réuni leur malades, & par conféquent en fuivant les mêmes précédés, la méthode que fuit aujourd'hui M. *Deflon* ne peut donc être que celle de M. *Mefmer*.

5 *Septembre*. La faculté de médecine de Paris, par un décret du 24 a fait qu'elle a publié, s'eft hâtée d'adopter le rapport de fes membres dont on a rendu compte : elle les qualifie d'*Iluftres*; & ceux de l'académie des fciences de *dofes* : elle donne d'une voix unanime, & avec une vive fatisfaction les plus grands éloges à leur travail, à leur fagacité & à leur doctrine, qui fut toujours la fienne, qu'elle n'a ceffé d'enfeigner & de recommander, toutes les fois qu'il a été queftion de

cette méthode, que plusieurs particuliers désignent
sous la dénomination aussi fausse que ridicule de
Magnétisme animal, & qu'ils avoient commencé
de venter & de mettre en usage. La conclusion
prononcée au nom de la faculté est signée du
doyen *Pourfour du Petit*, & de six autres docteurs.

5 *Septembre*. Il s'étoit répandu que des coups
de vent furieux avoient détruit les caisses coniques,
coulées à Cherbourg, ainsi que celles encore sur
la greve. Ce bruit étoit fort exagéré ; la mer a
en effet endommagé le cône prêt à être coulé ;
mais il sera facile de le raccommoder. Quant à
ceux déjà placés, celui qui n'étoit rempli qu'aux
deux tiers, a été jeté sur le côté, mais l'autre est
resté inébranlable. Cet accident ne dérangera rien
à la suite des travaux.

6 *septembre*. Extrait d'une lettre de Besançon,
du 28 août... Tandis que notre parlement crie
misere, nous le laissons murmurer, & nous bénis-
sons notre ancien commissaire départi, qui a vu
terminer enfin une salle de spectacle dont il avoit
voulu embellir cette ville. Il l'avoit fait ordonner
par arrêt du conseil en 1776, & elle a été exécutée sous ses ordres, sur les dessins & la conduite
du fameux *le Doux*, dont le nom seul fait l'éloge.
Elle est d'un genre absolument neuf, bâtie en
pierres, sculptée, dorée en or fin, & cependant
d'un ensemble plus harmonieux, plus élégant que
riche & superbe, tel qu'il convient à la province.
Quoique l'artiste passe en général pour ne point
épargner la dépense, il s'est piqué d'économie en
cette occasion, elle ne coûte, tout compris, que
160,000 livres.

L'ouverture de cette salle, dont je laisse la
description technique aux architectes, a été me-

nagée jufques au moment où le prince de *Condé* a honoré cette ville de fa préfence ; ce feroit peut-être le cas de vous donner ici un journal des fêtes exécutées pour fon alteffe ; mais je hais les longs détails & d'ailleurs on en a adreffé un au mercure de douze pages in-folio. Je vous y renvoie.

6 feptembre. Le fieur *Mefmer* ne fe regarde pas comme battu, malgré les deux rapports faits & la foule d'ouvrages où fa doctrine eft combattue & profcrite. Il a préfenté au parlement une requête qu'on dit fort bien faite, où il fe plaint que les commiffaires ont jugé de fa doctrine par celle du fieur *Deflon*, qui ne connoît que très-imparfaitement fa maniere d'opérer ; il demande que devant tels commiffaires que la cour voudra nommer, il foit procédé à l'examen du *mefmérifme*.

7 feptembre. L'académie royale des fciences a eu le bonheur de voir le famedi, 4 de ce mois, M. le comte d'*Oëls* venir affifter à fa féance, où M. le marquis de *Condorcet* l'a complimenté au nom de la compagnie par un difcours d'apparat d'une éloquence ferme & noble : il y a eu en outre une lecture de neuf mémoires, dont le feul curieux étoit celui de M. *Bailly* ; il contenoit des *Réflexions fur le Magnétifme animal*, matiere à la mode, ce qui la rend plus piquante. Celui de M. *le Roi* fur *l'Electricité* a pu encore intéreffer l'illuftre étranger.

7 feptembre. Les commiffaires de la fociété royale de médecine pour l'examen du magnétifme animal, étoient les docteurs *Poiffonnier*, *Caille*, *Mauduyt* & *Andry* : leur rapport n'eft ni auffi bien écrit, ni auffi détaillé, ni auffi clair que celui des premiers commiffaires ; il eft plus difcuté en gens de l'art.

Du refte , la fociété dans la féance du 24 août a adopté les conclufions du rapport en entier , & a arrêté que fa délibération à cet égard feroit adreffée à tous les corps de médecins , & à tous fes affociés & correfpondants.

8 *Septembre*. La nouvelle encyclopédie trouve déjà des adverfaires , & tombe dans des erreurs fi palpables , que le zele des critiques s'enflamme. C'eft ainfi que l'article *Efpagne* a excité celui d'un fujet de ce royaume. C'eft un certain abbé *Cavanilles* qui , étranger jufques alors à la littérature , ou du moins à l'art d'écrire , dans une indignation patriotique , a pris la plume & repouffe l'infulte faite à la nation Efpagnole , qu'on repréfente comme une nation moralement paralyfée. Pour mieux réfuter l'ignorant hiftorien , il offre le tableau des richeffes de l'Efpagne dans la littérature , les fciences & les arts , & donne une nomenclature très-étendue , très-précieufe , & très-neuve à cet égard. Il convient que l'article auroit été bon à l'égard des Efpagnols du XVIIe. fiecle. On ne peut que louer la vivacité qu'il met dans cette querelle , où il venge fa patrie.

Cette réfutation excite l'empreffement du public pour connoître l'auteur de l'article.

9 *Septembre*. Les freres *Robert* ne fe découragent point : ils annoncent que vers le milieu de ce mois ils feront à Paris une nouvelle tentative pour s'élever & fe diriger dans leur aéroftat de Saint-Cloud. Sans doute M. le comte d'Oëls eft l'objet de cette nouvelle fête , & quelque penfion en fera la récompenfe.

9 *Septembre*. L'académie françoife fe conformant à l'intention de l'auteur de l'eglogue du *Patriarche* , ou *le vieux laboureur* , a foufcrit au vœu

du sieur *Demonville*, son imprimeur, qui lui a proposé de rendre public l'extrait de cet ouvrage lu dans son assemblée, & d'en laisser le bénéfice aux pauvres.

Cette compagnie, dans son assemblée du 30 août, a prolongé jusques au premier juin 1785, l'époque où les discours destinés à concourir au prix de l'éloge de d'*Alembert* doivent être remis.

9 Septembre. Un *précis historique de la vie de madame la comtesse Dubarri, avec son portrait,* imprimé dès 1774, ne nous tombe que dans le moment sous la main : ce bavardage n'est pas tout-à-fait aussi mauvais que les mémoires de la comtesse *Dubarri* dont on a parlé dans le temps : il y a quelques faits, la plupart défigurés, il est vrai, & noyés dans une foule de réflexions insipides. Le pamphlet est d'ailleurs très-écourté, n'ayant pas en tout soixante treize pages Ce précis est sur-tout tiré des papiers anglois, & Dieu sait combien de coq-à-l'âne il en doit résulter ! Il devient absolument nul depuis *les Anecdotes sur la comtesse Dubarri*; il ne contient rien d'exact qui ne soit dans celui-ci. Le portrait de l'héroïne qu'on voit à la tête, est ce qu'il y a de mieux. Il est parfaitement ressemblant.

10 Septembre. Extrait d'une lettre de Constantinople, du 10 août...... On aura bien de la peine à civiliser les Turcs, & à leur donner le goût du savoir & de la lecture; tout cela est trop opposé au despotisme : voici une anecdote récente, qui vous prouvera combien le gouvernement cherche au contraire à entretenir ici les peuples dans l'ignorance.

Il se faisoit à Vienne une gazette en langue grecque, pour l'usage des particuliers de cette nation, réfidants dans les provinces voifines ; c'étoit une tournure adroite prife pour y faire pénétrer infenfiblement quelques lumieres. Elle avoit paffé jufques à Conftantinople & les Turcs commençoient à la lire, lorfqu'un ordre du grand-feigneur en a prohibé l'entrée.

10 *Septembre*. Le difcours prononcé par M. le marquis de *Condorcet*, fecretaire de l'académie royale des fciences, à l'ouverture de la féance du 4 de ce mois, eft imprimé. Il foutient à la lecture l'opinion qu'on en a conçue : c'eft un éloge peut-être un peu trop emphatique de la philo-fophie & des philofophes. A en croire l'orateur, ce fort ceux-ci qui guident même les fouverains aujourd'hui & réfolvent les grandes queftions intéreffant le bonheur public ; il n'eft pas jufqu'à l'art de la guerre qui ne leur foit foumis, & dont ils ne dirigent les operations du fond de leur cabinet : de-là les grandes liaifons des héros avec les fages.

M. de *Condorcet*, après avoir fait voir les obligations infinies que les maîtres de la terre ont aux philofophes, difculpe ceux-ci des accufations intentées contre eux, fur-tout du reproche qu'on leur fait de méconnoître les diftinctions établies dans la fociété, & de réferver uniquement leurs hommages aux talents & aux vertus.

Tout cela étoit préparé pour amener l'éloge du roi de Pruffe & du heros préfent, dans lequel il admire la réunion fi rare d'une activité qui ne laiffe ni perdre un inftant, ni échapper une occafion, avec une fageffe confommée, qui dans la conduite d'une guerre entiere n'offre pas même l'apparence de la plus legere faute.

Le motif ultérieur du fecretaire étoit de payer

encore un tribut de reconnoiſſance à ſon maître &
ſon bienfaiteur d'*Alembert*, qui comblé des bontés
du prince aſſiſtant à l'aſſemblée, honoré de ſa familia-
rité eût ſervi mieux que lui d'interprete à l'académie,
que l'illuſtre étranger cherche en vain dans cette foule
de philoſophes raſſemblés & dont il ne trouve plus
que les monuments de ſes vertus & de ſon génie.

10 *ſeptembre*. On a donné mardi ſur le théâtre
lyrique pour la premiere fois un ouvrage annoncé
depuis long-temps; c'eſt un opéra en trois actes,
ayant pour titre *Diane & Endymion*. Les paroles
ſont de M. le chevalier de *Liroux*, grand amateur
de muſique, & que perſonne juſqu'à préſent ne
ſoupçonnoit être poëte. Quant à la muſique, elle
eſt du fameux *Piccini*. M. de *Liroux* a totalement
interverti la fable connue, & n'a pas réuſſi pour
ſa part. Le muſicien n'a pas eu non plus ſon ſuccès ordinaire, & ſauf un air applaudi avec tranſ-
port, tout le reſte a paru froid comme le ſujet.
Il y a beaucoup de ballets, qui font honneur à
leur chorégraphe, le ſieur *Gardel*.

11 *Septembre*. Le docteur *Meſmer* trouvant de
tous côtés les accès des journaux de France fermés
pour lui, a cru devoir faire imprimer ſourde-
ment ſa requête pour l'envoyer à ſes adeptes,
avec une eſpece de lettre circulaire datée de Paris
le 3 août 1784, où il ſe plaint de cette déné-
gation de juſtice qu'il éprouve de toutes parts;
ſous le titre de *Lettre de M. Meſmer à M. le comte
de C + + +*, qu'on croit être M. le comte de *Cha-
teiux*, de l'académie françoiſe, & l'un des plus
ardents enthouſiaſtes du meſmériſme.

11 *ſeptembre*. Les comédiens italiens ont joué
pour la premiere fois mardi dernier, *Fanfan
& Colas*, comédie en un acte & en proſe

tirée d'une fable de l'abbé *Aubert*, du petit nombre de celles qu'on dit excellentes. Quoi qu'il en soit, soit à raison du fond heureux, soit à raison des changements, la piece a eu un succès étonnant & fort rare à ce théâtre. On en sera moins surpris cependant, lorsqu'on saura qu'elle est de madame de *Beaunoir* & à cet enthousiasme on reconnoîtra la galanterie françoise.

11 Septembre. L'académie royale des sciences vient de perdre un de ses membres les plus distingués en la personne de M. de *Cassiny de Thury*, maître des comptes, & directeur de l'observatoire. Il avoit trouvé dans son zele le moyen de faire jouir, avant sa mort, la nation de la carte géographique du royaume : ouvrage important, à la perfection duquel un demi-siecle paroissoit devoir à peine suffire ; il l'avoit exécuté en moins de trente années. Il venoit de paroître sous le titre de *Description géométrique de la France*. MM. *Perronet*, *Camus*, de *Montigny*, &c. avoient été ses coopérateurs.

12 Septembre. Le docteur *Mesmer* dans sa requête à nossigneurs, *nossigneurs de parlement, en sa grand'chambre*, se plaint que les commissaires nommés pour aller constater chez le sieur *Deslon* les effets d'une découverte & d'une méthode dont il est l'inventeur, ait osé déclarer généralement que cette méthode n'existe pas, & que la méthode, employée pour en faire usage est dangereuse. Cependant, depuis que le sieur *Deslon* s'est déclaré possesseur de la doctrine du magnétisme animal, il n'a cessé de protester contre l'usage ou l'abus que ce mauvais singe pourroit en faire, notamment en trois occasions :

1°. Au mois d'octobre 1782, lorsque le sieur *Deslon*, pendant que le sieur *Mesmer* étoit absent, déclara dans une affemblée de fa faculté, qu'il opéroit fur les malades, d'après les principes du magnétifme animal, & produifant quelques guérifons qu'il difoit avoir faites en ufant des procédés qui refultent de ces principes, demanda des commiffaires pour vérifier ces guérifons; le fieur M fmer écrivit le 4 octobre 1782 une lettre imprimée depuis, au docteur *Philip*, alors doyen de la faculté, pour défavouer le fieur *Deffon*, comme fon éleve.

2°. Le 13 *Décembre* 1782, à l'occafion des lettres inférées au journal de Paris où l'on s'efforçoit d'affimiler le fieur *Deffon* à fon maître, il écrivit & fit inférer dans le même journal une lettre où il s'attache à tracer une ligne de démarcation fi invariablement déterminée, qu'il ne fût plus poffible déformais de les confondre.

3°. Ayant appris que, fans égard pour les loix protectrices de la propriété, fur la demande du fieur *Deffon*, folemnellement inculpé par lui, il avoit été nommé des commiffaires pour aller examiner dans les traitements de ce difciple ignorant les avantages & les défavantages de la doctrine du magnétifme animal, il écrivit au mois de juin à M. *Francklin*, premier commiffaire, & lui repréfenta dans les termes les plus énergiques combien il étoit non-feulement injufte, mais abfurde d'aller former chez un fectateur qu'il défavouoit, l'opinion qu'il falloit avoir d'une doctrine dont il eft l'auteur.

M. *Mefmer* a en même temps envoyé à M. le baron de *Breteuil* une copie de fa lettre à monfieur *Francklin*, afin de donner à fa réclamation toute la force & toute l'authenticité dont elle pourroit être fufceptible.

En conséquence de ces protestations réitérées
que le sieur *Deslon* ne connoît qu'imparfaitement
sa doctrine, & qu'il est hors d'état de l'enseigner, le sieur *Mesmer* en demande acte, & attendu l'importance de sa doctrine, il supplie la
cour de nommer tels messieurs qu'il lui plaira de
choisir, pardevant lesquels il sera autorisé de se
retirer, à l'effet de soumettre à leur examen
un plan qui renfermera les seuls moyens possibles
de constater infaillliblement l'existence & l'utilité
de sa découverte, pour, ledit plan remis à M. le
procureur-général, & communiqué à la cour,
être par M. le procureur-général pris les conclusions qu'il jugera convenables, & par la cour ordonné ce qu'il appartiendra.

12 *Septembre.* Après des audiences solemnelles,
où même a assisté en partie M. le comte d'*Oels*,
qui a été complimenté par Me. *Treilhard*, qui
plaidoit pour le tuteur des enfants de madame la
princesse de *Guimené* contre le viconte de *Choiseul*;
ce grand procès a été jugé le 7 de ce mois sur
les conclusions de M. l'avocat-général *Seguier*
& le testament de la duchesse de *Praslin* a été
annullé.

12 *Septembre.* Il passe pour constant que la
grand'chambre avant de se séparer a eu égard à
la requéte de M. *Mesmer*, & a nommé des commissaires afin de suivre ses traitements.

13 *Septembre.* Par la requête du docteur *Mesmer*
il paroîtroit qu'en 1781 le roi auroit déjà nommé
M. *Rochard de Saron*, président du parlement,
M. le comte d'*Angiviller*, les sieurs de *Montigny*
& d'*Andenon*, de l'académie des sciences, pour
suivre avec les sieurs *Berger Grandclas*, *Lorry* &
Mauduit, médecins, le traitement des malades
qui

qui feroient foumis au magnétifme animal. Il n'ajoute pas , pourquoi cette commiffion n'a pas eu lieu.

13 *septembre.* Vers le commencement de mars dernier , on a trouvé à quelque diftance de Caen , un jeune homme âgé d'environ dix · fept ans, parlant un idiôme qui n'a encore été ni reconnu , ni compris par aucun de ceux qui ont vu ce jeune étranger. M. *Feyeau de Brou* , intendant de Caen, crut devoir faire part de cette découverte au gouvernement , & le fit partir pour Paris le 23 du même mois, d'après les ordres qu'il reçut.

Le fieur *Larive* , comédien françois , ayant eu connoiffance de ce jeune infortuné , en parla à fa troupe : elle faifit l'occafion d'un acte de bienfaifance , & lui affura, par une délibération unanime , une penfion de 63 livres par mois.

Cet enfant devenu célebre, a depuis été préfenté fucceffivement à tous les miniftres. Madame la duchefle de *Bourbon* a demandé qu'on le lui amenât; c'eft aujourd'hui la merveille qu'on va voir.

L'abbé *Aubert* a répandu dans fa feuille du 8 une notice très détaillée en plus de quatre pages, petit caractere , où il entre dans les plus grands détails fur cet étranger myfterieux.

En difcutant bien les faits, les notions qu'il donne fur lui-même , & les contradictions qu'impliquent les idées qu'on en conçoit d'après fes fignes; bien des gens qui réflechiffent & combinent, le foupçonnent un impofteur, qui fe joue du public & du gouvernement. Le temps éclaircira cette conjecture.

On le voit actuellement chez la dame *Billard* ;

marchande de galons, rue Saint-Honoré, au coin de la rue du Roule.

13 *Septembre*. M. de *Fleury*, l'ex-ministre des finances, qui vivoit depuis long temps avec Mad. de *Fontpertuis*, femme d'un conseiller au parlement, fort mauvais sujet, étant devenu libre par la mort de celui-ci de satisfaire le vœu de son cœur, l'a épousée depuis quelque temps avec toute la solemnité requise.

14 *Septembre*. Les commissaires nommés par le parlement pour examiner le remede du docteur *Mesmer*, font les docteurs *Bouvard*, *Maloët*, *Cosnier* & *Thierry*, tous de la faculté de médecine; MM. *Tenon* & *Maret*, chirurgiens, & MM. *le Sage* & *Cadet*, chymistes. On prétend déjà que ces messieurs ne veulent pas accepter.

14 *Septembre*. A peine parle-t-on des remontrances du parlement, dans l'affaire de M. de *Noé*, quoiqu'elles soient déjà présentées. Le roi a promis de s'occuper de cette affaire. On assure seulement que ces remontrances sont très-bien faites.

Sa majesté a enfin répondu aussi à l'égard du grand aumônier & de l'affaire des Quinze-vingts: on se flattoit que les remontrances vigoureuses de la compagnie à ce sujet auroient un meilleur sort que les précédentes; mais le roi a approuvé la conduite du cardinal de *Rohan*, & a défendu au parlement de se mêler en rien de cette querelle.

14 *Septembre*. C'est au dimanche 19 que les freres *Robert* ont fixé leur expérience, qu'ils annoncent avec une confiance extreme dans leurs moyens de direction qui consistent dans des rames. Ils parlent de leur aéroftat comme modelé sur celui de Saint-Cloud, mais n'étant pas le même, & amélioré

encore dans fa configuration plus favorable à leur
projet.

15 *septembre*. Le fujet du prix d'architecture
pour cette année étoit un Lazareth compofé de
plufieurs corps de bâtiments deftinés à recevoir
les perfonnes qui arrivent à différentes époques,
à loger celles qui paroiffent en fanté, ifolées de
celles fufpectées de maladies.

Il devoit y avoir des édifices pour la garnifon,
l'état-major, l'infirmerie & la chapelle ; des
logements pour les eccléfiaftiques , médecins &
chirurgiens, pour la pharmacie, les cuifines &
le fervice ; enfin de vaftes magafins pour le dépôt
de différentes marchandifes.

Les édifices principaux devoient contenir des
falles, des promeroirs à couvert, plufieurs dor-
toirs communs, & quelques logements pour des
perfonnes diftinguées.

L'efpace donné étoit de 200 toifes fur 200
toifes.

Pour compofer ce projet en efquiffe exactement
arrêté, les éleves furveillés, comme on l'a déjà
obfervé l'an paffé, n'ont que douze heures. Ils
n'ont d'autre préparation que la dictée, fans autre
inftruction & confeil que ceux donnés par le
programme, & il ne leur eft pas permis d'y ha-
farder aucune efpece de changement.

C'eft dans la féance du lundi 30 août, que
l'académie a procédé au jugement des prix. Le
premier a été donné au fieur Augufte *Hébert*, éleve
de M. *Peyre* le jeune, & le fecond au fieur Jean-
Charles-Alexandre *Moreau*, éleve de M. *Trouard*.

Il eft peu d'exemples d'une pareille fupériorité
dans les productions des éleves d'architecture ; &
les trois arts peuvent également fe glorifier d'ex-

I 2

œllents sujets dans chaque genre. Aussi a-t-on fait les mêmes folies pour le sieur *Hebert* qu'on avoit faites pour le sieur *Drouais* & le sieur *Chaudet*. Les camarades de celui-ci, à leur tour, l'ont porté en triomphe dans la salle d'architecture. Ils l'ont ensuite couronné de lauriers, promené dans les diverses places de nos rois, puis chez MM. *Vien* & *Peyre* le jeune, qui ont été successivement ses maîtres, & enfin l'ont déposé au sein de sa famille.

15 septembre. Il s'est tenu le 7 de ce mois une assemblée des actionnaires de l'entreprise des eaux de Paris *par les machines à feu*, dans laquelle les administrateurs ont rendu compte des preuves signalées de la protection que le roi vient d'accorder à cette entreprise, & des moyens d'encouragement que M. le contrôleur-général a obtenus des bontés de sa majesté en faveur d'un établissement si utile aux besoins & à la salubrité de cette capitale.

Le bureau de la compagnie est chez MM. *Perier.* Du reste, il a été lu dans la séance publique de la société royale de médecine du 31 août, le jugement porté par la compagnie, d'après l'examen & le rapport de ses commissaires, sur la nature des eaux fournies par ces machines, qu'elle a déclarées très-salubres.

Les directeurs de cette machine viennent déjà d'établir dans l'un des quartiers de cette ville plusieurs bouches de regards d'eau qui s'ouvrent tous les jours, à l'effet de fournir le volume d'eau nécessaire pour former un courant rapide, qui rendra les rues plus propres & l'air plus salubre.

En conséquence ordonnance de police du 24 août, qui détermine les préparatifs nécessaires de balaiement & de déblaiement, pour laisser jaillir en liberté ces eaux & en recueillir le fruit.

15 *Septembre*. La bibliotheque du roi a été enrichie depuis peu de cinq manuscrits orientaux très-rares, provenant de la bibliotheque d'un M. *le Grand*, interprete du roi dans le levant pendant environ 38 ans, & mort vers le milieu de juillet. Ce don étoit d'avance consigné dans une lettre à M. *Bejot*, garde des manuscrits du roi, en date du 17 août 1779, où le défunt annonçoit ses intentions.

M. *le Grand*, du reste, étoit un savant homme, mais modeste, qui n'a fait imprimer de son vivant qu'une traduction de l'arabe, ayant pour titre: *Controverse sur la religion chrétienne & celle des mahométans*. Elle est dialoguée à la maniere de *Socrate*, raisonnant avec des sophistes.

L'original arabe, manuscrit très-rare, n'étoit point compris dans ceux légués, & a été acheté à la vente des livres de M. *le Grand*, pour la bibliotheque du roi.

16 *Septembre*. Extrait d'une lettre de Bordeaux, du 11 septembre.... Ce n'est que dans ce moment que je puis vous tenir une parole en vous envoyant l'arrêté que vous désirez, il est du 23 juillet.

" Ce jour, toutes les chambres assemblées,
 " pour proceder à la réception de Me. de *Cazaux*,
 " en la charge de conseiller-lai en sa cour; un
 " de messieurs a dit que le sieur *Dufon* fils étoit
 " dans la séance pour remplir les fonctions de
 " procureur général; que c'étoit la premiere fois
 " qu'il paroissoit aux chambres assemblées; que
 " si l'on l'y laissoit sans faire un acte conserva-
 " toire, on pourroit en induire que la cour ap-

I 3

,, prouve fa réception ; que dans ces circonftances
,, il lui paroît indifpenfable de renouveller les
,, proteftations contre l'illégalité de la réception
,, du fieur *Dudon*, & notamment contre fa pré-
,, fence ; que ce parti eft d'autant plus nécef-
,, faire qu'il fervira à détruire *de fauffes affertions*
,, *qu'on a cherché à répandre & qu'on a eu l'in-*
,, *décence de faire configner dans les papiers pu-*
,, *blics.* ,,

M. le premier préfident, ainfi que les autres
meffieurs qui ne connoiffent pas des affaires du
fieur *Dudon*, s'étant retirés, il y a eu délibération.

" La cour a renouvellé fes proteftations contre
,, la réception du fieur *Dudon*, & notamment
,, contre fa préfence en la cour, & néanmoins
,, par les mêmes motifs qui ont porté la cour à
,, ftatuer fur les conclufions par écrit du fieur
,, *Dudon*, & efpérant toujours de la juftice &
,, de la bonté du feigneur roi qu'il répondra fa-
,, vorablement aux remontrances que le parlement
,, a eu l'honneur de lui adreffer à ce fujet, &
,, fans entendre nullement reconnoître la récep-
,, tion dudit fieur *Dudon*, il a été décidé qu'il
,, fera tout de fuite procédé à la réception de
,, M. de *Cazaux*, fur les conclufions du fieur
,, *Dudon fils.* ,,

Je fis qu'on a fait paffer à M. *Luzac*, qui
dirige fi judicieufement la gazette de Leyde,
cet acte confervatoire & fait pour le venger, en
lui prouvant que les remontrances, finon unanimes, avoient, fuivant l'ufage paffé à la plura-
lité, & par conféquent étoient le vœu de la compagnie . . . . .

16 *feptembre.* On affure que les remontrances
dans l'affaire de M. de *Née*, font de la plus

grande force ; on les dit imprimées, mais très-
rares.

On veut que les remontrances concernant l'affaire des Quinze-vingts en amenent de plus vives;
que tout cela foit concerté pour éclairer la religion du roi & fur-tout de la reine, qui protege,
dit-on, le cardinal, & qu'au fond il foit joué.

On ne regarde pas non plus comme finie l'affaire
des bénédictins : outre que le parlement perfifte
à vouloir juger l'appel comme d'abus, c'eft que
le confeil lui-même eft fort embarraffé fur la
maniere de la terminer, ou de replâtrer du moins
toutes les fottifes qu'il a fait faire, & le nouveau régime, fi cela ne fe peut autrement, tôt
ou tard fera facrifié.

17 *Septembre*. On fait aujourd'hui que l'auteur
de la piece du *vieux Laboureur*, qui a fi fort in-
téreffé le public à la féance de l'académie françoife le jour de la faint Louis, eft dom *Gerard*,
religieux de l'abbaye des Trois-Fontaines, ordre
de Cîteaux. Il étoit bibliothécaire de fa maifon,
& en effet eft mort Il cultivoit avec fuccès les
mathématiques, la phyfique, l'aftronomie; il
avoit des connoiffances très-étendues dans l'hiftoire & la géographie. Il a laiffé un poëme manufcrit en fept ou huit chants fur *l'humanité*.
On affure que cette piece eft remplie de beautés
& de fautes, comme la prem ere. Il étoit d'une
fanté miférable; le fommeil lui étoit à-peu-près
inconnu depuis vingt ans. Il fe promenoit prefque toutes les nuits dans un vafte corridor &
compofoit au milieu de fes fouffrances. Quoique
né d'une famille honnête du Barrois, il n'avoit
été élevé qu'au milieu des forêts, & s'étoit formé
lui-même. Ceux qui le connoiffoient, difent un

I 4

bien infini de fon caractere ; ils exaltent fa modeftie, fa douceur, fa bienfaifance. Ils font re-
gretter infiniment de n'avoir pas connu cet homme
de lettres, ce favant, ce philofophe, dont le
cœur valoit encore mieux que l'efprit.

17 *Septembre*. Les arts viennent de perdre monfieur *l'Epicié*, peintre du roi, profeffeur en fon
académie de peinture & de fculpture, dont nous
avons plufieurs fois entretenu le public, & le fieur
Caprou, ancien premier violon du concert fpirituel qui y brilloit autrefois, & avoit époufé
la niece de *Piron*.

17 *Septembre*. Le nouveau prévôt des marchands paroît avoir le défir de fe fignaler dès
le commencement de fon adminiftration munici-
pale : il a déterminé M. le baron de *Breteuil*,
comme fecretaire d'état au département de Paris,
& M. de *Calonne*, contrôleur-général, comme
difpenfateur des fonds, à vifiter avec lui les halles
aux grains & aux farines, celles aux fruits &
légumes, celle au poiffon, celle aux draps & toiles,
& la nouvelle qu'on conftruit dans l'ancien emplacement de la comédie italienne, deftinée aux
dépôt & vente des cuirs. Ils etoient accompagnés
de tous les gens de l'art néceffaires, & l'on s'eft
occupé des moyens de procurer plus de falubrité
& d'air dans le quartier où font réunies toutes
ces halles, le plus peuplé en même temps & le
plus fréquenté de Paris, dont il occupe le centre.

17 *Septembre*. Une piece intitulée le *Bienfait
anonyme*, jouée l'année derniere avec un fuccès
très-équivoque, ou plutôt abfolument tombée, a
reparu depuis avec des changements qui lui ont
réconcilié le public. Quoiqu'elle ne foit encore que
très-médiocre, elle alloit comme tant d'autres,

On a dit alors qu'elle rouloit fur un des beaux traits de la vie de *Montefquieu* , ignoré de fa propre famille , & que le hafard fit découvrir il y a quelque temps.

Les comédiens françois informés que M. le baron de *Secondat* , le fils de ce grand homme , étoit à Paris, députerent la femaine derniere deux acteurs de leur troupe pour l'inviter à affifter à la feptieme repréfentation indiquée au famedi 12 de ce mois.

Sa préfence réveilla merveilleufement & les acteurs qui jouerent avec une chaleur prodigieufe, & le public, dont l'enthoufiafme s'exalta au plus haut degré. Cette petite charlatanerie fit monter la piece aux nues, & dans ce moment d'effervefcence elle peut être pouffée fort loin.

18 Septembre. La piece de *Fanfan & Colas* eft dans le genre bourgeois, ce que *la comteffe de Givry* eft dans le genre héroïque ; mais uniquement confacrée à l'excellente moralité qui en doit réfulter pour la correction d'un enfant gâté ; elle offre une fuite continue de tableaux naïfs & touchants, de fcenes pathétiques qui attachent & attendriffent jufqu'aux larmes le grand nombre des fpectateurs. Deux jeunes garçons en font les principaux héros. & en forment les contraftes charmants: ces rôles font remplis par deux actrices, Mlle. *Carline* & Mad. *Raymond*. La premiere a plu fingulierement par l'aimable gaucherie qu'elle a mife dans le rôle de *Colas* , & la feconde par les nuances fines de celui de *Fanfan*. On conçoit que ce dernier eft l'enfant gâté ; au moment de fa réfipifcence elle s'eft trouvée mal réellement hier à la quatrieme repréfentation. Il a fallu l'emporter du théâtre , ce qui a fait connoître au

public que ce n'étoit plus un jeu. Il a attendu
patiemment qu'elle fût en état de reprendre ; mais
on eſt venu annoncer que cela ne ſera pas poſſible : le parterre cependant n'a pas voulu ſortir
qu'il n'eût eu de meilleures nouvelles ; & ce n'eſt
que lorſqu'on lui a appris que Mad. *Raymond* étoit
en état d'être tranſportée chez elle , qu'il a vuidé
la ſalle ſans murmure, quoique la comédie n'ait
pu être finie.

18 *Septembre*. Depuis long-temps on parloit
d'une parodie du *Mariage de Figaro* à jouer par les
Italiens. Il paroît qu'en effet il leur en a été préſentée une , ſous le titre de *la folle Soirée* le 14 juillet
dernier ; mais les perſonnalités dont elle eſt remplie,
en ont fait proſcrire la repréſentation. On aſſure
que c'eſt un cadre piquant, où l'auteur , qu'on ne
nomme point encore , a fait mouvoir tout ce
qu'il a trouvé de repréhenſible dans l'ouvrage
critiqué.

18 *Septembre*. Il a débuté hier à l'opéra une
Dlle. *Dozon* , dans le rôle de *Chimene* : c'eſt le
premier ſujet ſorti de la nouvelle école, qu'a inſti-
tuée pour le théâtre lyrique M. le baron de *Breteuil*.
Elle a été formée au chant par le ſieur *Lais* &
à la déclamation par le ſieur *Molé* : à en juger ſur
un tel eſſai , cette école ſera d'une grande utilité.
A une excellente prononciation Mlle. *Dozon* joint
déjà beaucoup de méthode , du goût & une ſen-
ſibilité rare... Elle a eu le plus grand ſuccès, &
depuis Mlle. *Arnoux* & Mad. *Coltnde* , on n'en a
point vu d'auſſi brillant. Il eſt à remarquer qu'elle
n'avoit encore joué nulle part ; ce qui augmente
l'admiration

19 *Septembre*. Extrait d'une lettre de Montreuil
ſur mer, du 14 ſeptembre.... Puiſque les charades

font fi à la mode dans votre capitale, ce que je
juge par les journaux qui en font remplis, vous ne
devez pas être étonné qu'on s'en amufe en province.
En voici une charmante & très-jufte d'une petite
demoifelle, fille de M. de *Boifrobert*, chevalier
de Saint Louis, qui, faifant lui-même très-bien
des vers, en a infpiré le goût à la jeune perfonne :

De mon premier crains le dommage,
Et cache mon fecond le plus qu'il fe pourra ;
Et fi mon tout eft ton partage,
Je plains l'objet qui t'aimera.

Vous trouverez mon éloge placé, quand vous
faurez le mot qui eft *volage*.

19 *Septembre*. On confirme que le coup de vent
éprouvé à Cherbourg vers le 15 d'août fi violent qu'on ne fe reffouvient pas d'en avoir reffenti
de femblable, même aux équinoxes, n'a fait
qu'endommager un peu la feconde caiffe coulée,
non encore entièrement achevée, & encore plus
la troifième qui étoit fur le rivage, mais fans
nuire en rien à la première totalement remplie ;
ce qui confirme l'excellence du projet. M. le maréchal de *Caftries* qui, en fa qualité de miniftre
de la marine, a vifité les travaux de ce port, en a
été extrêmement fatisfait.

Cette grande entreprife fera certainement conti-
nuée : on ne coulera plus de caiffes cette année,
& on ne fera que préparer dans différents endroits
celles qu'on voudra placer le printemps & l'été
prochain. Quand il y en aura dix à douze de
coulées, on eft bien affuré qu'elles feront capables
de réfifter à tous les efforts.

I f

On travaille auſſi avec la même ardeur à rétablir tous les mouillages de la Manche, ſur les côtes de Normandie & de Picardie. Plus de ſept mille hommes ſont occupés au port du Havre, qui dans deux ans ſera en état de recevoir des vaiſſeaux de cinquante canons. A Honfleur & à Dieppe, il en entrera d'un tonnage plus grand que ceux qui y ſont arrivés juſques à préſent.

19 Septembre. L'expérience des freres Robert a eu lieu aujourd'hui dans le jardin des Tuileries, où il n'y avoit pas à beaucoup près la foule qu'on y vit l'an paſſé le premier décembre à celle de M. Charles. Le public laſſé d'être dupe & ſachant qu'on voit auſſi bien en dehors qu'en dedans, s'étoit répandu dans les environs du jardin.

Le ſieur Valet avoit rempli le ſamedi la Caroline avec un appareil fort ingénieux & de la plus grande ſimplicité, de maniere que l'opération n'avoit duré que trois heures.

Après les ſignaux donnés, le ballon a été conduit de la grande allée à l'Eſtrade, conſtruite ſur le baſſin qui fait face au château. Les quatre cordes ont été tenues par le maréchal de Richelieu, le maréchal de Biron, le bailli de Suffren & le duc de Chaulnes.

Meſſieurs Robert freres ſont montés dans leur char à midi, avec le ſieur Colin-hullin, leur beau frere & le troiſieme voyageur.

Du reſte, on ne ſait où ils ont été deſcendre; mais ils n'ont paru tenir aucunes des promeſſes qu'ils avoient faites ſur leur maniere de ſe diriger, ils avoient bien des ailes en forme de paraſol qui ont ſervi à les faire pirouetter ſur eux-mêmes, ſans qu'ils aient jamais pu ſe ſouſtraire à la direction du vent.

20 *septembre*. L'empereur vient de défendre les contrefactions de livres imprimés dans fes états ; il permet, au contraire, celle de livres étrangers.

20 *Septembre*. L'affaire de madame la marquife de *Cabris* la jeune, contre la dame de *Lombard*, marquife douairiere de *Cabris*, occafionne toujours de nouveaux mémoires. On en compte déjà trois de celle-ci. Il en paroît un récent de la premiere en réponfe au dernier, fuivi d'une confultation de Me. de *beau-séjour*, fon avocat, en date du 26 juillet. Ce *factum* n'eft précieux que par des éclairciffemens plus amples qu'il contient fur fon fiere le comte de *Mirabeau*, à l'égard de qui tout intéreffe.

20 *septembre*. Extrait d'une lettre de Francfort, du 3 feptembre.... L'ex-jéfuite *Frank*, confeffeur de l'électeur Palatin, vient de prêcher publiquement à Munich contre les franc-maçons, dont il y a plufieurs branches ou fyftêmes dans cette ville. Dans le fermon ils étoient défignés fous le nom de *Judas d'aujourd'hui*, & la divifion de ce morceau d'éloquence ét. it *Judas le traître*, *Judas le pendu*, *Judas le damné*. Vous voyez que la philofophie & le bon goût n'ont pas encore fait de grands progrès dans ces contrees....

21 *septembre*. L'ordre des avocats, avant de fe féparer, a prononcé définitivement fur le fort de Me. *Prevet de Saint-Lucian*. Comme il eft venu à refipifcence, qu'il a avoué fa faute & imploré l'indulgence de fes confreres, on en a ufé à fon égard, & il n'a été interdit que pour trois mois, punition qui devient nulle, puifqu'elle commence précifément au temps des vacances.

Au contraire, Me. *Martin de Marivaux*,

quoiqu'il ait déclaré ne plus vouloir exercer la profession d'avocat, a affecté d'adresser depuis cette déclaration à tous ses confreres deux nouveaux mémoires signés de lui, très-violents contre M. *Sauffaye*, dans la même affaire, objet de la dénonciation faite à l'ordre contre ce membre calomniateur.

21 *Septembre*. La composition de la thériaque dite d'*Andromaque*, nom de son inventeur, médecin de *Néron*, qui en a le premier administré à cet empereur, est un spectacle curieux pour les amateurs d'histoire naturelle & de chymie, d'autant plus qu'il est rare & ne se renouvelle que tous les six ou sept ans. Il a lieu au college de pharmacie, où se rassemblent tous les apothicaires de Paris. L'ouverture s'en fait avec beaucoup d'appareil.

Le lundi 13 de ce mois, M. le lieutenant-général de police, M. le procureur du roi, des députés de la faculté de médecine au nombre de dix, s'y sont rendus pour assister à l'ouverture, qui est précédée, accompagnée, & suivie de discours.

Sur plusieurs tables longues l'on voit sous des bocaux les soixante cinq drogues entrant dans la composition de ce remede, dont quelques-unes très-cheres. Pendant quinze jours de fois que dure cette élaboration, on recommence la démonstration qui est publique autant de fois.

C'est de-là que tous les apothicaires de Paris & de France tirent la *Thériaque* dont ils font le débit; & quand elle est sur le point de finir, on recommence la même operation, avec la même pompe.

22 *Septembre*. M. le baron de *Breteuil* voulant absolument que l'opéra ne soit plus à charge au roi, a imaginé de rendre ses tributaires les autres spectacles, ou plutôt d'augmenter le tribut qu'il

lui payoient déjà. La comédie italienne qui ne lui donnoit que 3,000 livres , en donnera 40,000 livres. Les *Variétés amufantes* , & *l'Ambigu comique* , n'ayant pas voulu confentir à l'arrangement nouveau , leurs directeurs font dépoffédés , & ces deux fpectacles font réunis dans la main de deux nouveaux, qui offrent enfemble 45,000 liv. Les autres fpectacles & même ceux de province feront taxés à proportion.

22 *Septembre*. M. l'Abbé *Baudeau* , intrigant avide de faire parler de lui, a imaginé, on ne fait trop pourquoi , d'exciter le zele de quelques bons citoyens, & s'eft fait décharger de recevoir leur argent pour une foufcription dont l'objet eft d'élever un cénotaphe à tous les braves militaires qui n'ont eu , dans la derniere guerre , que les flots pour fépulture. Il doit faire les démarches auprès du miniftre pour obtenir fon agrément, demander & raffembler les projets & les devis des artiftes , entre lefquels il fera établi un concours , foit pour la beauté du deffin , foit pour le rabais du prix.

Il s'agit au fond d'une grande table de bronze, qui contiendra les noms, furnoms , qualités & grades militaires des officiers tués à la mer , accompagnés d'acceffoires en marbre qui doivent caractérifer ce monument.

22 *Septembre*. On lifoit aujourd'hui place des Victoires, fur la porte de MM. *Robert* dont on étoit fort inquiet , le bulletin fuivant.

" Les freres Robert font arrivés le même jour
,, de leur départ au château de Beuvry, près Be-
,, thume , chez M. le prince de *Chiftelles*, à 6 heures
,, 40 minutes de l'après midi , à 50 lieues envi-
,, ron de Paris. Ils font defcendus très-doucement

,, & fans accident. ,, Au bas l'on avoit ajouté ces deux mauvais vers :

A préfent on peut croire à Médée , à Jafon ,
Graces aux deux *Robert* étonnant la raifon.

22 *Septembre.* La faculté de médecine de Paris , depuis les deux rapports authentiques concernant le magnétifme animal , ceffant d'ufer d'indulgence envers le docteur *Deflon* , a prononcé irrévocablement fur le fort de ce membre réfractaire, & a rendu le troifieme & dernier décret de radiation contre lui.

23 *Septembre.* Meffieurs *Robert* avec leur beaufrere font arrivés hier à Paris , & ont rapporté le procès-verbal de leur defcente parfaitement conforme à ce qu'on en a dit.

Par un concours de circonftances fingulieres, M. le prince de *Chiftellas* , qui vraifemblablement eft auffi un peu phyficien , venoit de donner le dimanche 19 le fpectacle d'un aéroftat à fes vaffaux, lorfqu'ils ont vu paroitre la *Robertine* : c'eft ainfi qu'on nomme la machine de MM. *Robert* d'une configuration nouvelle. On les a invités de defcendre : l'approche d'un moulin ayant paru les gêner, ils ont fait agir des machines en forme de rames & ont décrit un quart de cercle pour tomber au milieu de la plaine. L'embarras de leur machine les a obligés de la vuider pour entrer au chateau.

23 *Septembre.* L'académie royale des fciences vient de perdre encore un de fes membres en la perfonne du comte de *Milly.* Il étoit premier lieutenant honoraire des Suiffes de la garde de *Monfieur* frere du roi, meftre-de-camp de dragons & che-

ralier de l'ordre royal & militaire de Saint-Louis.
Du refte, c'étoit un médiocre favant & un pauvre
homme.

23 *Septembre*. Dans l'extrait du regiftre des fcel-
lés app fés dans la ville, fauxbourg, & banlieue
de Paris, après décès, on a été furpris de trouver
au Journal de Paris du lundi 20 : " Le 17, révo-
,, cation de procuration donnée par M. *Pierre-Au-*
,, *guftin Caron de Beaumarchais*, au fieur *Claude-*
,, *Vincent Cantini*, chef de fes Bureaux & fon
,, Caiffier. ,,

Beaucoup de gens ont regardé fulement cette
annonce comme l'effet d'une petite gloriole de
ce parvenu, bien aife de faire voir qu'il avoit
un chef de bureaux : mais de gens plus fins foupçonnent que c'eft un préliminaire pour ne pas tenir
fon engagement de fournir fans autre délai cette
automne à fes foufcripteurs les Œuvres de *Vol-*
taire, dont, indépendamment des belles éditions
annoncées en 1780, il a depuis répandu les *prof-*
pectus de huit autres éditions de tout prix, toute
efpece, tout format ; ce qui lui a fait toucher encore beaucoup d'argent Harcelé de différents côtés,
on dit qu'il répand déjà le bruit que ce caiffier
l'a volé & a mangé l'argent des foufcripteurs.

24 *Septembre*. En vertu des projets de falubrité,
de propreté & d'embelliffement de Paris, fur lefquels fe font conciliés M. le Baron de *Breteuil*,
le lieutenant de police & le nouveau prevôt des
marchands, il a été dreffé des lettre-patentes du
roi, données à Verfailles le 21 août & enregiftrées
au parlement le 3 feptembre, dont l'objet eft de
conftruire une autre *Halle à la marée & à la faline*,
fur le terrain appellé *la Cour des Miracles*, *aux pe-*
tits Carreaux & environs.

En conféquence la halle actuelle de cette efpece, avec les bâtiments, les échoppes & autres accef-foires en dépendants, feront fupprimés & dé-molis; elle fervira de halle à la vente en gros des denrées & comeftibles, qui fe vendoient rue de la Feronnerie & aux environs, & génoient & in-fectoient tout ce canton; & la halle au bled an-cienne fervira à la vente en détail.

Au milieu de celle-ci, il fera conftruit une fontaine.

24 *Septembre*. On a imprimé l'*Expofé des expé-riences qui ont été faites pour l'examen du magné-tifme animal*, lu à l'academie des fciences, (en préfence de M. le comte d'Oës) par M. *Bailly*, en fon nom & au nom de MM. *Franklin*, le *Roi*, de *Borry*, *Lavoifier*, le 4 feptembre 1784.

Ce mémoire, dans lequel l'auteur expofe avec beaucoup de clarté & de méthode les vues qui ont dirigé les recherches des examinateurs & les réfultats que leurs travaux ont produits, eft en outre un morceau d'éloquence remarquable, où il peint avec la plus vive énergie le pouvoir de l'imagination; on y retrouve un favant écrivain, digne, en même temps, d'être membre de l'aca-demie françoife, qui a amené fort adroitement l'eloge du prince devant lequel il parloit.

25 *Septembre*. On continue de vifiter le *donjon de Vincennes*, cette prifon royale qui depuis fix cents ans qu'elle exifte, voit pour la première fois une foule de curieux la parcourir en liberté. Elle ne défemplit point de monde. Lors de la fête du lieu, un fpéculateur en finance offrit à celui qui la montre deux cents écus des petits bénéfices que lui vaudroit la générofité du public ce jour-là feul: celui-ci refufa le marché.

On y remarque d'abord les chambres des prisonniers, sauf les cachots où l'on ne pénetre point,
au nombre de dix - huit : elles deviendroient amu-
santes ou du moins intéressantes, si les murailles
pouvoient y parler, c'est - à - dire, si l'on y pouvoit lire tout ce que les prisonniers ont écrit en
différents temps ; mais tout cela est biffé & effacé.
On y trouve cependant encore des noms étrangers,
qui annoncent que ces chambres n'ont pas toujours été occupées par des François.

Dans ces chambres ne sont point comprises les
pieces du milieu, servant de passage pour aller
au quatre tours qui flanquent le corps de logis
principal, & de promenade aux prisonniers alter-
nativement.

De ces vastes pieces ou galetas, l'une étoit
la cuisine autrefois, la seconde paroît avoir été
la chambre de la question. On y voit encore à
côté de la cheminée un siege de pierre, où le
prisonnier étoit assis, & deux anneaux de fer
scellés dans la muraille & servant à l'attacher au
besoin. Une autre est renommée comme ayant
receté dans son sein le grand *Condé*.

De la cuisine on passe dans une espece de cachot à rez-de-chaussée, qui fait frémir : à la lueur
du jour qui y pénetre foiblement, on découvre
contre la muraille un lit de pierre creusé, où
l'on jetoit un peu de paille, sur laquelle cou-
choit la malheureuse victime qu'il renfermoit.
Des anneaux de fer se correspondant en dessus &
en dessous, indiquent que leur usage devoit être
de le garrotter. A ses pieds, & de suite se voit
une lunette pour ses besoins, le seul endroit de
ce cachot où ses liens lui permettoient de
s'étendre.

Le donjon proprement dit, efpece de lanterne très-étroite au fommet de la tour, eft encore remarquable par la chaleur brûlante & le froid rigoureux qu'y devoit éprouver tour-à-tour celui qui l'habitoit.

Du refte, la plupart des chambres font moins grandes que celles de la Baftille, mais plus gaies, prefque toutes jouiffant du foleil & d'une vue plus agréable, à mefure qu'elles font plus élevées.

Une chapelle étoit effentielle en pareil lieu : on y pénetre par trois cellules, toutes fermées d'une double porte, dans chacune defquelles fe plaçoit un prifonnier. La chambre même de l'aumônier infpire la triftefle. On lit au-deffus *Carcer Sacerdotis*. Ce qui paroîtroit annoncer que tant qu'il exerçoit cette fonction, il ne pouvoit communiquer au dehors.

L'efcalier à noyau, fort étroit, compofé de marches hautes, & à chaque étage intercepté par des portes très-rigoureufement fermées, a deux cents foixante-cinq marches. Il conduit à une plate-forme d'un travail fuperbe par fa propreté & par fa folidité, où l'on jouit d'une vue immenfe & d'une variété délicieufe, qui fait oublier toutes les horreurs par où l'on a paffé.

25 *Septembre*. Le *Barbier de Seville* a été traduit en italien & ajufté en opéra comique, de façon que le fameux *Pazziello* y a ajufté une mufique de fa compofition. M. *Framery*, en poffeffion d'enrichir la comédie italienne de ces ouvrages étrangers, a de nouveau parodié celui-ci en françois, de façon à nous faire jouir de la mufique. C'eft dans cet état qu'il a été joué à la cour, mais avec un fuccès médiocre ; en forte que les Italiens en font peu engoués : d'ailleurs les co-

médiens françois s'opposent à la représentation
d'un ouvrage qui leur appartient, où il y a peu
de changements, & où le parodiste a souvent
conservé le texte original.

26 *Septembre*. La chambre des vacations, dès
le 10 septembre, s'est hâtée de rendre un arrêt qui
supprime *Très-humbles & très-respectueuses Re-*
montrances du Parlement de Paris à l'occasion de
la procédure suivie & des jugements rendus par
les Maréchaux de France, contre le vicomte de
Noé, Maire de Bordeaux.

Cet arrêt, suivant le but du dénonciateur, a
appris au public que ces remontrances étoient imprimées, & elles en deviennent très-recherchées.

26 *septembre*. Vers le milieu du mois d'août
les sieurs *Defennes*, libraires au Palais-Royal, &
Jobard, marchand de livres, furent arrêtés comme
accusés d'avoir vendu *le Diable dans un bénitier*.
D'après les perquisitions faites chez eux par les
commissaires *Chenon* pere & fils, le 17 août, ils
ont été convaincus d'avoir fait le commerce de
livres prohibés: en conséquence un arrêt du conseil, du 4 août, interdit le premier dans ses
fonctions de libraire à Paris, & déclare le second
incapable de les exercer nulle part dans le royaume
& d'être reçu libraire. Tous deux sont en même
temps condamnés à une amende de 1000 livres
chacun. Quoique leur ordre de liberté soit expé-
dié aujourd'hui, ils sont écroué à l'hôtel de la
Force pour cette amende, & ne pourront sortir
qu'ils n'y aient satisfait.

26 *Septembre*. Le sieur *Racot Grandval*, ancien acteur de la comédie françoise, qui avoit eu
dans son temps beaucoup de réputation, vient de
mourir âgé d'environ soixante-treize à soixante-
quatorze ans.

27 *Septembre*. Dans ce renouvellement de fureur pour les ballons, on est sans doute surpris de ne point voir figurer M. *Charles* & de n'en plus entendre parler. On en donnoit pour raison qu'il étoit devenu fou, & malheureusement ce bruit qui court depuis plusieurs mois n'est que trop vrai. On ne désespere pourtant pas de sa guérison.

Cet accident a sans doute ralenti le projet qu'on avoit annoncé de lui élever un monument sur le bassin des Tuileries. L'amour-propre de ce navigateur aérien y avoit d'abord mis un obstacle par la difficulté qu'il avoit élevée au sujet de M. de *Montgolfier*, dont le nom étoit inscrit sur l'esquisse avant le sien. Dans l'intervalle on a fait rougir le gouvernement de la puérilité d'un pareil trophée, & il n'en est plus du tout question.

17 *Septembre*. Le lundi 15 septembre, il s'est présenté à l'assemblée de la comédie françoise quatre concurrents, tous quatre ayant composé une piece pour célebrer la centenaire de *Corneille*, mort en 1684. On parle d'une de ces pieces d'un jeune homme de vingt ans, qui a été reçue par acclamation & avec transport. Plusieurs des membres du comité comique ont présumé que le jeune homme de vingt ans n'étoit que le prete-nom du sieur de *la Harpe*, tant ils ont trouvé de beaux vers dans l'ouvrage; mais on sait qu'il faut se défier du jugement de ces histrions.

27 *Septembre*. M. l'abbé *Mical* continue à montrer au public ses deux têtes parlantes : mais comme il n'est point intrigant, qu'il est isolé, sans parti formé, sans cabale, qu'il n'a point soudoyé de proneurs, qu'il n'a point capté la bienveillance des journalistes, on parle peu

de cette méchanique , l'admiration générale des physiciens. En effet , quelqu'imparfaite que soit encore la machine, celui-ci a résolu le problème que depuis *Archimede* jusques à *Vaucanson* l'on avoit jugé insoluble.

Ces deux têtes sont de grandeur naturelle , très bien faites ; elles sont dorées, ce qui est de mauvais goût. On les voit à côté l'une de l'autre sur une espece de petit théâtre, au bas duquel est à découvert le buffet de tous les ressorts qui les font mouvoir au moyen d'une manivelle. Dans les quatre phrases qu'elles articulent successivement & en imitant à l'extérieur le mouvement des levres , il est des mots qu'elles ne prononcent pas parfaitement, des lettres qu'elles mangent en entier; leur son de voix est rauque, leur articulation lente : & malgré tous ces défauts, elles en disent assez pour qu'on ne puisse se refuser à leur accorder le don de la parole.

Le pourtour de la scene , qui se passe sous un riche baldaquin supporté par quatre colonnes , est très decoré.

C'est M. l'abbé *Mical* qui a travaillé de ses mains tous les détails de son superbe ouvrage. Il avoit autrefois composé deux figures d'*Annette* & *Lubin* jouant de la flûte & pouvant exécuter pendant 24 heures de suite des morceaux de musique toujours variés. On lui a fait un scrupule de ces figures nues, & , contre l'ordinaire , ce savant méchanicien a brisé son ouvrage , objet de scandale. On en voit encore des debris au pied de son nouveau spectacle.

On ne conçoit pas comment M. le comte de *Haga* , pendant son séjour dans cette capitale , n'a pas daigné visiter M. l'abbé *Mical* & son cabinet;

ce spectacle étoit bien digne d'attirer la curiosité d'un prince aussi instruit, aussi ami des arts & aussi avide de voir & de connoître.

L'académie des sciences fait un si grand cas de M. l'abbé *Mical*, que le 19 septembre de l'année derniere, jour de l'expérience de la mongolfiere lancée en présence du roi à Versailles, cette compagnie ayant été invitée de s'y trouver par députation, les six députés voulurent avoir avec eux cet abbé, l'introduisirent au milieu d'eux dans le cabinet du roi, & sa majesté ayant demandé quel il étoit, on lui dit que c'étoit l'auteur des têtes parlantes.

28 *septembre.* Le sieur de *Beaumarchais* accoutumé à mystifier le public, avoit poussé l'audace jusques à s'ériger en bienfaiteur de l'humanité & proposé une institution patriotique en faveur des pauvres meres nourrices dont il se faisoit le chef. Il devoit y employer tout son *Figaro.* La lettre contenant ses idées, tres-obscure comme tout ce qu'il compose, inférée au Journal de Paris du 15 août, n'avoit pas produit tout l'enthousiasme qu'il espéroit, & encore moins l'argent des souscripteurs dont il s'effoit d'être le banquier. On en avoit ri dans le public, & son plan de bienfaisance prétendue étoit oublié. Il ne lache pas volontiers prise. Il annonce aujourd'hui que, sur l'invitation faite aux comédiens françois par l'auteur du *Mariage de Figaro* & acceptée par eux avec empressement, la cinquantieme représentation de cette piece sera donnée le samedi 2 octobre au profit des pauvres meres qui nourrissent suivant le projet annoncé. Du reste, il promet aux personnes généreuses qui voudront bien se faire connoître en réunissant leurs bienfaits au prix rigoureux du
spectacle

fpectacle , qu'elles feront infcrites au nombre des bienfaiteurs de fon affociation.

On conçoit facilement que le but du fieur de *Beaumarchais*, qui au fond s'embarraffe fort peu des pauvres meres nourrices, de leur marmots & de l'humanité fouffrante entiere , a regardé ce moyen comme un véhicule pour ramener le public à fa piece qui commence à foiblir un peu du côté de la recette. Beaucoup de gens s'imaginent qu'il y joindra quelque fcene , au moins quelques couplets relatifs à la nouvelle circonftance , & la fureur recommence en effet pour retenir des loges.

28 *feptembre* Le docteur *Mittié* , membre de la faculté de medecine de Paris, ayant ouï chanter une gouvernante dont il venoit de faire l'acquifition , fut fi émerveillé de fa voix , qu'il voulut la faire entendre des gens de l'art & inftruire de façon à pouvoir entrer à l'opéra : elle s'y refufe , fous prétexte qu'elle eft trop âgée ; mais lui annonce qu'elle a une fœur beaucoup plus jeune & dont l'organe eft encore plus beau. Elle lui propofe de la faire venir de fon village. Le docteur y confent, & ce fujet rare en effet eft Mlle. *Dozon* , qui en quinze mois a appris à parler, à marcher, à déclamer , à chanter & fait l'étonnement des connoiffeurs, quoiqu'elle ne foit pas auffi merveilleufe qu'on l'avoit annoncée ; elle eft maigre , petite, laide, noire , mais ne manque point de phyfionomie fur la fcene , & a d'ailleurs une intelligence , une fenfibilité qui doit la rendre bientôt la premiere actrice du théâtre lyrique, d'autant plus qu'elle eft fort jeune , puifqu'elle n'a que dix-fept ans. Elle a déjà par-deffus madame *St. Huberty*, qui prononce fort mal, une articulation nette , de maniere qu'on ne perd pas un mot de

ce qu'elle chante : elle a beaucoup de mémoire &
apprend actuellement des rôles dans sept opéra
différents. Ce qui lui doit promettre des succès
soutenus, c'est qu'elle aime beaucoup son talent
& jusques à présent s'y livre toute entiere. Elle
a continué dimanche pour la seconde fois son début, retardé par une indisposition légere.

29 Septembre. Meilieurs les chevaliers de *Seine* &
de *Forges*, dont on ne parloit plus depuis leur
espece de capitulation, suivant laquelle ils avoient
été soustraits au supplice qu'ils s'étoient mis dans
le cas de subir, reviennent de nouveau sur la
scene, & ont donné cette nuit une alarme plus
vive que la premiere fois.

Par une indulgence extrême, ces deux gendarmes transférés à la prison de la conciergerie, y
jouissoient de la même liberté qu'à l'abbaye, y
voyoient des filles, donnoient des repas. Hier
au soir après avoir bien fêtoyé leurs amis & même
les guichetiers, ils se sont présentés, armés de
nouveaux pistolets d'arçon, pour se faire ouvrir
les portes de la prison, ont tué un premier guichetier, ont grievement blessé le second & par le
même moyen alloient passer le troisieme guichet,
lorsqu'on a appellé du secours. Ils se sont ainsi
trouvés enfermés entre deux guichets, & pour
éviter qu'ils ne fissent usage des armes qu'ils
avoient, on a imaginé de faire établir une pompe
par en haut, qui a joué si fortement qu'en peu de
temps ils se sont vus submergés & ont demandé
grace : on leur a mis les fers aux pieds & aux
mains & leur procès s'instruit au bailliage du palais.

29 Septembre. Grandval est mort le 24 septembre. Contemporain de *Baron*, il avoit conservé la
tradition de son jeu & étoit devenu lui-même un

excellent acteur, particuliérement dans le haut
comique & dans les rôles de petit maître. Il avoit
débuté en 1729, ayant au plus 19 ans & avoit
été reçu à la fin de la même année : après avoir
quitté le théâtre il y étoit remonté en 1764, mais
sans succès ; en sorte qu'il s'étoit retiré de nouveau promptement. Il vivoit depuis ce temps-là
dans la retraite avec Mlle. *Dangevil*. Cette union
duroit depuis 45 ans, & l'on peut juger combien
elle a dû être douloureuse pour celle qui survit.
Leur fortune étoit médiocre & bien peu propor-
tionnée à leur talent. Le sieur *Grandval* ne jouis-
soit que d'une pension de la comédie de 1500
livres & d'une autre du roi de 1000 livres. On
dit que celle-ci est déjà donnée au sieur *la Rive*.

Le sieur *Grandval* étoit fils de *Nicolas Racot
Grandval*, musicien organiste, auteur du poëme
de *Cartouche* & de plusieurs pieces représentées en
province ; il avoit lui-même composé quelques
petits ouvrages dans le genre dramatique.

30 septembre. C'étoit demain premier octobre,
jour de la mort du grand *Corneille*, que *Corneille,
aux Champs-Elysées* (c'est ainsi qu'on appelle la
nouvelle piece composée pour sa centénaire) devoit avoir lieu ; mais il y a tant de décorations
& d'habillements qu'on n'a pu les préparer & que
la représentation est renvoyé à la semaine prochaine.

30 septembre. M. *Quesnay de saint-Germain*,
conseiller de la cour des aides de Paris, & membre du *musée*, prononça le 9 juin dernier dans
une assemblée publique de ce *Club* littéraire, où
il y avoit grand nombre de dames, l'éloge de
M. *Court de Gebelin*, dont on a dans le temps

annoncé la mort. Comme il laiſſe une famille mal à l'aiſe, l'auteur a fait imprimer ſon ouvrage au profit de cette famille, & chacun paroît vouloir concourir à la bonne œuvre, car l'imprimeur n'exige que ſes débourſés, & les libraires chez qui la vente eſt annoncée renoncent aux bénéfices d'uſage. Du reſte, cet éloge eſt imprimé, par égard pour les ſouſcripteurs, dans le format du *Monde primitif*; il eſt en outre enrichi du portrait de l'auteur. Il eſt fâcheux que le panégyrique ne réponde pas aux efforts de l'écrivain, que l'on n'y trouve que très peu de faits concernant le héros, qu'une eſquiſſe imparfaite du *Monde primitif*, & que le ſtyle n'ait ni énergie, ni chaleur, ni correction.

30 *ſeptembre*. On aſſure que M. le duc de *Chartres* a obtenu des lettres patentes enrégiſtrées au parlement, ſuivant leſquelles il lui eſt permis de vendre & aliéner les maiſons conſtruites ſur les terrains du Palais Royal.

Du reſte la police s'eſt déja emparée des rues nouvelles, & du derriere de ces maiſons, qui étant toutes ouvertes en cette partie, lui deviennent de fait ſoumiſes en totalité.

30 *ſeptembre*. La révolte arrivée dans l'univerſité, lors de la compoſition pour les prix, a mérité l'attention du parlement qui, en conſéquence, a rendu le 7 de ce mois un arrêt, portant réglement à ce ſujet.

Comme les vétérans ſemblent avoir été les chefs d'émeute, il eſt ordonné qu'ils ſeront ſéparés des autres écoliers en rhétorique, & qu'il ſera établi dans chaque faculté deux prix pour eux ſeuls, auxquels ils pourront concourir, quelque âge qu'ils aient.

Que du reſte nul étudiant ne ſera dorénavant

admis à la compofition pour les prix de l'univerfité, qu'à la charge de n'avoir point au 23 juin de chaque année ; favoir , en fixieme douze ans, en cinquieme 13 ans , en quatrieme 14 ans, en troifieme 15 ans, en feconde 16 ans, en rhétorique 17 ans.

1 *Octobre* 1784. Comme l'opéra de *Diane & Endymion* eft tombé, ou du moins retiré après quelques repréfentations, il eft inutile d'entrer dans aucun detail fur cet ouvrage réprouvé du public, à moins qu'on ne le reprenne.

1 *Octobre*. Un M. *Campmas*, qui fe dit ingénieur privilégié du roi, & leurre le public depuis près d'un an d'expériences qu'il doit faire en machines aéroftatiques, annonce enfin que la fienne aura lieu dans le courant de ce mois. Il l'appelle *diligence aérienne*, & prétend qu'elle a été vérifiée par des perfonnes célebres & éclairées, qui ont été chargées de l'examiner.

Cette voiture a la forme d'une tour qui a 60 pieds de hauteur: elle eft accompagnée de moyens de direction, & doit être montée de fix perfonnes.

Comme le principal objet eft d'avoir de l'argent, il annonce d'avance differents bureaux de recette où l'on pourra prendre des billets.

2 *Octobre*. Extrait d'une lettre d'Evreux, du 25 feptembre . . . Je ne fais pourquoi les papiers publics n'ont pas fait mention de la fête que notre évêque a eu l'honneur de donner à mefdames *Adélaïde* & *Victoire* dans fa maifon de plaifance qu'on appelle *Conáé*. C'eft à la fin d'août qu'elle a eu lieu: le prétexte en a été le mariage de huit filles, dont les dots ont été fournies en par-

tie par mefdames , en partie par l'évêque &
autres protecteurs bienfaifant. Le prélat avoit
raffemblé tous les parents prochains & éloignés
de ces filles au nombre de cent, qu'il a régalés
tous dans fon parc : ce qui faifoit un coup d'œil
charmant, dont mefdames ne pouvoient pas s'arr-
racher. Il y a eu des chanfons très fpirituelles,
dont le refrein étoit en l'honneur de mefdames
& qui répétées , dans l'éloignement, produifoit un
effet très-heureux.

Mefdames ont été fi fatisfaites de ces fêtes qui
ont duré trois jours, qu'elles veulent y revenir,
& le prélat évalue qu'il lui en a coûté pendant
ces trois jours 60.000 livres au moins On ne
doute pas qu'une bonne abbaye, tirée du porte-
feuille de M. d'*Avrun* ne dédommage notre évêque de cette dépenfe. Vous favez qu'il dit *Medina-*
Lara en fon nom, & il doit l'honneur qu'il a
reçu au crédit qu'a la ducheffe de Narbonne fur
l'efprit de Mad. *Adélaide*. Le fingulier, c'eft que
ni M. le duc de *Narbonne*, ni l'abbé de *Narbonne*
n'étoient à ces fêtes.

2 *Octobre*. On apprend qu'en Normandie le
bois eft fi rare, qu'on y conftruit à la hâte un
canal pour le tranfport de cette denrée, & qu'il
doit être navigable à la touffaint, époque où
Rouen eft menacé de manquer de bois. Il eft vé-
vrai que l'hiver dernier on a coupé, pour en aug-
les arbres du cours, fur ce qu'on aura à peine à
facrifier au befoin du moment.

3 *Octobre*. Hier il s'eft trouvé à la cinquantieme repréfentation du *Mariage de Figaro* prefqu'autant de monde qu'à la premiere. L'auteur y
avoit ajouté en effet quelques couplets relatifs

à la circonstance, d'une grande platitude: ce qui n'a pas empêché qu'on ne les applaudît avec transport & qu'on ne criât *bis*.

3 *Octobre*. Depuis que le parlement a cessé ses démarches à l'occasion de M. de *Mions*, le courroux du monarque s'est calmé, la lettre de cachet a été levée, & l'exilé a eu permission de revenir à Paris, où il s'est rendu il y a déjà quelque temps. Du reste, aucune satisfaction sur le fond, & cet événement ne sert qu'à consolider un impôt illégal & vexatoire, que les magistrats, par leur pusillanimité & leur silence, malgré son défaut d'enrégistrement, ont semblé reconnoître d'une façon indirecte & tacite.

3 *Octobre*. M. de *la Tour*, ce peintre de portraits au pastel, si renommé autrefois, & qui emploie aujourd'hui à des actes de bienfaisance le fruit de ses travaux, ne se borne pas à sa patrie seule, il a fondé un prix pour l'école de Paris; c'est une demi-figure à peindre d'après le modele, au moins de grandeur naturelle.

L'académie royale de peinture & de sculpture, dans son assemblée du 2 de ce mois, c'est-à-dire hier, satisfaite des efforts de ses éleves, a cru devoir partager ce prix. Le sieur *Riviere*, qui a obtenu cette année un des seconds prix de peinture, a été nommé par le premier scrutin, & le sieur *Duvivier* par le second. Ils sont tous deux éleves de M. *Suvee*.

4 *Octobre*. Comme tout ce qui a rapport au sieur de *Beaumarchais* devient piquant, il faut conserver, malgré leur platitude, les trois couplets dont on a parlé hier, & qui servent de preuve combien ce poëte au cœur aride, aux entrailles seches,

K 4

eſt incapable d'exprimer le moindre ſentiment.
Après le premier couplet chanté du vaudeville
ordinaire, *ſuzanne* & le ſieur *Figaro* ſe ſont fait des
mines, & la premiere a commencé ſur le même
air, en s'adreſſant au public :

> Pour les jeux de notre ſcene
> Ce beau jour n'eſt point fêté,
> Le motif qui vous ramene
> C'eſt la douce humanité,
> Mais quand notre cinquantaine
> Au bienfait ſert de moyen,
> Le plaiſir n'y gâte rien.

Enſuite *Figaro* a chanté :

> Nous heureux cinquanténaires
> D'un hymen ſi fortuné,
> Rapprochons du ſein des meres
> L'enfant preſque abandonné ;
> Faut-il un exemple aux peres ?
> Tout autant qu'il m'en naîtra,
> Ma *Suzon* les nourrira.

Suzanne a repris :

> Mon ami, je ne ſais guere
> Quel devoir ſera plus doux,
> Comme épouſe & comme mere,
> Mon cœur les remplira tous.
> Entre l'enfant & le pere
> Je partagerai l'amour ;
> Et chacun aura ſon tour.

Enfin l'on a invité *Bridoison* à donner du fien ; il
a fait plufieurs charges , puis a bien voulu déclarer
fon avis en cette maniere:

> Que d'plaifir on trouve à rire
>
> Quand on n'voit du mal à rien !
>
> Que d'bonheur on trouve à s'dire :
>
> L'on m'amufe & j'fais du bien !
>
> Que d'bel'chofes on peut écrire
>
> Contre tant d'joyeux ébats !
>
> Nos criti. . . . . iques n'y manq'ront pas.

4 *Octobre*. Le procès concernant la rebellion &
le meurtre arrivés à la conciergerie , s'eft inftruit
pardevant le lieutenant-général du bailliage du
palais ; il s'eft trouvé un troifieme acteur impliqué
dans l'avanture. C'eft un nommé *Jaquin*. Il étoit
ce qu'on appelle dans les prifons *Servante* des
guicheriers. C'eft un prifonnier moins coupable &
le plus fufceptible de fortir bientôt, que ceux - ci
s'attachent & auquel ils donnent une certaine
confiance pour les aider dans leurs fonctions. Les
fieurs *Defaignes* & de *Forges* l'avoient gagné , &
il étoit convenu de les feconder ; ce que le rôle
qu'il jouoit lui donnoit la faculté de faire mieux
qu'un autre. Voici maintenant ce qui eft conftaté
juridiquement.

Ils ont été tous trois duement atteints & convaincus d'avoir formé le complot de s'évader
à mains armées de la conciergerie , & à cet effet
le fieur *Defaignes* de s'être procuré par une perfonne,
qu'il a dit lui être inconnue, cinq piftolets de
demi - arçons , trois quarterons de poudre à tirer

& vingt-deux balles ; de les avoir diſtribués ; ſavoir, deux piſtol-ts au ſieur *Desforges*, avec les munitions néceſſaires. & un ſeul de même au nommé *Jaquin*, & d'avoir gardé pour lui les deux autres piſtolets, & le reſt-nt de la poudre & des balles : tous trois, pour l'exécution de leur complot, le mardi 28 ſeptembre vers les neuf heures du ſoir ont voulu forcer les portes, ont tiré pluſieurs coups de piſtolet, dont un a porté ſur un guichetier, & l'a griévement bleſſé : un autre, quoique dirigé ſur le guichetier, a porté ſur *Jaquin*, l'un des accuſés, & un autre ſur un ſecond guichetier mort de la bleſſure le lendemain matin.

Le bruit général eſt ce ſoir, qu'ils ont été condamnés tous trois par le bailliage le premier octobre, à être rompus vifs, & que la chambre des vacations vient de confirmer le jugement.

4 *Octobre*. On a cité dans le temps l'inſcription latine imaginée par l'abbé *Boſcovitz* pour être miſe ſur la pompe à feu, & tout le monde a jugé ce diſtique par ſon élégance & ſa préciſion, digne de le diſputer aux inſcriptions de Santeuil : un M. *Guidi*, cenſeur royal, & ſpécialement le cenſeur du journal de Paris, a traduit ainſi le diſtique de l'abbé *Boſcovitz* :

> Ici par un accord nouveau
> Entre l'onde & le feu la paix eſt rétablie ;
> Du citoyen l'eſpérance eſt remplie,
> Et c'eſt le feu qui donne l'eau.

Quiconque rapprochera ces deux inſcriptions, jugera ſans peine combien la françoiſe eſt inférieure à la latine. C'eſt une nouvelle preuve que notre langue eſt infiniment moins propre que l'autre au ſtyle lapidaire.

5 *Octobre*. Si la piece de *Corneille aux Champs-Elyſées* en un acte & en vers libres, executée hier aux François, a été jugée la meilleure de celles préſentées à l'aréopage comique, il faut que les autres ſoient bien mauvaiſes. On ne conçoit pas que les comédiens aient pu ſoupçonner un inſtant de M. de *la Harpe*, cet ouvrage d'écolier également défectueux & dans le plan, & dans la marche, & dans la verſification. Quand on auroit voulu tourner en ridicule le pere de la tragédie en France, on n'auroit pu s'y prendre mieux, ſauf le ſieur *Molé* qui, chargé du rôle de *Voltaire*, a eu l'art d'en faire une véritable caricature.

Les comédiens étoient ſi fort engoués de cette piece, que ſur le manuſcrit envoyé à la police, ils avoient mis une eſpece de note de recommandation, où ils diſoient que l'ouvrage étoit l'eſſai d'un candidat tout jeune, ſur lequel ils fondoient les plus hautes eſpérances, & qu'on ne pouvoit trop encourager. Voilà les juges du théâtre.

6 *Octobre*. M. l'abbé *Raynal* avoit fait entrer un de ſes neveux dans la marine marchande; ce jeune homme a eu occaſion d'aller dans l'Inde, où il s'eſt pouſſé & diſtingué d'une maniere à ſe faire eſtimer de M. de *Suffren*. Bleſſé dangereuſement dans un combat, ce général l'a vu en cet état, & a reçu en quelque ſorte ſon teſtament de mort. Ce brave homme lui a demandé en grace d'interpoſer ſes bons offices auprès du roi pour que ſon oncle revînt dans ſa patrie, & l'on aſſure que M. de *Suffren* a ſi bien tenu ſa parole que l'abbé *Raynal* eſt déjà rentré dans le royaume.

K 6

6 Octobre. L'arrêt contre les malheureux condamnés à la roue, dont on a pa le, portoit que
Defaignes, l'un d'eux, regardé comme le chef &
le conducteur du complot, feroit préalablement
appliqué à la queftion ordinaire & extraordinaire,
pour avoir par fa bouche la révélation de fes com-
plices & la vérité d'aucuns des faits réfultants du
procès relativement à la perfonne qui avoit fourni
les piftolets & les munitions.

Defaignes effrayé de l'appareil feul de la queftion, hier matin a déclaré que c'étoit la maîtreffe
de milord *Maffaréenne*, l'un des prifonniers de
la concie gerie, qui lui avoit paffé les armes,
la poudre & les balles : que les piftolets lui étoient
parvenus dans de grands & longs pains : on eft
allé chercher cette courtifane ; elle a, dit on,
tout avoué, & a été décrétée fur le champ de
prife-de corps.

Tous trois ont fubi leur fupplice avec une affluence de fpectateurs, telle qu'on n'en a point
vu depuis *Damiens.* Montés à l'hôtel-de-ville, ils
fe font plaints qu'on n'ait point voulu leur accorder leur grace, tandis que la juftice avoit fermé
les yeux fur le crime de *la Touche* & de *Lagain*,
auquel le leur n'étoit point comparable, puifqu'u le
meurtre qu'ils avoient commis ne l'avoit ete que
pour défendre leur liberté, n'avoit rien d'atroce,
de déshonorant & de dangereux en foi pour la
fociété.

Il eft certain que des perfonnes de la plus haute
confidération s'étoient intéreffées pour eux, & que
la reine même avoit demandé leur grace ; que le
roi etoit affez difpofé à la clémence ; mais que
c'eft M. de *Vergennes* & M. de *Caftries* qui ont fait
envifager à fa majefté la néceffité de faire un

exemple en pareil cas, fans quoi il n'y auroit plus de fureté dans les prifons.

Desforges a envoyé chercher une fille nommée *Saint-Ange*, qu'il aimoit & qui eft arrivée fort effrayée. Il l'a raffurée & lui a dit qu'il n'avoit pu réfifter au défir de la voir pour la dernere fois, & il a en même temps demandé au juge la permiffion de lui donner une bague qu'il avoit au doigt. Dès le foir même, cette courtifane, afin de diffiper fans doute l'impreffion qu'auroit pu donner contre elle dans le public la nouvelle bientôt divulguée de fon *mandat* à l'hôtel de-ville s'eft rendue au Palais Royal, & s'y eft pro-menée fous les galeries.

Du refte, *Defaignes* & *Desforges* n'ont point voulu écouter les confeffeurs; ils fe font tournés vers les bourreaux & leur ont dit : « c'eft à vous à qui nous avons affaire » Ils maudiffoient un Dieu qui les laiffoit périr, lorfqu'il laiffoit échapper au fupplice de vrais fcélérats, des hommes couverts d'opprobre & d'infamie, le fleau & l'exécration de la fociété.

Quant à *Jaquin* déjà bleffé grièvement, il étoit prefque mort, & l'on a pris pour réfipifcence fon anéantiffement total.

Les fpectateurs plaignoient fur-tout *Desforges*; dont l'extrême jeuneffe avoit été abufée par *De-faignes*, qui d'ailleurs, lorfqu'il vit l'impoffibi-lité de s'échapper, auroit voulu fe brûler la cervelle & en avoit été détourné par fon camarade comp-tant fur les reffources. Outre cette première lâ-cheté, on reproche à *Defaignes* d'y avoir joint celle plus grande de trahir la perfonne qui lui avoit fourni les armes.

Tel eft le récit qui occupe Paris en cet inftant.

6 Octobre. C'est à Saint-Geniez, assez vilain lieu dans le Rouergue, près Rhodes, qu'est l'abbé Raynal, dans une forte d'exil. Il ne peut, dit-on, s'en écarter & le roi a mis pour autre condition qu'il s'y tiendroit tranquille, qu'il n'écriroit point, ou du moins ne feroit rien imprimer.

Du reste, on lui a donné cet endroit pour séjour, parce que c'est le lieu de sa naissance & qu'il y a sa famille.

6 Octobre. C'est par un arrêt du 6 septembre que le parlement avoit ordonné qu'il feroit nommé des commissaires pour suivre la méthode curative du sieur *Mesmer* & en rendre compte à la cour.

Ce ne sont plus ceux qu'on a nommés d'abord, soit qu'ils n'aient été que designés, soit qu'ils aient refusé comme on l'a dit. Voici ceux fixés par arrêt de la chambre des vacations, du 21 septembre.

Quatre médecins: MM. *Thierry*, *Cosnier*, *Paulet* & *Montabour*.

Deux chirurgiens: *Veret* & *de Bassac*.

Deux apothicaires : *Foliope* & *de la Cour*.

7 Octobre. Depuis long-temps on parloit d'un projet donné par les fermiers-généraux pour empêcher la contrebande énorme qui se fait dans Paris : il consistoit à former autour de cette capitale une muraille, qui l'enfermeroit en entier & où il n'y auroit d'entrées, que par des grilles sur les grands chemins. On en plaisantoit, on en rioit comme d'une absurdité, comme d'une folie. Ce projet, sans doute, n'a pas paru tel au gouvernement & sur-tout à M. de *Calonne* qui, ayant fort à cœur de faire un excellent bail, accorde à ces traitants tout ce qu'ils estiment pouvoir favoriser leur entreprise.

En conséquence, dès le mois de mai, on a vu décharger sur les boulevards neufs, du côté de l'hôpital, vingt mille voitures de pierres & de moëllons, & l'on a su que le projet étoit passé au conseil & alloit s'exécuter pour essai depuis la riviere jusques aux Invalides. Il s'est alors élevé des murmures considérables ; de grands seigneurs ayant des hôtels & des maisons de plaisance en cette partie, ont formé des oppositions à l'exécution. Depuis ce temps elle étoit restée en suspens & l'on se flattoit qu'elle n'auroit peut-être pas lieu. Mais il y a environ trois semaines qu'on y a mis des ouvriers & les travaux sont commencés. C'est un sieur *Pccoul*, architecte, maître maçon entrepreneur, qui est à la tête.

7 Octobre. Une perte récente encore que les sciences viennent de faire, c'est celle de M. *de Bernieres*. Quoiqu'il ne fût pas de l'académie, il méritoit bien d'en être. Il s'étoit distingué en dernier lieu par ses bateaux insubmersibles.

7 Octobre. Quoique le tribunal des maréchaux de France ait suspendu ses poursuites contre le vicomte de *Noë*, l'affaire n'est point finie, & même tout récemment son frere, l'évêque de l'Escar, vient d'être exilé dans son diocese pour avoir mis trop de chaleur dans ses discours & dans ses démarches, & avoir défendu son frere plus que *fraternellement*, suivant l'expression d'une lettre du ministre à ce prélat.

8 Octobre. Depuis quelque temps les fermiers-généraux, pour gagner davantage sans doute & faire passer plus impunément tout le mauvais tabac que la difficulté d'en avoir leur a fait prendre durant la guerre, ont imaginé de le faire raper exclusivement à l'hôtel & dans leurs autres

manufactures, & de l'envoyer en poudre non-
seulement aux débitants de Paris, mais dans les
provinces les plus éloignées.

Deja en 1752 le parlement de Grenoble avoit
fait brûler du tabac de cette espece comme gâté
& pernicieux : dans le même temps le parlement
d'aix en avoit fait autant. Le fermier général
Augeard y avoit été envoyé & n'avoit pu en convenir du fait, mais avoit vérifié que la fraude
provenoit des débitants & meme des entrepoleurs.
Les mêmes plaintes viennent de se renouveller en
Bretagne & le parlement de Rennes a rendu un
arrêt en conséquence. Mais le gouvernement qui
ne veut pas que les parlements s'immiscent dans
les affaires ministérielles, a cassé par arret du
conseil celui de cette compagnie.

C'est un M. *de la Haute* fermier-général à la
tête de cette partie, qui s'obstine a soutenir le
systéme du tabac rapé, quoique les chymistes
conviennent qu'il est impossible que sans les plus
grandes précautions il puisse se conserver agréable
& sain, long temps enfermé dans cet état.

8 *Octobre*. Extrait d'une lettre de Lille, du
30 Septembre. . . . . Vous avez été bien surpris,
dites-vous, de voir le matérialisme, le déisme
& l'atheisme percer jusques dans ce pays ci, jadis
le siege de la bigoterie & de la superstition, &
non moins étonne de la modération du parlement de Douai qui, par arret du 16 juillet, s'est
contenté de faire lacérer & brûler par l'executeur
de la haute justice un écrit où le procureur-général dans son réquisitoire se plaint de retrouver
les principes impies & absurdes des auteurs du
livre de *l'Esprit* & celui de *la Nature*. La sagesse
des magistrats excite votre curiosité, & vous me

demandez ce que c'est que le pamphlet dont il s'agit & quel est le sujet. Voici l'anecdote.

Le 31 janvier dernier il a été exécuté à Marchiennes le nommé *Lacqueman*, du village de Beuvry, comme coupable de parricide. Un anonyme, grand enthousiaste, sans doute, de la philosophie moderne, a voulu se distinguer & a envoyé aux petites affiches de Lille, connues sous le nom de *Feuilles de Flandres*, une lettre datée du 21 février, adressée à M. *Desessarts*, membre de plusieurs académies, auteur du *Journal des Causes célèbres*, par M. * * * avocat de la résidence de Douai ; où rendant compte de la cause intéressante de *Lacqueman*, il glisse la doctrine abominable dont le résultat est que « c'est à la seule organisation, à la constitution physique & particuliere de chaque être qu'il faut rapporter la cause des grands vices, comme des grandes vertus ; que le tempérament est le principe créateur des facultés morales, qu'ainsi l'homme est enchaîné dans tout ce qu'il fait, par des loix auxquelles il ne peut se soustraire...... » Le rédacteur des *Feuilles de Flandres* a eu la facilité ou la bêtise d'inférer cette lettre en forme de Supplément au N°. LXX. du 30 mars. Quoique le plus coupable en quelque sorte, il paroît qu'il n'éprouvera pas les poursuites qu'il devroit craindre & qu'il n'y aura aucune recherche ultérieure afin de découvrir l'anonyme que désavoue hautement M. *Desessarts* : & sans doute, il y a quelques années, nos magistrats n'auroient pas été si tolérants.

9 Octobre. M. le bailli du *Rollet*, dans une lettre du 3 septembre adressée au mercure de France, n'a pas manqué de répondre à celle de M. *cassabigy*

dont on a rendu compte , & non - seulement de
se défendre , mais encore le chevalier *Gluck* &
M. *Salieri*. Toute cette querelle consiste dans des
dits & redits fort ennuyeux & qu'il est inutile
de répéter. Il suffit d'observer que malgré ses
plaisanteries le poëte françois ne renverse pas bien
victorieusement les assertions du poëte italien, &
qu'il reste toujours beaucoup de louche sur ce
procès peu intéressant au fond.

9 *Octobre*. Comme tout ce qui concerne les
ouvrages de M. de *Beaumarchais* devient intéressant , voici de plus amples éclaircissements
sur son *Barbier de Seville*, composé en musique ,
dont on n'a dit qu'un mot.

M. *Paisiello* a mis en effet en musique à Pétersbourg cette comédie traduite en italien. La partition en parvint en France l'année derniere, &
M. *Framery* fut chargé d'en parodier les morceaux
de musique pour les unir au dialogue de M. de
Beaumarchais. L'ouvrage fut fini au mois d'août;
mais ne fut pas exécuté à Fontainebleau suivant
sa destination. Quelque temps après M. *Moline*
traduisit cette même piece en vers lyriques avec
du recitatif; il destinoit son ouvrage au grand
opéra où il n'a pas été joué non plus.

Depuis on a demandé à M. *Framery* sa parodie telle qu'il l'avoit arrangée , pour le théâtre
de la reine à *Trianon*. Les comediens italiens l'ont
apprise sous les yeux de M. de *Beaumarchais*, qui
les a exercés au dialogue , tandis que le parodiste
leur faisoit répéter la musique. Enfin la piece a
été jouée le 15 septembre, & ce qui en confirme le peu de succès , c'est que M. *Framery*
avoue que sa partition n'est point gravée, & que
l'incertitude du nombre des amateurs l'a empêché
de s'en occuper.

10 *Octobre*. Le *Diable dans un Bénitier* & la métamorphose du gazetier cuirassé en mouche ; ou tentative du sieur Receveur, inspecteur de la police de Paris, chevalier de Saint-Louis, pour établir à Londres une police à l'instar de celle de Paris.

Dédié à M. le marquis de *Castries*, ministre & secrétaire d'état au département de la marine, &c.

Revu, corrigé & augmenté par M. l'abbé *Aubert*, censeur royal, par Pierre le Roux, ingénieur des grands chemins.

Tel est le titre déjà très-obscur du libelle annoncé & qui perce depuis quelque temps dans cette capitale, quoiqu'avec beaucoup de peine. Il est précédé d'une caricature fort singulière, & n'a que 168 à 159 pages.

10 *Octobre*. Me. *Linguet* a encore été obligé de changer de correspondant ; ce qu'il annonce dans son dernier N°. Celui qui avoit succédé au sieur le *Quesne*, anonyme, & dont le sieur de *Montbines* n'étoit que le prête-nom, s'étoit encore rendu coupable, non de vol aussi considérable que le prédécesseur, mais il grapilloit (c'est l'expression de l'annaliste) ; en conservant le même agent onéraire, il s'est donné pour substitut honoraire un M. l'abbé *Tabouret*, qui se qualifie d'avocat.

Au reste, ce journaliste est toujours tracassé par son censeur ; son N°. 85 a tardé trois mois à paroître. On exigeoit des cartons que Me. *Linguet* s'obstinoit à ne pas mettre, & il l'a emporté ; on dit même que M. de *Vergennes* a donné des ordres pour qu'on ne fût pas difficile à son égard. Toutes ces tracasseries l'arrêtent, & il n'en est encore qu'au N°. 86 qui vient de paroître.

10 *Octobre*. Voici une chanson adressée à une

jeune demoiselle que son *Jaloux* tient dans un esclavage, qui sans doute a excité l'indignation du poëte. Comme elle est sur l'*air du Vaudeville de Figaro*, elle est fort à la mode ; elle est d'ailleurs très-ingénieuse & très-bien faite : on la dit d'un M. *Antoine*, sculpteur en bâtiments.

> Je voudrois venir moi-même,
> Vous rendre hommage en ce jour :
> Mais un monsieur qui vous aime,
> Vous enferme à double tour.
> Hélas ! dans ma peine extrême
> Que du moins mon billet doux
> Puisse arriver jusques à vous !

> En vain l'on cache une fille
> Aux regards des damoiseaux,
> Pour peu qu'elle soit gentille
> De quoi servent les barreaux !
> L'Amour à travers la grille
> Vole au gré de son désir,
> Subtil comme le zéphir.

> Est-il de retraite sûre
> Contre cet enfant ailé !
> Il veut faire sa capture
> De celle qu'on tient sous clé :
> Oui, l'Amour dans la serrure,
> Habile à commettre un vol,
> Introduit le rossignol.

11 *Octobre*. *Le diable dans un bénitier* roule sur une tentative prétendue du ministere de France

pour établir à Londres une police à *l'instar* de celle de Paris. Il est divisé en chapitres ou paragraphes au nombre de onze, précédés d'une introduction.

Dans celle-ci, le libelliste commence pas établir le système de notre gouvernement, fâché de voir sur la terre quelque pays libre, parvenu à corrompre, à asservir tous les autres, sauf celui d'Angleterre. Ce n'est pas qu'il n'ait fait plusieurs fois de nouveaux essais pour cela, entr'autres en dernier lieu; mais ils n'ont jamais réussi.

Le premier paragraphe contient la mission d'un nommé d'*Anouilh*, espion envoyé à Londres par le marquis de *Castries* pour veiller sur les siens qu'il suspectoit de trahison durant la guerre & de faire avorter tous ses projets. Ce d'*Anouilh*, aussi infidèle que les autres, mange l'argent qui lui avoit été confié, & revient sans avoir rien fait. Le ministre mécontent se plaint au sieur *Receveur*, inspecteur de police, chevalier de Saint-Louis, qu'il charge de l'arrêter & d'examiner sa conduite. Détention de d'*Anouilh*; il s'obstine à ne rien avouer. *Receveur* envoie à Londres *Barbier*, son commis, qui s'abouche avec le sieur *Morande*, auteur *du Gazetier cuirassé*. Tout cela se passoit vers Noël 1782. *Barbier*, conjointement avec cet acolyte, découvre la trahison & la friponnerie de d'*Anouilh*, obligé de rendre gorge.

Au second paragraphe *Receveur*, dont on est fort content, est chargé de la mission plus délicate & plus importante qu'on développe aujourd'hui. Elle remonte à l'histoire de *Jaquet*. On en a parlé dans le temps; il faut se la rappeler. Le libelliste veut que ce soit *Receveur* qui, envoyé en Hollande vers le mois de juillet ou d'août 1781, ait découvert les imprimeurs du petit roman de *Jaquet*, en ait tiré les noms des auteurs & colporteurs, soit venu en enlever à Bruxelles une partie, puis, de retour à Paris, y ait arrêté le chevalier de *Launay* & *Jaquet*. Il certifie que le premier a été étranglé à la Bastille; il ignore le sort du second; mais le bruit de sa mort répandu par méprise a donné lieu à l'anecdote, sujet de la brochure.

Un inspecteur de la police, nommé *Goupil*, arrêté il y a quelques années pour prévarication dans son métier, & enfermé au donjon de Vincennes, désespérant d'en sortir, s'étoit jeté dans un puits. On attribue cette aventure à *Jaquet*. Un ami de celui-ci, dépositaire du manuscrit de ses pamphlets, qui avoit toujours menacé de les faire imprimer, si on lui ôtoit la vie, crut le moment venu de venger sa mort. Il va trouver le sieur *Boissière*, libraire de Londres, imprimeur connu de ces sortes d'ouvrages : cela fit bruit, la cour de Versailles s'alarma & désira faire retirer les manuscrits avant qu'ils fussent imprimés. De-là la seconde & plus importante mission de *Receveur*, sous le nom du baron de *Livermont*.

Portrait & histoire du comte *du Moustier*, ministre plénipotentiaire à Londres lors du traité entamé par M. *Gerard de Reyneval*. Ils occupent tout le troisième paragraphe, & ce membre du corps diplomatique est peint sous les couleurs les plus ignobles & les plus odieuses.

Dans le quatrième paragraphe, l'auteur du *Gazetier cuirassé*, sur lequel on a jeté les yeux pour en faire un suppôt de police, est admis & reçu. Un certain *Goldar*, auteur de l'*Espion chinois*, de l'*Espion françois à Londres*, & donné à *Receveur* pour adjoint & pour interprete, joue son rôle dans cette burlesque & affreuse cérémonie.

Au cinquieme, il est question du *New Daily Advertiser* du 27 mars 1783, où l'on donne avis de l'arrivée des espions françois, mais en dépaysant le public sur leur compte. Un M. de *la F.....* y va plus franchement & répand un pamphlet intitulé *le Tocsin*, ou avis à toutes les personnes & sur-tout aux charges que *Receveur* & sa bande sont arrivés de Paris pour enlever les auteurs des trois brochures, *les Passetemps d'Antoinette*; *les Amours du règne V.s.*; *les petits Soupers de l'hotel de Bouillon*. Démarches du comte *du Moustier* & de *Receveur* auprès de *Boissiere*, libraire de Saint-James-Street : ils ne réussirent pas.

On trouve dans le sixieme paragraphe la gradation de la fortune de *Receveur*, aujourd'hui chevalier de Saint-Louis, ayant le brevet de colonel.

Le septieme contient les suites des négociations de *Receveur*, qui n'eurent pas plus de succès. Il fait conjointement avec M. *du Moustier* un plan de police qu'ils présentent à milord *Shelburne*, dont l'objet étoit de détruire sur-tout la liberté de la presse. Excellent mémoire en réponse à cette réquisition de la cour de France.

Les paragraphes huit & neuf ne sont qu'une suite du même sujet, enrichie du récit des turpitudes de *Morande*, de *Godard* & autres subalternes.

Des bavardages & un dîner de *Philidor*, remplissent le dixieme, peu intéressant & assez plat.

Enfin au onzieme & dernier arrive M. le comte

d'*Adhémar*, ambaffadeur du roi à Londres, qui, fentant la dignité de fa place, ne veut pas fe compromettre par de honteufes relations, & renvoie toute cette canaille en France.

12 *Octobre*. Extrait d'une lettre de Touloufe, du 4 octobre 1784.... Un Arrêt du confeil, fans que le bled foit venu dans les marchés au taux fixé par la loi qui eft de 15 liv. le fetier, qui n'eft encore qu'à dix, pour défendre l'exportation, a jugé à propos de le faire. Le parlement, confervateur des loix & fur-tout fait pour veiller aux intérêts & à la petit de la province, a fuppofé que la religion du roi avoit été furprife, & en conféquence a défendu qu'on s'oppofat à l'exportation, fous les peines les plus rigoureufes, jufqu'à ce que fa majefté eût été inftruite & fe fût expliquée: en même temps il a écrit au roi pour lui rendre compte de fa conduite & des motifs de fa réfiftance. Nouvel arrêt du confeil plus foudroyant que le premier, qui caffe celui du parlement. Cette compagnie a prévu tout & arrêté qu'au cas qu'il arriveroit quelque chofe d'intéreffant relativement à fon arrêt, les chambres feroient affemblées, malgré le temps de vacations. C'eft au 8 que la féance eft indiquée, & nous attendons avec impatience ce qu'ordonneront nos magiftrats.

12 *Octobre*. M. de *Beaumarchais* n'a pas fortement excité la commifération des fpectateurs, en forte que la repréfentation de la *Cinquantaine* n'a pas rendu beaucoup au-delà d'une chambrée complete, qui eft de 5,40 livres environ; celle-ci n'a monté qu'à 6,200 livres, dont le comte d'*Oëls* feul, a donné 300 liv. Quoi qu'il en foit, cette repréfentation a valu à l'auteur l'épigramme fuivante, d'autant plus cruelle qu'en paroiffant ne

portet

porter que fur la morale de la piece , elle rappelle des anecdotes affreufes qu'on lui reproche :

> Rien de bon ne vient des méchants ,
> Leurs bienfaits font imaginaires :
> Tel *Beaumarchais* à nos dépens
> Fait des charités meurtrieres ;
> Il paie du lait aux enfants
> Et donne du poifon aux meres.

12 *Octobre*. Les remontrances du parlement au
fujet du vicomte de *Noë* , arrêtées les chambres
affemblées le mardi 31 août, établiffent d'abord
& circonfcrivent les deux genres d'autorité très-
diftincte qu'exercent les maréchaux de France ;
l'un à la connétablie où ils ont un tribunal, où
l'on voit des gradués, un miniftere public, un
greffe , des audiences ; & l'autre chez leur doyen ,
où ils ne tiennent qu'une affemblée , où aucun des
caracteres extérieurs d'un tribunal ne fe rencontre
& auquel les loix refufent ce nom. C'eft cependant cette affemblée qui a jugé, condamné, cité
enfuite un des fujets du roi, pour fubir ce jugement rendu fans compétence & fans inftruction.

Le parlement , fuivant les erremens de la dénonciation de M. *d'Eprémefnil*, établit l'hiftorique
de l'affaire , juftifie l'accufé & dans le fond &
dans la forme , & développe dans la plus grande
étendue toutes les monftruofités de la conduite
des maréchaux de France , qu'il ménage cependant
perfonnellement, & dont il loue le zele , en plai-
gnant & éclairant leur aveuglement. Les pa-
patriotes trouvent ces remontrances trop foibles,
fur-tout contre le doyen, le maréchal de *Richelieu*,
juge & partie.

13 Octobre. *La Brouette du Vinaigrier*, comédie de M. *Mercier* en trois actes & en profe, étoit imprimée depuis long-temps. Les comediens italians qui cherchent à fe faire un fonds en ce genre, avec l'agrément de l'auteur fans doute, fe font emparés de l'ouvrage, & l'ont joué hier pour la premiere fois. Il a produit beaucoup plus d'effet qu'on ne s'en feroit douté à la lecture. Il faut l'attribuer en partie au talent nouveau du fieur *Perigny*, qui, par fon jeu foutenu, naturel, plein d'onction, a fingulierement anobli le rôle du vinaigrier, & l'a rendu intéreffant d'un bout à l'autre.

Ce drame eft marqué au coin de l'originalité de tous ceux de M. *Mercier*, qui les tire de la foule ordinaire : ils rendent fon theatre unique : il y regne aufli ce manque de goût qui en produit tous les défauts tels que des bizarreries, des longueurs, des trivialités, de la morale déplacée : s'il n'eft pas le poëte des gens de la cour & du grand monde, il eft celui des bonnes mœurs, de l'honnéteté & des partifans de la vertu rigide.

Une qualité precieufe de cette comédie, c'eft qu'elle eft gaie en beaucoup d'endroits ; qu'il y a du vrai comique de fituation, & qu'elle prete également à celui du jeu des acteurs & fur-tout du principal.

A la fin on a demandé l'auteur fuivant l'ufage : le fieur *Perigny* eft venu & après des applaudiffe-ments infinis, témoignage du contentement du parterre, il a annoncé que la piece étoit de M. *Mercier*, abfent depuis quelques années de Paris & refidant à Londre. On prétend qu'un conte qui fe trouve dans le recueil intitulé, *le Gage touché*, a fourni le fonds de la piece.

13 *Octobre.* Depuis qu'on a appris la détention de M. d'*Entrecasteaux* à Lisbonne, on ne dit pas qu'il soit encore revenu en France. On assure même que sa translation souffre des difficultés; que la reine de Portugal, avant de le livrer, veut qu'on lui soumette les pieces originales du procès, afin qu'elle puisse juger par elle même, ou faire juger par son conseil, si l'accusé est dans le cas d'être réclamé. On conçoit que cette formalité qui blesse la dignité de la cour de France, doit souffrir des difficultés, & l'on ne doute pas que la famille du coupable n'agisse puissamment pour les rendre interminables.

13 *Octobre.* Samedi 9 les comédiens italiens devoient jouer trois pieces : *Les deux Jumeaux de Bergame, les Femmes & le Secret,* & *la Colonie.* Ils commencèrent par supprimer la premiere ; à la seconde ils substituerent *la fausse Magie,* & pour la troisieme ils vinrent annoncer que ce seroit Mlle. *Lescot* qui remplaceroit Mlle. *Colombe,* indisposée. Le parterre déjà très-mécontent entra dans une fermentation violente, & déclara qu'il ne vouloit point Mlle. *Lescot,* qu'il vouloit Mlle. *Burette.* L'acteur qui avoit annoncé, répondit que celle-ci n'y étoit pas, & sans s'embarrasser des clameurs, on commença *la Colonie.* Alors le parterre furieux fit un tel bruit que jamais on ne put continuer : on fit entrer des alguasils dans son sein, on en arrêta plusieurs & l'on conduisit sept personnes au corps-de-garde. Cette rigueur n'ayant point appaisé le tumulte qui croissoit, les comédiens céderent enfin ; ils demanderent au public quelle piece il vouloit, & jouerent *l'Epreuve Villageoise* desirée. On est fâché que le parterre qui s'étoit bien montré jusques-là, ait eu la lâcheté

de laisser jouer avant qu'on lui eût rendu les camarades enlevés, & qui ne furent relâchés qu'après
le spectacle.

14 *Octobre*. On connoît actuellement sans aucun
doute deux des concurrents pour la *Centenaire* de
Corneille, outre l'anonyme auteur de celle qui a
été jouée. L'un est M. *Artaud*, auteur déjà de la
Centénaire de Moliere, & l'autre M. le chevalier
de *Cubieres*, qui est allé à Rouen faire exécuter son
ouvrage. On sait que cette ville est la patrie de
Corneille, ce qui pouvoit y rendre la piece plus
intéressante : aussi paroît-il qu'elle y a eu du
succès.

14 *Octobre*. Hier 13, on devoit jouer aux
François la tragédie d'*Oreste de voltaire*; quand le
parquet a vu le sieur *Saint-Prix* se présenter pour
faire ce rôle, il s'est écrié qu'il ne vouloit point
de cet acteur, que *Larive* eût à le faire. *Saint-Prix*
ne s'est point décontenancé ; il a harangué le public, & a dit qu'il remplissoit cet emploi, parce
que le sieur *Larive* étoit malade, lorsqu'il avoit
été question de remettre cette tragédie : le parquet
satisfait de cette explication, l'a laissé continuer.

14 *Octobre*. En blâmant fort l'auteur du *Diable
dans un bénitier*, de la licence extrême avec laquelle il injurie & décrie plusieurs ministres
anciens ou nouveaux & autres gens en place, on
ne peut s'empêcher de lui reconnoître quelque
talent. Il a de la gaieté, de la tournure, du sar-
casme, & plusieurs morceaux de son ouvrage,
s'il est entiérement de lui, sont très bien faits,
tels que le mémoire en reponse à la réquisition
prétendue de la cour de France. Il paroît plus
instruit que ses confreres : sa diatribe a plus de
suite & d'ensemble que n'en ont communément ces

fortes de rapfodies. Il l'a nourrie de beaucoup de
détails curieux , de faits, d'anecdotes. Malheureufement le peu de vrai qu'elle contient , y eſt
étouffé fous un monceau de calomnies. On juge
par quelques exemples combien il eſt peu exact à
vérifier ce qu'il apprend. Il appelle préſident du
parlement *Maupeou* , M. de *Goezman*, qui n'a
jamais été que conſeiller ; il place en Bourgogne,
la famille de *Jaquet* qui eſt en Franche-Comté ;
il fait enfermer *Goupil* pour un libelle contre la
princeſſe de *Guimené* , que perſonne ne connoît ;
il ne veut pas que cette princeſſe & ſon mari aient
fait banqueroute, &c. Toutes ces erreurs qu'il étoit
aiſé d'éclaircir, font ſuſpecter ſa véracité à l'égard
d'anecdotes plus difficiles à approfondir.

C'eſt ſur-tout contre M. de *Vergennes* & monfieur *le Noir* que la paſſion du libelliſte ſe mani-
feſte d'une maniere ſi effrénée & ſi abſurde, qu'il
ne conſerve aucune vraiſemblance dans ſes récits
& dans ſes aſſertions. M. de *Sartines* , M. le
maréchal de *Caſtries*, M. *Amelot* ne ſont pas
mieux traités.

15 *Octobre*. Le tabac, objet de luxe dans ſon
principe, fut apporté en France en 1560. Il eſt
devenu par habitude une eſpece de beſoin de
premiere néceſſité, pour le plus grand nombre des
citoyens.

Cette plante commença à fixer l'attention du
gouvernement ſous *Louis* XIII en 1626 ; mais en
payant les droits auxquels elle étoit aſſujettie par
le tarif, on pouvoit en faire le commerce librement. Une loi qui intervint au mois de ſeptembre
1674, interdit ce commerce aux particuliers, &
en réſerva au roi la vente excluſive. Cette loi ri-
goureuſe indige la peine des galeres aux malheu-

reux furpris en contravention, qui ne peuvent payer une amende de 1000 liv. Les femmes font condamnées au fouet.

Cette denrée forme aujourd'hui une branche confidérable des revenus de l'état. La ferme du tabac fut, en 1680, réunie aux autres fermes du roi, & comprife dans le bail qui en fut paffé à *Claude Boutet*; ce fut durant ce bail que *Louis* XIV fit, par fon ordonnance des fermes du 22 juillet 1681, un réglement fur le tabac.

Depuis long-temps les fermiers généraux ne débitoient en France que du tabac de Virginie; c'eft le meilleur. Il y avoit à cet effet un traité avec l'Angleterre, qui nous le fourniffoit en temps de guerre, comme en temps de paix. Depuis la révolution de l'Amérique ce traité a été annullé; les Américains, eux-mêmes, occupés de la guerre dont le théâtre étoit fpécialement dans cette province, n'ont pu y fuppléer, & malgré la paix, ce pays eft encore trop dévafté pour fubvenir à nos befoins. Le Mariland qui produit du tabac inférieur, a partagé notre approvifionnement avec la Virginie. On a eu recours à des mixtions pour l'améliorer : de là des réfultats fouvent funeftes, & les plaintes arrivées dans les différens temps dont on a parlé. Celles de Bretagne font très-férieufes, elles ont néceffité une ordonnance de police du 11 feptembre dernier, & un arrêt du parlement en vacation le 15 du même mois, objet de la caffation annoncée.

15 *Octobre*. Extrait d'une lettre de Rouen, du 12 octobre.... C'eft le premier octobre qu'on a exécuté ici le *Centenaire* du chevalier de *Cubières* en l'honneur de Corneille, notre compatriote. Il y a peu d'action ; elle confifte en trois mufes,

Melpomene, *Thalie* & *Polymnie*, qui, conduites
par *Apollon*, posent chacune une couronne sur la
tête de ce grand poëte. L'intermede est terminé
par des couplets que chaque personnage chante à
son tour. On flagorne ici comme ailleurs le parterre qui n'y est pas moins sensible; il a fait répéter en conséquence le couplet suivant, dans la
bouche d'*Apollon* lui même :

Trois divinités du Parnasse
Pour l'hommage le plus brillant,
Viennent à l'envi sur ma trace
De récompenser le talent :
C'est peu d'avoir un diadême,
Ces trois couronnes sur le front :
J'en réclame une quatrieme
Que vos suffrages donneront.

On a trouvé du reste la piece bien écrite; on
en jugera mieux à la lecture, car elle n'est point
encore imprimée. L'auteur étoit à la premiere représentation : il a été demandé vivement & à
plusieurs reprises; mais il n'a point daigné se
montrer. Il est parti de cette ville après la quatrieme, lorsque son succès a été bien constaté.

16 *Octobre*. C'est ordinairement vers ce temps ci,
c'est-à-dire vers la fin de l'année, que la cupidité
des folliculaires s'évertue, & qu'ils imaginent
des titres bizarres pour exciter la curiosité des
amateurs. C'est ainsi qu'il s'annonce en ce moment
un nouveau journal sous le titre de *Calypso*, ou
les *Babillards*, par une société de gens du monde
& gens de lettres. D'après le *prospectus* raisonné

de cet ouvrage, d'un genre abfolument rare, il fera tout à la fois politique, moral, littéraire, férieux, comique ; il traitera à fond du commerce ; il n'aura nul rapport avec tous les journaux connus, & il fera rédigé par un *club*, dont les divers membres connoiffent toutes les langues de l'Europe.

17 *Octobre*. Ce qui fe paffe au quatrieme paragraphe du *Diable dans un bénitier*, eft le fujet de l'eftampe relative à ce titre allégorique. On y voit le plénipotentiaire de France affis dans un fauteuil, préfidant à la cérémonie de l'initiation de l'auteur du *Gazetier cuiraffé* aux myfteres de la police. Il s'agenouille & fait fon abjuration entre fes mains. Il prête le ferment de trahifon, d'efpionnage, & donne fa foi de Boheme. *Receveur* le montre à *Godard* & à fes autres fuppôts, comme leur digne camarade. On apporte en conféquence le collier de l'ordre : une roue fufpendue à une corde de chanvre de fix lignes de diametre ; une croix de Saint-André, fur laquelle un malheureux femble prêt à expirer ; une croix de Saint-Louis attachée à une chaîne ; deux bagues en forme de menottes : tels font les attributs de l'ordre dont *Receveur* eft grand-maître. Il lui applique à l'inftant fur la nuque un grand coup de pincette ; *Godard* lui paffe la corde au cou, un autre lui met les menottes, &c. Ces dernieres circonftances ne font qu'indiquées dans l'explication. Le refte de l'eftampe eft parfemé de pamphlets dont on lit les titres......

Tout cela donne parfaitement l'explication du titre, *le Diable dans un bénitier* ; c'eft le fieur *Merande*, auteur de libelles, forcé au filence par cette agrégation & même à la pourfuite de fes confreres.

17 *octobre*. On continue à s'entretenir de made-
moiſelle *Dozon*, plus étonnante à meſure qu'on
entre dans les détails de ſon éducation. Ce n'eſt
que vers le milieu du mois de juin dernier que,
préparée & diſpoſée par le ſieur *Laïs*, qui le
premier a connu les diſpoſitions de ce rare ſujet,
elle a été préſentée à l'école du chant ; & l'on
va voir avec quel ſoin on y travaille les éleves,
& la foule des maîtres qu'on y trouve.

Le ſieur *Deshayes* lui donnoit des leçons de
danſe.

Le ſieur *Donnadieu*, fameux maître d'armes,
formoit ſon corps à des mouvements plus libres,
plus faciles, plus aſſortis à la ſcene.

Le ſieur *Molé* lui enſeignoit les principes de la
déclamation & de l'action théâtrale

Les ſieurs *la Suze* & *Pillot*, enfin, lui dévoiloient
l'art d'aſſocier le chant à l'action théâtrale.

Le merveilleux, ſans doute, c'eſt qu'en auſſi
peu de temps Mlle. *Dozon* ait ſu profiter de ces
différentes leçons, ſans les confondre & faire des
progrès dans chaque genre.

18 *octobre*. Extrait d'une lettre de Rennes, du
10 octobre . . . Nos nez ſont à la veille de jeûner,
& un arrêt du conſeil veut abſolument qu'ils trouvent bon du tabac qui eſt déteſtable & funeſte.
Il prétend que le parlement, qui n'a pas le nez
ſi fin que la cour, ne doit pas s'y connoître.

C'eſt ainſi qu'on a caſſé l'arrêt de notre chambre des vacations, confirmant une ordonnance de
police concernant la diſtribution du tabac pour
toute la province, & qui enjoint aux juges de
faire des deſcentes dans les entrepôts, magaſins
& manufactures de tabac.

Sur les procès-verbaux du tabac ſaiſi, il a été

L 5

conftaté que c'eft *une maffe compacte*, *femblable*
à des morceaux de terre glaife qu'on tire d'une
carriere, *fufceptible de fe pattrir entre les doigts*.
tant le tabac dont elle eft formée a été moulu par
l'eau falée, ou l'eau de mer & l'apprêt, & prefté
dans des barrils, ayant une odeur aigre & défa-
gréable, produite par la fermentation.

De pareils abus n'auroient point lieu fi le tabac
étoit envoyé en carottes ; mais l'adjudicat général n'y trouveroit pas un fi grand profit : le
tabac en carottes n'eft pas fufceptible d'une auffi
grande quantité d'eau que celui débité en poudre,
qui provient le plus ordinairement des faifies
faites fur les fraudeurs.

C'eft un M. de *Saint-Hilaire*, fermier-général
de tournée, je crois, qui a porté le feu dans
cette affaire. Au lieu de fe concilier avec les
magiftrats pour examiner d'où venoit l'abus,
comme avoit fait en 1782, à Aix & à Grenoble,
fon confrere *Augeard*, qui avoit eu cette miffion,
il a mis en jeu l'autorité miniftériele & provoqué
l'arrêt du confeil de caffation, auffi abfurde que
ridicule.

19 *Octobre*. Dans la feuille du 4 feptembre
les journaliftes de Paris s'expriment ainfi au fujet
de la courfe de MM *Robert* : « Nous donnerons,
» fous peu de jours le détail du plus beau voyage
» aérien qui ait encore eu lieu jufqu'à préfent,
» & que les obfervations des voyageurs doivent
» rendre le plus intéreffant. »

Depuis ce temps, il n'a rien paru fur cet
objet ; il n'a nulle part été queftion des freres
Robert, on ne les a vus en aucun endroit. Le
marquis de *Chabelle*, frere du prince de *Chabelles*
chez lequel ils font defcendus & dont ils ont été

ſi bien accueillis, à Paris depuis quelques jours,
eſt allé pour les voir; il n'a pu y parvenir: il leur
a écrit; ils ne lui ont point répondu.

D'après ces circonſtances, on craint qu'ils ne
ſoient devenus fous comme M. *Charles*, & qu'on
ne ſoit occupé à les traiter.

19 *Octobre*. Les ſieurs *Alban* & *Vallet*, directeurs de la manufacture du gaz inflammable établie à Javel, qui ont perfectionné l'art de le former
& de remplir les aéroſtats, de quelque grandeur
qu'ils ſoient, dans tel délai qu'on peut déſirer,
ont auſſi fait leur ſpéculation & bénéfice ſur la
nouvelle découverte, & ce ſera vraiſemblablement
la plus utile.

Ils ont conſtruit une machine aéroſtatique ſous
les auſpices du comte d'*Artois*, dont, avec la
permiſſion de ſon alteſſe royale, elle porte le nom,
les armes & la livrée, & ils ſont encouragés par
la bienveillance du baron de *Breteuil* & de M. de
Calonne. Cet aéroſtat eſt une *Charlotte* ou *Robertine*
de trente huit pieds de diametre; on y a lapté une
gondole en oſier ſolidement établie. Elle contient
quatre perſonnes, indépendamment des deux conducteurs, qui ſeront l'un à la proue, l'autre à
la poupe. Deux cordes attachées à l'équateur du
ballon recouvert d'un filet, retenues & guidées à
terre, mettront les voyageurs dans le cas de n'aller
qu'à la hauteur où ils voudront, de deſcendre &
de remonter à volonté. Cet aéroſtat ſera ſous une
remiſe couverte, toujours prêt à partir au gré
de ceux qui le préſenteront. Ce joujou eſpece
de roue de fortune pour ceux qui ne chercheront
qu'à s'amuſer, ſera un obſervatoire ambulant pour
les ſavants, les géographes, les deſſinateurs, les

phyficiens, les aftronomes qui défireront faire
des expériences ou des découvertes.

Du refte, ces artiftes fe flattent que les cordes
mêmes feront bientôt inutiles ; ils difent avoir
trouvé une manœuvre dont ils ont fait l'expérience
fur un bateau , avec laquelle on aura un moyen
d'aller en avant & en arriere, de monter & de
defcendre fans perdre de gaz.

16 *Octobre.* On confirme que le roi achete Saint-
Cloud pour la reine, qui commence à fe dégoûter
du petit Trianon. On en fixe toujours le premier
achat à 6 millions, & l'on y ajoute 100,000 francs
d'épingles pour Mad. la ducheffe de *Chartres.*

Par une bizarrerie fort finguliere, cette maifon
royale n'eft qu'une maifon de plaifance fous la
directe & feigneurie de l'archevéque de Paris, appellé duc de Saint-Cloud. On parle de transférer
cet duché-pairie laïque fur Conflans , maifon
de campagne de ce prélat.

10 *Octobre.* Le public s'empreffe de voir &
d'acheter aujourd'hui une eftampe nouvelle, re-
préfentant un monftre, dont voici l'hiftoire.

" Ce monftre a été trouvé au royaume de Santa-
,, Fé, au Pérou, dans la province du Chily, dans
,, le lac de Fagna, qui eft dans les terres de
,, Profper-Vofton : il en fortoit la nuit pour dévorer
,, les cochons, les vaches & les taureaux des en-
,, virons. Sa longueur eft de onze pieds, la face
,, eft à-peu-près celle d'un homme · la bouche eft
,, auffi large que la face : elle eft garnie de dents
,, de deux pouces de longueur. Il a deux cornes
,, de vingt quatre pouces de long, qui reffemblent
,, à celles d'un taureau: les cheveux pendent jufqu'à
,, terre; les oreilles ont quatre pouces, & font

„ femblables à celles d'un âne. Il a deux aîles ,
„ comme celles de chauve-fouris; les cuiffes &
„ les jambes ont vingt-cinq pouces: il a deux
„ queues, l'une très-flexible, dont il fe fert pour
„ faifir fa proie: l'autre qui fe termine en fleche ,
„ lui fert à tuer : tout fon corps eft couvert d'é-
„ cailles. Ce monftre a été pris par une quan-
„ tité d'hommes qui lui avoient tendu des pieges
„ dans lefquels il tomba: il fut environné de
„ filets , & conduit vivant au vice-roi, qui par-
„ vint à le nourrir avec un bœuf, vache ou tau-
„ reau par jour, qu'on lui donna avec trois ou
„ quatre cochons , dont on dit qu'il eft friand. Le
„ vice-roi a déjà envoyé des ordres fur toute la
„ route par terre, pour qu'on ait l'attention de
„ pourvoir au befoin de ce précieux monftre ,
„ en le faifant marcher par étape jufqu'au golfe
„ de Honduras , où il fera embarqué pour la
„ Havane, de-là aux Bermudes, de-là aux Açores,
„ en trois femaines il debarquera à Cadix , d'où
„ on l'amenera petit à petit à la famille royale.
„ On compte prendre la femelle pour en perpétuer
„ l'efpece en Europe : elle paroît être celle des
„ Harpies, qu'on avoit regardée jufqu'ici comme
„ un animal fabuleux. „

20 Octobre. Extrait d'une lettre de Bordeaux , du
16 octobre..... Il fe répand ici la copie d'une
lettre adreffée aux habitans de cette ville par le
pere *Hervier*, bibliothécaire des grands Auguftins,
à Paris. Elle eft datée de Bordeaux le 30 feptembre ,
chez madame la préfidente de *Verramont*.

A l'en croire, venu pour prêcher l'évangile dans
cette capitale , on l'a forcé d'être médecin en faifant valoir la fublime découverte du *magnétifme
animal*. Il a eu les fuccès les plus heureux. De-là,

des honneurs & des perfécutions infinis : il s'at-
tendoit à ces dernieres. Les bienféances de fon état
ont obligé ce thaumaturge d'écarter la foule qui
fe précipitoit fur ces pas avec trop d'impétuofité, &
de n'opérer fes merveilles qu'à la campagne.

Dès que le pere *Hervier* a fu que des docteurs
inftruits par fon maître *Mefmer* pouvoient le remplacer & fonder une école à Bordeaux, il a fongé
à fe retirer & à reprendre les fonctions de fon état.
Sur les follicitations de perfonnes diftinguées, il
a cependant été obligé de les accompagner aux
eaux de Bagnieres ; mais il fonge tres-férieu-
fement à retourner dans la folitude & fans retour.

De tous les reproches qu'on lui a faits dans les
lettres anonymes , libelles & chanfons, il n'eft
fenfible qu'à un : c'eft le feul qu'il veut réfuter.
On l'accufe d'avoir fait une fortune immenfe. Il
a prefque toujours refufé un falaire honnête, & fi
quelqu'un regrette fon argent, il eft prêt à le lui
rendre. Il n'a même accepté de rétribution que
pour rouler plus promptement au carrofle au fecours des malades & fubvenir aux befoins des
pauvres. Il leur donnera tout ce qui lui refte , fi
l'*on ne réclame dans la huitaine.* Il rentrera dans
fon cloître les mains pures & nettes.

Tels font les adieux que nous fait ce double
charlatan . . . .

21 *Octobre.* Les états de Provence ont remis à
M. le bailli de *Suffren* la médaille qu'ils lui
avoient décernée.

On y voit d'un côté fon portrait avec ces mots :
*Pierre André de Suffren Saint-Tropis , Chevalier
des Ordres du Roi , Grand Croix de l'Ordre de Saint
Jean de Jérufalem , Vice-Amiral de France.*

Au revers , une couronne de lauriers fermée,

avec les armes de la province , contenant cette infcription :

Le Cap protégé ;
Trinquemale pris ;
Goudelour délivré ;
L'Inde défendue ;
Six combats glorieux.
Les états de Provence
Ont décerné
Cette medaille.

M. DCC. LXXXIV.

21 *Octobre* Les plaintes élevées dans différentes
provinces du royaume sur les qualités des tabacs
pulvérisés dans les manufactures , ont été si violen-
tes qu'il a été décidé d'y remédier & sans défendre
à l'adjudicataire des fermes de continuer d'appro-
visionner de tabacs rapés & préparés dans les manufactures les différents bureaux & débitants par
lui établis & commis, d'y mettre plusieurs conditions :

1º De veiller avec le plus grand soin à ce que
les tabacs choisis de la meilleure qualité reçoivent dans les manufactures toutes les prépara-
tions necessaires , pour qu'ils puissent être vendus
au public par les débitants, sans mélange ni ad-
dition quelconque

2º. De multiplier ses atteliers de rapage autant
qu'il sera necessaire, & de maniere que les tranf-
ports ne se fassent jamais à plus de trente lieues de
distance ; comme aussi d'apporter le plus grand
soin dans le choix de ses preposés.

3º, De tenir tous les entrepôts suffisamment approvifionnés de tabac en carotte de la meilleure qualité, pourque les confommateurs qui voudroient en acheter & le faire raper chez eux , puiffent fe fatisfaire à cet égard & aient la liberté du choix.

Tel eft l'objet d'un arrêt du confeil qu'on annonce.

22 *Octobre*. Depuis plufieurs années on parloit d'un opéra comique à grande prétention , que MM. *Sedaine* & *Gretry* devoient faire jouer fur le théâtre italien , ayant pour titre *Richard Cœur de Lion* : enfin cet ouvrage tant attendu eft parvenu à fon degré de maturité, & a été exécuté hier fous la défignation d'une comédie en trois actes , en profe , mêlée d'ariettes. C'eft le pendant d'*Aucaffin* & *Nicolette* ; en voici le fujet.

Richard Cœur de Lion , roi d'Angleterre , revenu vainqueur des Sarrafins en 1192 , & faifant alors la guerre au duc d'Autriche , s'engagea imprudemment dans un voyage d'Allemagne. Malgré la précaution qu'il avoit prife de fe traveftir , il fut reconnu & arrêté par fon ennemi qui le fit enfermer. Sa détention refta ignorée de toute l'Angleterre. Le royaume étoit dans la plus grande confternation , lorfque *Blondel* , poëte françois & ami de *Richard* entreprit de retrouver ce roi malheureux. Ce jong'eur emploie toutes les reffources de fon efprit & de fon talent pour gagner ceux qui peuvent lui donner quelques renfeignements fur l'obj t de fes recherches, ou de le fervir dans fes projets, & parvient enfin à réuffir.

Les deux premiers actes ont été fort applaudis ; ils font remplis d'intérêt : le troifieme eft plus que médiocre & le dénouement fur tout ne répond pas à l'intrigue. Quand cet ouvrage aura fubi les ebangements qu'il mérite , on en parlera plus au long.

Le fieur *Philippe* qui fait le rôle du roi *Richard*, dès qu'il a paru fur la fcene n'a pu déployer fon organe ordinaire à caufe d'un enrouement qui lui eft furvenu tout-à-coup. Le parterre commençoit à témoigner fon mécontentement & à le huer , lorfque cet acteur a pris le parti de le haranguer , de lui rendre compte de fon accident, de protefter de fa bonne volonté & de réclamer fon indulgence : malgré fon organe rauque il a été applaudi à tout rompre , durant le refte du fpectacle. Cet accident a privé le public d'un air fuperbe , qui eft , dit-on , très-bien chanté par cet acteur.

22 Octobre. Il y a plus d'un mois qu'on n'entendoit plus parler du fieur *Blanchard* qui fe propofoit de paffer la mer pour venir en France au plus tard vers le 20 feptembre. Depuis ce temps il s'eft ravifé & voici l'annonce de Londres, du 12 octobre...... « Samedi prochain, 6 du courant, le fieur *Blanchard* , accompagné de M. *Sheldon*, démonftrateur d'anatomie , doit s'élever dans fon *bateau volant*, auquel il a adapté des ailes faites fur un nouveau principe : fes obfervations l'ayant mis à portée de perfectionner les moyens de direction qu'il a imaginés. Le fieur *Blanchard* fe propofe , fi le vent n'eft pas trop fort , de faire des évolutions fur la ville de Londres avant de s'en éloigner. »

Les places font fixées à Londres à une demiguinée pour les chambres de l'hôtel d'où il partira , & à cinq fchellings pour la cour ; ce qui fait environ 12 livres & 6 livres de notre monnoie. On voit que MM. les Anglois font magnifiques en tout.

23 *Octobre*. Extrait d'une lettre de Verfailles, du 20 octobre. . . . . . . Rien n'eft plus vrai : M. *Bourdon*, premier lieutenant des gardes de la porte, a été fait depuis peu chevalier de Saint-Louis, & c'eft le premier officier du corps qui ait eu cet honneur depuis qu'on l'a inftitué fur un pied militaire. Auffi a-t-il fêté cette cérémonie avec beaucoup d'éclat & invité à un repas d'apparat tous les chevaliers de Saint-Louis, de fon efpece, qui fe font trouvés dans cette ville. On affure qu'il y en avoit jufques à foixante.

23 *Octobre*. Quoique l'on affure que des officiers françois venant de la Havane difent avoir vu le monftre annoncé & qu'on ajoute qu'on le croit déjà arrivé en Efpagne, fon exiftence n'eft rien moins que conftatée, & il eft plus certain encore que les papiers efpagnols n'en font aucune mention. Auffi n'a-t-on rapporte la relation de ce monftre, relation péchant également contre la géographie, la phyfique & le bon fens, que pour faire voir à quel point on fe joue de la credulité publique, à quel point l'homme eft ami du merveilleux & s'en laiffe impofer par les romans les plus abfurdes.

Au refte, les gravures de ce monftre font multipliées à l'infini dans cette capitale ; on le voit par-tout, il y en a d'enluminées, de fort bien faites & de très cheres.

23 *Octobre*. M. *Campmas*, qui avoit annoncé fon expérience aéroftatique pour le 20 environ de ce mois, apprenant que le public commençoit à s'impatienter, le raffure par une lettre inférée au journal de Paris, où il dit qu'il ne refte que pour mieux fauter ; qu'il a 40 ouvriers travaillant journellement, & il donne le detail des oc-

cupations du plus grand nombre : rien de plus plaisant que cette description, qui a toute l'emphase d'une gasconnade.

24 *Octobre*. Depuis long-temps on annonçoit un spectacle qui devoit s'établir au Palais-Royal ; il a eu lieu hier pour la première fois. La troupe s'intitule *les petits comédiens* de son altesse sérénissime monseigneur le comte de *Beaujolois*. Ils ont joué trois pieces, *Momus Directeur de Spectacle*, Prologue avec ses agréments ; *il y a commencement à tout*, proverbe en un acte, mêlé de vaudevilles, & *la Fable de Promethée*, mise en action, ornée de chant & de danse. Les deux premieres ont paru détestables, la derniere a eu le plus grand succès

25 *Octobre*. Lettre du pere Hervier aux Bordelois. « Messieurs, je suis venu prêcher l'évangile au milieu de vous. La sublime découverte du *magnétisme animal* m'a procuré le bonheur de vous être utile dans un autre genre. Je voulois me borner à la prédication ; vous m'avez forcé à devenir votre médecin. Les succès les plus heureux ont encouragé mon zele & augmenté vos désirs.

Seul possesseur dans votre ville du secret de la nature, le plus important pour l'humanité, j'ai été tout à la fois l'objet des plus glorieux empressements & des plus noires persécutions. Je n'y attendois ; & une fois ma détermination prise de guérir publiquement vos malades, je me suis affermi contre les séductions de la flatterie & les terreurs de la contradiction.

L'évidence des vérités dont je suis le dépositaire, a fortifié ma confiance & nourri mon intrépidité.

Les bienséances de mon état m'ont engagé dans

la fuite à m'éloigner de la foule qui fe précipitoit fur mes pas avec trop d'impétuofité. Je me
fuis retiré à la campagne, pour céder à des im-
preffions refpectables. Je n'ai reparu de temps en
temps que pour donner les plus preffants fecours
à des malades dont je m'étois chargé.

Dès que j'ai fu que des médecins inftruits par
le docteur *Mefmer* pouvoient me remplacer, j'ai
voulu abandonner la médecine de la nature, pour
reprendre les fonctions de mon état. Des perfonnes
diftinguées, que j'avois eu le bonheur de retirer
des portes de la mort, ont défiré que je les
accompagnaffe aux eaux de Bagnieres; je n'ai pu
me refufer à leurs vœux.

Maintenant qu'une nouvelle école de phyfique
& de médecine eft établie dans votre ville, content d'y avoir contribué, je vais rentrer dans la
folitude, d'où le bien de l'humanité m'a fait fortir
pour un temps. Je voudrois y retourner avec la
douce fatisfaction non - feulement de vous avoir
été utile, mais, s'il étoit poffible, agréable à
tous.

Si quelqu'un croit avoir des raifons de fe plaindre
de moi, je fuis prêt à lui faire juftice & à lui
prouver les nobles fentiments qu'il exigera. Je
n'ai pu répondre à tous les honneurs dont vous
m'avez comblé; je fuis affuré de votre indulgence,
fi vous faites attention aux circonftances fingulieres qui m'ont environné. Je n'ai pas été le maître
de fuivre le penchant de mon cœur.

De tous les reproches qu'on m'a faits dans les
lettres anonymes, libelles, chanfons, je n'en connois
qu'un qui exige une réponfe.

La foif de l'or déshonore un prêtre. La médecine eft un facerdoce qui demande prefqu'autant

de défintéreffement que celui des autels. On m'accufe d'avoir fait une fortune immenfe en l'exer-
çant dans votre ville. Je puis, comme faint Paul,
vous prendre tous à témoins que j'ai refufé de la
plupart un falaire honnête; & fi quelqu'un regiette
la reconnoiffance dont il m'a honoré, je fuis difpofé à lui rendre le prix qu'il a daigné mettre à
mes foins. Je n'ai accepté de récompenfe que pour
être en état de multiplier mes fecours, en me
faifant tranfporter plus promptement chez mes
malades, & pour fournir aux befoins de ceux qui
manquoient du néceffaire. Le peu qui me refte
fervira à cet ufage, fi l'on ne le réclame pas dans
la huitaine. Je rentrerai dans mon cloître les mains
pures & nettes, avec la fatisfaction de vous avoir
fait tout le bien qui étoit en mon pouvoir. J'ai
l'honneur d'être, avec le plus profond refpect,
meffieurs, &c.

25 Octobre. Il paroît que le confeil a eu peur
en effet de la fermentation occafionnée en Bretagne par le mauvais tabac rapé; en conféquence,
de concert fans doute avec les fermiers-généraux, il a été rendu le 16 un arrêt concernant
la vente & le débit du tabac, qui impofe en effet
les reftrictions annoncées.

On commence par excufer les fermiers-généraux, par louer même leur zele d'avoir cherché à
prévenir les fraudes des diftributeurs de la denrée
qui, pour augmenter leurs bénéfices, y mêloient
des corps étrangers, fouvent d'une efpece nuifible
à la fanté des confommateurs, en prenant le parti
de ramener la main-d'œuvre du rapage ou du
moulinage aux manufactures établies à cet effet;
d'où il réfultoit même une économie intéreffante
pour les confommateurs moins aifés, qui ne fup-
porteroient point les frais de la revente.

Cependant on ne peut s'empêcher de convenir que le changement opéré dans la préparation des tabacs destinés à la consommation journalière, n'a pas produit tout l'effet qu'on en devoit attendre ; mais par une tournure fort singuliere, on attribue à des cabales des débitants mêmes, espérant de faire abandonner un nouveau régime si contraire à leurs intérêts, les plaintes appuyées de motifs assez spécieux pour déterminer les cours des aides des provinces où elles se sont elevées, à les approfondir, & à ordonner à cet effet des visites & des vérifications.

On se plaint que ces visites & vérifications, proscrites par un grand nombre d'arrêts du conseil, aient l'inconvénient d'inspirer de l'inquiétude aux consommateurs, & de suspendre les ventes au préjudice d'une portion tres- intéressante des revenus de sa majesté.

Enfin l'on avoue que ces plaintes étoient fondées, que des parties de tabac en poudre étoient avariées, soit par la négligence de la manipulation, soit par un transport trop éloigné. C'est pour y remédier qu'on a pris les précautions annoncées, & laissé le choix du tabac rapé ou en carotte aux consommateurs.

29 *Octobre*. Le roi a fait écrire par M. le baron de *Breteuil*, une lettre circulaire à tous les évêques résidants actuellement à Paris, qui leur enjoint de se retirer, chacun, dans leur diocèse, & de s'y tenir. Sa majesté ajoute que s'ils ont des affaires qui les obligent de venir ici, elle entend qu'ils lui en rendent compte avant, & elle jugera si leur présence y est effectivement necessaire.

Cette lettre écrite déjà depuis plusieurs jours a fort scandalisé *Nosseigneurs*. Ils ne contestent point au roi le bruit de police fur eux ; mais ils trouvent qu'on n'a pas fuivi le protocole de ces fortes d'ordres, & qu'on les traite bien leftement. En conféquence ils n'ont point encore optempéré & ils attendent une explication ultérieure.

26 *Octobre*. L'ouverture de la falle du fpectacle des comediens de bois de M. le comte de *Beaujolois*, s'eft faite prefque avec autant d'affluence que celles de comédies italienne & françoife. Cette falle eft charmante, mais petite. Il y a vingt-deux banquettes dans le parquet, deux rangs de onze loges chacun, quelques loges grillées & des intervalles pour des fpectateurs debout ; en forte qu'elle peut contenir environ 800 perfonnes. L'orcheftre des muficiens eft fpacieux & le théâtre d'une étendue convenable, même pour le jeu des machines d'opéra.

De plin pied au parquet font deux chauffoirs, dont l'un en galerie & l'autre en fallon carré ; ils font décorés avec autant de goût que de nobleffe, & meublés très élégamment.

L'orcheftre eft excellent ; les marionnettes font bien faites & ont affez de verité, fauf ces vilains fils d'archal qui les font mouvoir par en haut, dont le fpectateur voit chaque différent mouvement, & qui ôtent toute l'illufion.

Il paroît que les directeurs de ce fpectacle n'ont point encore eu la précaution de s'attacher aucun poëte, en forte que les deux premieres pieces font d'une platitude rare & fans la plus légere teinture du théâtre. On ne fait où ils ont pris le petit opéra de *Promethée* ; mais, outre que le fond en eft bien entendu, la verfification réguliere, noble & harmonieufe, l'exécution a paru furprenante ; des décorations fraîches, des changements rapides

& multipliés, des vols , des defcentes de dieux ; des nuages , des tonnerres, en un mot tout ce qui diftingue le théâtre lyrique , s'y trouve prefque avec la même perfection ; même des voix mélodieufes. Quant aux ballets, ils font deflinés par de petits enfants des deux fexes , qui ont encore befoin d'étude & de pratique.

Les deux premieres pieces avoient été fi mal reçues , tellement fifflées & huées, que les directeurs & les acteurs étoient déconcertés , & qu'il a fallu quelque chofe d'aufli excellent pour calmer la fermentation & exciter les applaudiflemens : ce qui prouve cependant combien les directeurs font dénués de fecours , c'eft que malgré la réprobation générale , ils ont été obligés de jouer encore avant-hier & hier le *Prologue* & le *Proverbe*, fans pouvoir y fubftituer rien de mieux.

16 *Octobre*. On a cité dans le temps l'infcription latine de l'abbé *Bofcovitz* pour la pompe à feu de MM. *Perrier* ; on en a rapporté depuis la traduction en vers françois par M. *Guidin*. C'eft un fujet fur lequel les amateurs s'exercent à l'envi.

M. *Trochereau* de la *Berliere* , ancien commiffaire de la marine, des académies de Rouen & d'Orléans s'eft aufli évertué ; il a réduit en un feul vers le diftique de l'abbé *Bofcovitz*.

Sequana , vulcanufque novo dant fœdere lymphas.

Un autre amateur a cru lui donner plus de juftefle , de précifion & de vivacité par le pentametre fuivant :

Fœdere dant lymphas ignis & unda nove.

17 *octobre*. Depuis long-temps on a vaguement annoncé la formation de la nouvelle *société philantropique*, mais elle s'est toujours jusqu'à présent tenue & cachée dans les ombres du mystere ; elles se dissipent avec le temps, & voici ce qu'on en sait de plus positif.

Elle doit son origine à sept citoyens zélés, qui bientôt en enrôlerent d'autres ; elle s'est élevée successivement jusqu'au nombre de vingt, & elle le passoit au commencement de cette année.

La société nomme annuellement un président, deux vice-présidents, un secretaire & un trésorier. Cette année c'est M. le duc de *Charost* qui occupe la premiere place.

En outre on choisit chaque année un comité de quelques membres : il a pour objet de recevoir les demandes, d'examiner les besoins, de préparer les secours à certain nombre d'octogénaires, d'enfants aveugles nés & de pauvres femmes en couche.

Du reste, ces messieurs prétendent que par une merveille rare, l'union la plus parfaite exclut de la société tout esprit de domination & de prépondérance.

Le nombre des malheureux secourus par la société se montera pour l'année prochaine à vingt-quatre octogénaires au lieu de douze, celui des aveugles-nés est de douze, & elle commencera en 1785 à fournir une somme de 48 liv. à vingt-cinq femmes de pauvres ouvriers, enceintes, qui auront les conditions requises.

17 *octobre*. Tout ce qui tient au sieur de *Beaumarchais*, est, ce semble, fait pour exciter du bruit & du scandale. On a déjà rendu compte comment la comédie françoise s'opposa à ce que la comédie italienne jouât son *Barbier de Seville*, mis en musique ; comment M. *Framery*, parodiste

de la musique de M. *Paësiello* est en différent avec M. *Moline*, autre parodiste. Aujourd'hui c'est un M. *Weneck* qui réclame la propriété de l'ouvrage, en qualité de substitut du musicien original, revêtu d'un privilege du roi au nom de M. *Paësiello* au sien, & en ayant déjà fait copier les rôles & les parti s pour l'opéra de Paris. En sorte que le théatre lyrique semble aussi avoir des prétentions à l'ouvrage, & vouloir le jouer à l'exclusion du théatre italien.

27 *Octobre*. Après 34 ans M. *Marmontel* s'est avisé de rajeunir la tragédie de *Cléopâtre* & de la ramener sur la scene très améliorée : la premiere représentation étoit déjà annoncée sur l'affiche pour le samedi 16 de ce mois : on devoit l'exécuter avant à Versailles & essayer le goût de la cour ; on ignore quel obstacle est survenu : mais l'ouvrage est renvoyé loin, car l'annonce a disparu totalement.

28 *Octobre*. Extrait d'une lettre de Saint-Germain-en-Laye, du 19 octobre.... M. le maréchal duc de *Noailles*, notre gouverneur, qui tenoit autrefois ici le plus grand etat, qui aimoit beaucoup les dames de notre ville, leur donnoit des spectacles, des bals, des fêtes de toute espece, vit aujourd'hui comme le particulier le plus modeste. Il s'occupe uniquement de son jardin à l'angloise, pour lequel le roi, outre la premiere concession très considerable qu'il lui a faite dans la forêt de Saint-Germain, limitrophe de son terrain, vient d'en accorder encore une moindre, mais de plusieurs arpens. Il est grandement jaloux d'une superbe riviere qui fait l'ornement principal de ces sortes de jardin ; elle est formée du superflu des eaux des fontaines de Saint-Germain. C'est ce qui a fourni matiere à l'inscription suivante de M. *Trécheteau de la Bechere*, homme de lettres

qui s'est retiré dans ces cantons, qui s'y adonne à l'agriculture & a formé lui-même un jardin de botanique superbe. Voici son idée assez heureuse à mon gré :

Nympha urbana prius fieri nunc rustica gaudet.

28 *Octobre.* On annonce un ouvrage plus fort que le *Portier des Chartreux*, ayant pour titre *la Conversion du comte de Mirabeau.* Il est enrichi de dix estampes dans le même genre.

29 *Octobre.* Tandis qu'on décrie & baffoue le docteur *Mesmer* de toutes les manieres, ses partisans ne cessent d'opposer à ce déchaînement les marques du respect & de l'admiration dont ils sont pénétrés pour lui. C'est ainsi que le graveur le Grand vient de mettre en vente le portrait de cet étranger, dessiné d'après nature par M. *Pujos.* On lit au bas ces vers de M. *Palissot* :

Le voilà ce mortel dont le siecle s'honore,
Par qui sont replongés au séjour infernal
Tous ces fléaux vengeurs que dechaîna Pandore ;
Dans son art bienfaisant, il n'a point de rival,
Et la Grece l'eût pris pour le Dieu d'Epidaure.

29 *Octobre.* C'est la reine qui par une lettre très-affectueuse écrite à M. le duc d'*Orléans*, lui a marqué connoître trop bien son attachement envers la famille royale pour douter un instant qu'il hésitat à faire au roi le sacrifice de son château de Saint-Cloud & à le vendre à sa majesté, comme le lieu estimé par la faculté le plus propre à la santé & à l'éducation physique de M. le dauphin.

En conséquence le marché a été conclu samedi dernier.

La reine a écrit depuis à M. le chevalier de *Mornay*, gouverneur de Saint-Cloud, âgé de 84 ans, que l'intention du roi étoit qu'il conservât fa place & continuât fes fonctions. M. de *Mor-nay*, en témoignant à la reine toute fa reconnoiffance de fes bontés, lui a demandé la permiffion de fe retirer ; il a dit qu'attaché à la maifon d'*Orléans* depuis 80 ans, fon défir étoit de mourir auprès de fes anciens maîtres.

M. le duc d'*orleans* extrêmement fenfible à cette marque de zele, a écrit à M. de *Mornay*, qu'il pouvoit lui demander tout ce qu'il voudroit.

29 *Octobre.* Le cours des petites lettres dont on a défolé pendant plufieurs années M. l'évêque d'Autun, femble interrompu & on le croit même totalement ceffé depuis qu'on a éventé la mine d'où partoient ces fréquentes & cruelles explofions. Ce filence confirme les foupçons qu'on avoit fur l'évêque d'Arras & fes coopérateurs. On fait que le premier a perdu le procès qu'il avoit contre le miniftre de la feuille, & que celui ci, que fon rival accufoit indirectement de fimonie, a été pleinement vengé par l'arrêt qui fait retomber les frais fur l'autre & le condamne aux dépens. M. d'Arras eft furieux, & s'il ofoit il n'épargneroit certainement pas M. d'Autun ; mais fa propre confervation l'oblige d'être prudent, aujourd'hui qu'il eft démafqué.

30 *Octobre. Monfieur* eft un prince rempli de connoiffances, d'efprit & de fineff. : dans l'inaction où le reduit fon rôle, pour s'amufer il s'occupe quelquefois à myftifier le public C'eft ainfi qu'on lui attribue l'imagination des fabots élaftiques ; le correfpondant de Lyon n'étoit que le prête-nom de fon alteffe royale auprès des credules journaliftes de Paris. Aujourd'hui l'on croit également ce prince auteur de la relation du monftre prétendu. Il y a mêlé exprès beaucoup d'abfurdités pour mieux prouver combien il est aisé d'en imposer aux sots & aux ignorants qui forment le grand nombre & subjuguent quelquefois les gens moins aisés à duper. Ce point de vue philosophique est bien digne de la sagesse de *Monsieur*.

30 *Octobre*. On peut se rappeller la suppression des échoppes qui a eu lieu depuis quelques mois dans la plupart des rues de Paris, ce qui a mis dans l'embarras de ne savoir où se réfugier nombre d'étaleurs & de gagne petits. Par un arrêt du conseil du 4 de ce mois il est question de restreindre encore la tolérance à cet égard. M. l'abbé *Baudeau*, conseil de M. le duc de *Chartres* & le directeur de ses finances dans la partie économique, a fait une spéculation sur cet événement. Dans l'impossibilité où est le prince de continuer son gros corps de bâtiment à l'entrée du jardin du Palais-Royal, dont le péristile seul étoit commencé, il a imaginé de former dans l'espace entre les parties de colonnes déjà élevées à une certaine hauteur, une espece de foire perpétuelle. En conséquence il a trouvé un entrepreneur qui s'est chargé de faire construire à ses frais dans cet espace pour un temps donné, une quantité de petites boutiques à louer à son profit, par ces forains, en rendant à son altesse sérénissime une certaine somme, sur laquelle on varie encore. Ce coup-d'œil ne sera pas magnifique ; le revenu sera médiocre ; mais dans la détresse il faut tirer parti de toutes ses ressources.

31 *Octobre*. Tout le monde connoît le discours qui a remporté le prix de l'académie de Berlin sur la question de *l'universalité de la langue françoise*, par M. le comte de *Rivarol*. Un M. le chevalier *Jouin de Saureuil*, auteur d'un ouvrage intitulé: *Anatomie de la langue françoise*, qu'il a composé

originairement en anglois & qu'il fe propofe de
traduire en françois, attaque aujourd'hui l'auteur du difcours couronné. Dans une lettre à
M. le baron de *Bernftorff* du mufée de Paris, en
date de Paris le premier août, il prétend, après
avoir accordé beaucoup d'éloges à cette differtation généralement eftimée, qu'elle auroit befoin
d'être traduite en françois. Cette attaque ironique
a vivement piqué l'amour-propre de M. le comte
de *Rivarol*, qui a ripofté, & il faut voir ce que
deviendra cette guerre littéraire.

1 *Novembre* 1784. Les chofes vraies ne font pas
toujours vraifemblables, & c'eft la vraifemblance
plus que la vérité qu'il faut chercher dans une
piece de théâtre. C'eft par où peche effentielle-
ment l'opéra comique de *Richard cœur de Lion* ;
quelque fondé qu'il foit fur un fait hiftorique,
comme il paroît abfurde, tous les moyens employés par l'auteur y participent & ne peuvent obtenir de créance : quoi qu'il en foit, voici la marche de l'ouvrage.

Un François nommé *Blondel*, l'un des plus célebres Troubadours, troupe à laquelle s'étoit
agrégé le roi *Richard*, qui honoroit ce confrere
d'une amitié particuliere, fe met en tête de découvrir ce monarque dont on ignore le fort. Il
ne trouve rien de difficile, il n'eft effrayé d'aucun
obftacle, d'aucun danger.

Il parcourt divers pays, après avoir eu la précaution, afin de mieux réuffir, de fe faire paffer
pour un aveugle. Il arrive dans un petit village
d'Allemagne ; il charme tous les habitants par fes
chanfons ; il fait danfer toutes les filles avec fon
violon. Il y avoit auprès de ce village un château-
fort, où l'on enfermoit les prifonniers. *Blondel*,
on ne fait pourquoi, foupçonne & fe perfuade que

Richard y eſt. La circonſtance d'une lettre qu'on
lui propoſe de déchiffrer, quoiqu'aveugle & inconnu de celui qui la préſente, lui donne le ſecret d'une intrigue amoureuſe entre le gouverneur
de ce château & la fille d'un Anglois réfugié dans
ce canton, chez qui, par un autre haſard non moins
extraordinaire, loge *Marguerite*, comteſſe de
Flandre, amante de *Richard*, qui voyage auſſi
pour le chercher. Telle eſt l'expoſition dont eſt
compoſé le premier acte, ſauf quelques détails
étrangers à l'intrigue, que M. *Sedaine* y a répandus pour le mieux remplir & y jeter quelque gaieté.

Au ſecond acte *Blondel* perſuadé que le roi eſt
dans le fort, va chanter au pied de la tour le
commencement d'une romance compoſée autrefois par ce prince, en l'honneur de *Marguerite* ;
cette voix connue & chérie frappe *Richard*, qui,
pour ſe faire connoître, chante à ſon tour & continue la romance. Le Troubadour françois eſt
tranſporté de joie de voir ſon preſſentiment ac-
compli, quand tout-à-coup il eſt arrêté par les
gardes & entraîné en priſon. C'eſt ce qu'il dé-
ſiroit, il demande à parler au gouverneur à l'inſtant & pour affaire preſſée. Il eſt introduit devant lui. Il joue le rôle du confident de la jeune
perſonne, à laquelle ce militaire demandoit un
rendez-vous dans ſon billet & le lui aſſigne. Il n'a
plus alors de peine à perſuader au gouverneur que
tout ce qu'il a fait n'eſt qu'une ruſe pour s'intro-
duire ſans éclat auprès de lui & remplir ſa miſſion.
Cet officier admire ſa fineſſe & le renvoie avec
une récompenſe.

Blondel, pourſuivant ſon deſſein, commence le
troiſieme acte par une entrevue avec *Marguerite*
& une reconnoiſſance. Il lui communique ſa pré-
cieuſe découverte, & ils travaillent de concert à

M 4

la délivrance du prifonnier. Ils mettent dans leurs intérêts le pere de la jeune perfonne qu'aime le gouverneur. Une fête que donne exprès la prin-ceffe , caufe un tumulte qui fert de prétexte à l'amant, introduit par le poëte francois , d'avoir une entrevue fecrete avec fa maîtreffe. Surpris à fes pieds par le pere , il n'a d'autre reffource pour l'obtenir en mariage & fe retirer lui-même d'affaire, que de confentir à la délivrance du prifonnier , follicitée avec la plus vive ardeur par la belle *Marguerite* qui intervient & met le comble à fon embarras. Il faut avouer que ce dénouement n'eft ni noble , ni ingénieux. Comme la feconde repréfentation de la piece qui n'a eu lieu que fa-medi 3 1 , avoit été retardée pendant long-temps , on fe flattoit que M. *Sédaine* auroit profité de ce répit pour le changer & l'améliorer ; mais faute de reffource ou de bonne volonté, il n'en a rien fait.

1 *Novembre*. M. *Cartault* , ancien premier commis de la marine , mort il y a quelques jours , avoit pour le calcul un goût , ou plutôt une paf-fion qui eft fort rare. Il avoit calculé les logarithmes des nombres jufqu'à deux cents cinquante mille. Le manufcrit en deux volumes in-folio eft entre les mains de M. de *la Lande* , qui doit le dépofer à l'académie des fciences, de même que celui de M. *Robert* , curé de Toul , qui contient les loga-rithmes des finus pour toutes les fecondes.

M. de *la Lande* ayant eu connoiffance du talent de M. *Cartault* , lui propofa des calculs plus utiles, mais pour lefquels il falloit une patience peu com-mune. *Halley* , célebre aftronome d'Angleterre, avoit publié plus de mille obfervations de la lune , & il les avoit comparées avec fes tables ; il étoit utile de les comparer avec les tables nouvelles de *Mayer*. M. *Cartault* s'en chargea , & il en eft fait mention dans la *Connoissance des temps de* 1774, page 281. Si ces calculs, & d'autres semblables, se trouvent dans les papiers de M. *Cartault*, il est à désirer qu'on les remette entre les mains des astronomes qui peuvent en faire usage.

2 *Novembre*. Depuis long-temps on se plaignoit qu'on laissât tomber en ruine l'observatoire, ce monument élevé par *Louis XIV* à la gloire & à l'avancement de l'astronomie. Il paroît que *Louis XVI* entrant dans les vues du monarque fondateur, veut relever cet établissement, & le rendre plus utile. En conséquence S. M. vient d'ordonner la construction de trois instruments capitaux qui manquoient à l'observatoire ; savoir, un grand corps de cercle mural de sept pieds de rayon, un équatorial de seize pouces de diametre, & un cercle entier de dix-huit pouces de rayon.

A l'avenir, à compter du premier janvier 1785, il y aura trois éleves qui, sous les yeux & l'inspection du directeur, suivront constamment le cours général des observations, en tiendront regiftre, & partageront entre eux les veilles, de manniere qu'à tous les instants du jour ou de la nuit il y ait, à l'observatoire royal, un observateur prêt à faire les observations de toute espece qui se présenteront. Le roi a pourvu à ce qu'il soit formé peu-à-peu, une collection complete de livres d'astronomie, de sorte qu'il y ait à l'observatoire une bibliotheque en ce genre, où les savants puissent trouver tout ce qui y aura rapport.

2 *Novembre*. On confirme de plus en plus que c'est le prince auguste dont on a parlé, qui est l'auteur de la relation du monftre prétendu. On ajoute que c'est une allégorie qu'il a imaginée relative au *Magnétisme animal*, dont une carica-

M 1

ture où l'on repréſente le docteur Deſlon avec une
tête d'âne & une queue de ſinge, a fait naître l'idée
à ſon alteſſe royale.

3 *Novembre*. L'achat que le roi vient de faire
de Saint-Cloud , au moment où l'on ſemble
craindre une rupture, raſſure les politiques & leur
fait préſumer qu'elle n'aura pas lieu ; ils fondent
leurs conjectures ſur le caractere connu de ſa majeſté: il paroît conſtant aujourd'hui que depuis
long-temps elle avoit eu le goût le plus vif pour
Rambouillet ; mais qu'elle y avoit réſiſté pendant
tout le temps de la guerre , & ne s'eſt déterminée
à en faire l'acquiſition qu'à la paix. Ils en
concluent que ſon goût pour l'économie, & la
crainte de ſurcharger les peuples l'auroient également détournée aujourd'hui d'acheter Saint-
Cloud , & de faire pluſieurs autres dépenſes de
cette eſpece non néceſſitées.

3 *Novembre*. On eſt très effrayé d'un arrêt du
conſeil d'état du roi, du 25 ſeptembre dernier,
qui révoque les arrêts du conſeil des 29 juillet &
21 octobre 1749, portant réglement pour la taxe
du bois de chauffage à Rouen, & ordonne qu'il
y ſera vendu à prix libre de gré à gré. On craint,
vu la diſette de cette denrée de premiere néceſſité, qu'il n'en réſulte un monopole , & peut-être
des révoltes qui en ſont la ſuite ordinaire.

4 *Novembre*. Il paroît des *Obſervations ſur les
deux rapports de MM. les commiſſaires nommés par
ſa majeſté pour l'examen du Magnétiſme animal.*
Tel eſt le titre d'un écrit in-4°. de 31 pages de
M. *Deſlon*. Il eſt daté de Paris le 6 ſeptembre.

Ce maître prétend y démontrer que pour juger
de l'exiſtence & de l'utilité du magnétiſme, meſſieurs les commiſſaires ſe ſont écartés de la marche
qu'il leur avoit tracée & convenue avec eux,

Que des expériences qu'ils ont faites, il ne résulte que des preuves négatives.

Que ces expériences mêmes, pour qu'on en pût conclure quelque chose, auroient dû être répétées, parce que l'action de ce fluide, ainsi que celle de l'aimant, n'est pas uniforme.

Que les effets avoués par MM. les commissaires, & ceux sur-tout éprouvés par eux-mêmes, supposent une cause.

Qu'enfin cette cause ne pouvant être, ni l'attouchement, ni l'imitation, ni l'imagination, tous les effets produits sous les yeux de MM. les commissaires, appartiennent au magnétisme.

Tel est le résumé de cette espèce de dissertation, dont toutes les parties ne sont rien moins que solidement prouvées.

On peut en extraire quelques faits plus intéressants à conserver.

M. *Deslon* veut que la prohibition du magnétisme animal soit impossible aujourd'hui; que M. *Mesmer* a fait trois cents élèves; que lui *Deslon* a instruit cent soixante médecins, sans compter une infinité d'autres personnes parvenues par leurs propres études, ou par des lumieres communiquées, à connoître & pratiquer cette méthode.

Parmi les cent soixante médecins qu'a instruits M. *Deslon*, il y a eu vingt-un membres de la faculté de médecine de Paris.

A l'apparition du premier rapport des commissaires, la faculté s'est assemblée extraordinairement. Elle a voulu exiger que les médecins magnétisants abandonnassent par écrit, non-seulement la pratique du magnétisme animal, mais encore leur croyance.

L'amour de la paix a porté dix-sept de ces docteurs à promettre de quitter toute pratique

M 6

magnétique ; mais ils ont refusé d'en reconnoître la fausseté, d'autant qu'ils avoient signé l'affirmative dans les mains de M. *Deslon*, suivant la méthode de ce professeur, de n'admettre personne à l'instruction, qui n'ait d'abord reconnu l'existence de l'agent.

Enfin M. *Deslon* confirme le bruit qui avoit couru depuis long-temps que M. *Mesmer* vouloit le traduire en justice. En effet la procédure a commencé par le premier acte usité, par une assignation que convient avoir reçue le disciple. Ensuite dans une lettre à M. *Francklin*, M. *Mesmer* déclare avoir renoncé à cette action. Ainsi le procès est resté là.

Au surplus M. *Deslon* avoue que M. *Mesmer* ne lui a jamais confié ses principes ; il est parvenu à se faire une doctrine qui lui est propre, qui n'est peut-être pas la meilleure, mais qui satisfait son esprit & le guide utilement dans ses procédés.

4 *Novembre*. La seconde représentation de *Richard cœur de lion*, retardée jusqu'au samedi 31 octobre, a été beaucoup mieux exécutée que la première fois. On y a d'abord corrigé dans le costume un anachronisme effroyable, en ce que *Richard cœur de lion* y paroissoit décoré de l'ordre de la jarretiere, institué seulement environ 150 ans après. Le second acte sur-tout, le plus intéressant, a produit encore plus d'impression par un ensemble parfaitement bien entendu. Du reste, l'auteur qu'on s'imaginoit occupé, comme on l'a dit, à rendre la marche de la piece plus rapide & plus claire, par la suppression d'incidents étrangers qui ne font que l'embarrasser, fort indocile de son naturel aux cris du public, ne l'a point raccourcie. Quoi qu'il en soit, il s'est appuyé sur la variété & l'agrément des situations qu'elle con-

tient ; la mufique vive & piquante dont l'inépui-
fable M. *Gretry* les a embellies ne contribue pas
peu à leur effet.

Le rôle le plus brillant , fans contredit , c'eft
celui de *Blondel*, charmant , pétillant d'efprit &
de gaieté d'un bout à l'autre. Il eft délicieufe-
ment rendu par le fieur *Clairval*. Cette production ne peut qu'ajouter à la réputation des deux
compofiteurs.

4 *Novembre*. Le concert fpirituel du jour de
la Touffaint a été remarquable par une production françoife très-applaudie ; malgré le dégoût
général des partifans de la mufique étrangere.
C'eft un *In exitu* de M. *Deformery* : cet ouvrage,
plein de beautés, a excité les plus vifs applaudif-
femens & fait frémir les cabales diverfes de *Gluc-
kiftes*, de *Piccinistes* , de *Sacchiniftes* , &c. Il paroît
que le muficien a plus de vocation pour le genre
des motets que pour les pieces à ariettes , où il
n'a pas obtenu un fuccès auffi marqué.

Le fieur *le Fevre* , muficien des gardes-fran-
çoifes , a auffi débuté dans la clarinette, & fait
honneur à M. *Michel* , fon maître.

5 *Novembre*. La fociété royale de médecine fe
glorifie beaucoup d'avoir vu dans fon fein le
comte d'*Oëls* , le premier illuftre étranger qu'elle
ait eu occafion de célébrer. C'eft le 26 du mois
dernier que ce prince a daigné honorer de fa préfence une affemblée de ce corps. Auffi le fecretaire
Vicq-d'Azyr n'a-t-il pas manqué de témoigner
au comte d'*Oëls* fa fatisfaction par un difcours
prononcé à l'ouverture de la féance , affez adroit
en ce qu'il y prétend avoir trouvé le modele de la
fociété dans un comité de médecins à Berlin, dont
les travaux s'imprimoient dès 1722. Il vient pas
une tranfition affez heureufe à l'éloge du héros,

d'un général dont le juge le plus respectable a dit ce qu'on ne peut appliquer à nul autre, qu'il n'a pas commis la faute la plus légere dans ses longs & glorieux exploits.

5 *Novembre.* Le comte d'*Oëls*, qui avoit pris congé de leurs majestés & de la famille royale le 31 du mois dernier, ne doit pas tarder à quitter Paris ; mais avant de s'éloigner il doit aller à Sainte-Assife, chez madame de *Montesson*, & chez le prince de *Condé* à Chantilly.

Ce prince a été successivement complimenté par toutes les académies. Celle des belles-lettres l'a fait par l'organe de son secretaire M. *Dacier* Mais comme elle est peu en recommandation, cette séance n'a pas excité grand bruit ; elle a eu lieu le 7 septembre.

L'académie françoise est celle qui ait le moins accueilli ce héros. Outre que le jour de la saint Louis aucun de ses membres ne lui adressa de compliment, c'est qu'après la séance ce prince s'étant rendu dans la salle des académiciens, resta isolé & assez embarrassé de sa personne, sans que ces messieurs l'entourassent & l'entretinssent, y parussent faire la moindre attention.

5 *Novembre.* Enfin MM. *Robert* rompent le silence & publient un *Mémoire sur les expériences aérostatiques* faites par eux, où ils prennent le titre d'*ingénieurs pensionnaires du roi.* Ils démentent par-là le bruit qui avoit couru sur leur compte ; du moins il en résulte que leur accident n'a pas été long. Par une mention qu'ils font de quelques expériences de M. *Charles* assez récentes, ils nous apprennent encore indirectement que celui-ci, dont l'état fâcheux avoit été malheureusement mieux constaté, ou du moins beaucoup plus annoncé & répandu, est revenu dans son état naturel.

6 *Novembre*. C'eſt à la querelle élevée entre
M. le baron de Bretenil & M. l'évêque de l'Eſcar
qu'on attribue la lettre circulaire adreſſée aux
évêques en date du 16 octobre. On ſait que
M. de *Noë* fit beaucoup de réſiſtance aux inſi-
nuations de ce miniſtre qui cherchoit à lui adoucir
l'ordre de ſa majeſté ; qui lui conſeilla d'abord,
comme de ſon propre mouvement, de faire ceſſer
par ſon abſence les impreſſions fâcheuſes qu'il ex-
citoit ; qui, pouſſé à bout, lui déclara enfin qu'il
n'y avoit pas moyen de reculer, puiſqu'il lui
parloit au nom du maître. Ce que ne voulut pas
croire le prélat, qu'il n'eût vu l'ordre par écrit.

On a vu de temps en temps des injonctions
du procureur - général aux évêques de ſe retirer
dans leur diocèſe reſpectif, injonctions dont ils
ne faiſoient pas grand cas ; mais on aſſure qu'une
pareille lettre du roi auſſi préciſe eſt ſans exemple
au fond & dans la forme. Pluſieurs évêques ont
eu peine à y obtempérer. Ils ont fait des repré-
ſentations, mais inutilement, & ils ſont à-peu-
près tous partis aujourd'hui.

Bien des gens eſtiment encore que leur réſi-
dence ne ſera pas longue ; qu'on veut les tenir
écartés, pour les empêcher de ſe réunir & de ca-
baler juſqu'au temps de l'aſſemblée décimale du
clergé, qui doit avoir lieu au mois de mai prochain, & eſt très-importante par les matières à
y traiter.

6 *Novembre*. Depuis long-temps on avoit annoncé au théâtre italien une pièce encore engendrée
du *Mariage de Figaro*, ſous le titre des *Amours
de Chérubin*, comédie nouvelle en trois actes &
en proſe, mêlée de muſique & de vaudevilles. On
avoit dit enſuite qu'elle avoit été arrêtée à la
police, & l'on déſeſpéroit de la voir jouer. Elle

a enfin eu lieu avant-hier ; tout ce qui tient à l'original de tant de mauvaises copies suffit pour mettre Paris en rumeur. Aussi cette représentation avoit attiré une grande affluence. On s'imaginoit trouver une parodie critique du *Mariage de Figaro*, & l'on a été indigné que l'auteur, soit mutilation, soit respect, soit crainte, n'ait pas osé se permettre le plus léger coup de patte. En outre le titre annonçoit au moins de la gaieté, le genre de l'intrigue l'exigeoit ; le parterre n'a point vu son attente frustrée sans en témoigner son mécontentement, & il en a résulté un tumulte si considérable qu'on peut regarder la piece comme tombée.

Une pareille chûte, peu commune à ce théâtre n'en est que plus humiliante pour le poëte, connu déjà par plusieurs pieces agréables qu'on y avoit accueillies favorablement. Il s'agit de monsieur *Desfontaines*.

7 *Novembre*. C'est M. *Vigé* qui le premier, tandis que le *Mariage de Figaro* occupe encore la scene françoise avec tant d'avantage, y a osé risquer une comédie. Il a fait jouer hier pour la premiere fois *la fausse Coquette* en trois actes & en vers. Il est vrai qu'il étoit appuyé par une puissante cabale. Comme il est frere de Mad. *le Brun* qui tient une espece de bureau d'esprit où va toute la cour, il n'a pas eu de peine à recruter des *battoirs*. Ce nouvel ouvrage est dans le genre des *Aveux difficiles* du même auteur : peu d'action & beaucoup de madrigaux. L'intrigue de celle-ci a le mérite d'être claire, si c'en est un, parce qu'elle est plus nulle. Il faut voir si son succès se soutiendra.

7 *Novembre*. Extrait d'une lettre de Grenoble du 28 octobre.... Si vos docteurs de Paris

s'égaient fur les docteurs *Mefmer* & *Doflon* & fur leur doctrine, les nôtres ne font pas moins plaifants. Voici l'épigramme d'un médecin de cette province, faite fur le champ, après avoir lu le rapport de meffieurs les commiffaires nommés par le roi, pour l'examen de cette vieille erreur renouvellée.

> Le magnétifme eft aux abois,
> La faculté, l'académie,
> L'ont condamné tout d'une voix
> Et l'ont couvert d'ignominie.
> Après ce jugement bien fage & bien légal,
> Si quelqu'efprit original
> Perfifte encore dans fon délire,
> Il fera permis de lui dire,
> Crois au magnétifme..... animal !

Vous voyez que nous nous connoiffons auffi dans le Dauphiné en calembours & que nous favons les admirer.

8 Novembre. Les faifeurs de diftiques continuent à s'exercer. Chacun fe difpute à qui fournira la meilleure infcription pour la pompe à feu. On en a rapporté plufieurs latines, en voici d'autres françoifes qui ne font que des traductions des premieres.

Un anonyme a rendu ainfi celle de l'abbé *Bofcovits.*

> Le Dieu du feu s'accorde avec le Dieu des eaux,
> Et la flamme en ces lieux jette l'onde à grands flots.

Un autre s'exprime avec plus de précifion & moins d'harmonie :

> Ici l'onde & le feu font un accord nouveau,
> C'eft le feu qui nous donne l'eau.

Un M. de *la Mefenquere* a compofé un diftique latin que nous n'avions pas encore rapporté. Il mérite d'être excepté de la foule des autres que nous avons laissé à l'écart. Le voici :

Hic pugna immemores conspirant ignis & unda
Ipsa urbi attonitæ flamma ministrat aquas.

Ce distique a plu à M. de *sancy* qui aime le genre & l'a fait passer de la sorte dans notre langue :

Ici du feu, de l'eau, la guerre est terminée ;
La flamme donne l'onde à la ville étonnée.

8 *Novembre.* Quelqu'un sans doute des prélats mécontens de se voir obligés de résider dans leur diocèse, a fait ou fait faire une espece de parodie de la lettre ministérielle de M. le baron de *Breteuil*, où l'on en critique le fond & la forme. On dit cette plaisanterie assez plate ; cependant elle a un certain cours à raison du moment & des grands personnages qu'elle concerne.

8 *Novembre.* Extrait d'une lettre de Lyon du premier novembre... C'est le 21 septembre qu'est décédé en cette ville l'avocat dont vous vous informez, Me. *Prost de Royer*, des académies de Lyon, des Arcades, de Bordeaux, &c. Du barreau il étoit passé à des places distinguées il avoit été successivement administrateur des hôpitaux, échevin, président du tribunal du commerce, lieutenant-général de police, provincial des monnoies.

Entre ses ouvrages littéraires on distingue une *Lettre sur le prêt à intérêt* qu'il publia en 1763 ; elle plut assez à M. de *Voltaire* pour qu'il permit de l'insérer dans ses oeuvres, & elle a servi de base à tous les traités ou écrits qui ont paru depuis sur la même matiere.

Il mit au jour après ce premier écrit un ouvrage *sur la municipalité de Lyon* & un *projet d'établissement d'un bureau de nourrices*, qu'il eut la satisfaction de voir exécuté. Il avoit d'abord lu ce projet à notre académie, & l'assemblée avoit fondu en larmes.

Au moment de sa mort il travailloit à régénérer le grand *Dictionnaire de Brillon*: Il étoit à la veille de livrer au public le cinquieme volume. Il est à espérer que son confrere M. *Riolz*, qu'il s'étoit associé, continuera ce travail.

Me. *Prost de Royer* étoit un savant plus connu des étrangers que des nationaux. Il étoit en correspondance avec plusieurs de sa classe. Aussi les illustres voyageurs qui ont visité la France depuis plusieurs années, n'ont pas manqué de le voir à leur passage dans cette ville. L'empereur, le comte du *Nord*, l'archiduc, le roi de Suede, le maréchal Potosky, tous l'ont accueilli avec distinction. En dernier lieu M. le comte d'*Oëls* ne lui permit pas de le quitter durant son séjour.

9 Novembre. Extrait d'une lettre de Versailles, du 7 novembre.... Dernièrement il y avoit à dîner chez madame d'*Herveley*, que vous savez être née sujette de l'empereur, un capitaine Autrichien & un gros négociant Hollandois. Après le repas ces deux personnages se mirent à causer ensemble sur la rupture éventuelle entre la cour de Vienne & les Etats-Généraux. Le premier demande à l'autre ce qu'il pouvoit opposer aux quatre-vingts mille hommes que la Hollande étoit à la veille de voir armer contre elle? « Notre courage, „ dit le républicain, nos facultés, notre sang. —— „ Voilà des sentiments bien Romains, reprend „ l'Autrichien ; mais aujourd'hui ce sont les „ gros bataillons qui gagnent les batailles, font „ la guerre ou la paix.... Hé bien, repart son „ adversaire : nous avons beaucoup d'argent, „ plus que l'empereur ; avec ce secours nous ache-„ terons ses troupes. Puis, après tout, continue t-„ il : qu'est-ce que votre maître ? C'est un homme

» qui b ... toujours & ne dé * * * * * jamais »
l'ropos groffier, fans doute, mais énergique, en
ce qu'il caractérife à merveille la politique d'un
prince qui a déjà roulé dans fa tête plufieurs projets
de guerre, & les a vus tous avortés, faute de les
avoir affez digérés.

9 *Novembre.* On a découvert que la comédie de
Richard Cœur de Lion étoit tirée d'un recueil de
fabliaux, publié il y a trois ou quatre ans par monfieur *le Grand d'Auffy*, que tout l'épifode de *Blondel*
étoit abfolument poftiche ; aucun hiftorien n'en
fait mention & la captivité de ce roi très-réelle
ne fournit rien qui puiffe fonder le merveileux
du fond, qui n'eft qu'une pure fable ; ce qui
rend la piece encore plus abfurde dans fon intrigue.

10 *Novembre.* M. de *la Place* eft auffi entré en
lice pour concourir aux infcriptions de la pompe
à feu de meffieurs *Perriere* ; il a traduit ainfi le
diftique de M. l'abbé *Bofcovitz* :

Ici, chers citoyens, par un accord nouveau,
Vos vœux font exaucés : le feu vous donne l'eau.

10 *Novembre.* On compte déjà dix appels comme
d'abus de la part des bénédictins oppofés au régime actuel. C'eft le fameux M. *Piales* qui les
foutient de fa doctrine, de fes principes & de
fes raifonnements lumineux.

11 *Novembre.* Extrait d'une lettre de Beauvais,
du 31 octobre...... Une ftatue équeftre de
Louis XIV, ouvrage de *Girardon*, deftinée pour
la place de Vendôme, ayant été jugée trop petite,
fut donnée par ce monarque au maréchal de
Boufflers qui la fit transférer dans fa terre de
Boufflers. Le comte de *Crillon*, propriétaire aujourd'hui de cette terre, a trouvé qu'un auffi
beau morceau étoit déplacé dans un endroit fo-

litaire de son parc ; il a demandé que la statue
fût transférée dans cette ville pour y être admi-
rée d'un plus grand nombre de François. Le roi
y a donné son agrément.

Les ouvriers préposés à la conduite de ce monument, quoiqu'en grand nombre & avec beaucoup de peine, n'ont pu lui faire faire que deux
lieues en onze jours, la statue ne pouvant avan-
cer qu'à l'aide de cabestants. On compte qu'elle pese
28 à 30 milliers; à quoi il faut ajouter encore environ 10 milliers, tant pour le char, que pour les
pieces énormes dans lesquelles elle est assujettie.

Les écoliers du college & des pensions qui
partageoient avec les habitants l'impatience de
posséder un monument si cher, profiterent du
jeudi 7 de ce mois, jour de congé, pour se rendre
sur les onze heures du matin à une lieue & demie
de cette ville, au hameau appellé Saint-Maurice,
où étoit la statue : par un pur mouvement de zele
ils prierent l'entrepreneur d'abandonner les cabestants & de leur livrer les cordages. Ils étoient
environ deux cents, petits comme grands : tous
employerent leurs forces avec tant d'intelligence
& de succès, que, sans les ordres précis de l'intendant de la laisser à quelque distance de la ville,
ils l'y eussent fait entrer, & l'auroient amenée sur
la place le même jour à cinq heures & demie
du soir. Il se calcule que chacun, l'un portant
l'autre, avoit déplacé une masse d'environ deux
cents livres pesant.

11 *Novembre.* Les états de *Hollande* ayant exigé
de leurs conseillers comités un rapport exact de
la véritable situation des frontieres, arsenaux,
magasins, &c. ceux-ci ont obéi, & cet état
authentique a mis dans un jour parfait la mauvaise administration des chefs. Comme un tel

rapport percé, eſt, dit-on, imprimé, & qu'on en voit à Paris des exemplaires, fort rares, il eſt vrai; les partiſans de la maiſon d'*orange* le traitent de libelle: ils gratifient de crime de haute-trahiſon ſa publication dans la circonſtance préſente. Les rédacteurs des gazettes nationales s'en étant emparés, & ayant commencé l'inſertion du rapport dont il s'agit, ont reçu défenſes de continuer. Toutes ces difficultés ne font qu'exciter la curioſité des politiques de Paris, avides de connoître cette pièce intéreſſante & fidelle; mais c'eſt en vain que beaucoup l'ont cherchée juſqu'à préſent.

11 *Novembre*. Extrait d'une lettre de Londres, du 28 octobre. .... Un certain *Elias Abesès*, Grec de naiſſance, ayant acquis par un long ſejour, & par des places de confiance à Conſtantinople, des notions dérobées au public ſur divers uſages de cet empire & du ſérail, les avoit raſſemblées dans un manuſcrit qu'on vient de traduire en anglois, ſous le titre de *The preſent ſtate of ottoman empire:* l'état préſent de l'empire ottoman.

Suivant cet ouvrage, le nombre des eſclaves ou femmes du grand-ſeigneur actuel eſt de 1600: chacune a ſon lit à part: le nombre dépend de la volonté ſeule du ſultan régnant. *Selim* en avoit 200, & le ſultan *Mahomet* ſeulement 300. Elles vivent dans la partie la plus retirée du ſérail, dont un côté a vue ſur les jardins, & l'autre ſur la mer de Marmora. Depuis que le czar *Heraclius* n'envoie plus de la Géorgie le tribut des filles, ce ſont des pirates qui recrutent pour le ſérail; ils cherchent à les prendre en Circaſſie; ils les choiſiſſent fort jeunes dès qu'elles annoncent de la beauté. On leur enſeigne à broder, à danſer, à chanter, elles n'ont perſonne pour les ſervir: ce ſont les jeunes qui ſervent les plus anciennes.

La jalouſie eſt extrême parmi ces femmes & le

grand feigneur n'a le droit d'appeller à fon lit une des efclaves qu'aux jours de fêtes extraordinaires ; autrement elles courent grand rifque pour leurs jours. La jaloufie des favorites fous le regne d'*Acmmet*, fit empoifonner 150 de ces femmes qui avoient eu le bonheur de s'attirer les regards du grand-feigneur, les jours non permis...... Au refte, cet ouvrage fera bientôt traduit en françois & vous amufera.

12 *Novembre*. Extrait d'une lettre de Touloufe, du 15 octobre....... L'affaire dont vous me parlez eft déjà vieille, elle a été jugée le 29 juillet dernier. En voici le fujet.

Vous favez que la deftruction des jéfuites en France a laiffé un grand vuide pour toutes les écoles, & notamment dans cette ville à l'égard de la théologie. Le parlement y fuppléa par un arrêt du 7 novembre 1765, & enjoignit aux quatre profeffeurs conventuels des auguftins, des carmes, des cordeliers & des bernardins, d'ouvrir leurs écoles & d'y faire des leçons publiques. Il faut obferver que ces profeffeurs étoient déjà néceffairement membres de l'univerfité.

Cependant neuf ans après les fieurs *Pigeon*, *Barile* & *la Roque*, jaloux des réguliers, prétendirent les exclure de cet enfeignement public : l'un d'eux, le fieur *la Roque*, effaya de prouver que leurs rivaux n'avoient eu autrefois que le droit d'enfeigner les religieux de leurs ordres. Me. *Jamme*, fi célèbre par la défenfe de M. *Damude*, prit en main la caufe des profeffeurs réguliers ; il releva avec beaucoup de clarté & de force des affertions du préfideur *la Roque* & le terraffa abfolument.

12 *Novembre*. Relation de la féance publique de l'académie royale des infcriptions & belles-lettres, tenue aujourd'hui pour fa rentrée d'après la Saint-Martin.

La compagnie s'étant épuisée sans doute pour la séance publique tenue extraordinairement le 7 septembre dernier, cette séance-ci a été fort maigre.

M. *Dacier* l'a ouverte, en déclarant que l'académie, entre les pieces qui avoient concouru pour le prix à décerner dans cette séance, n'en avoit trouvé aucune qui en fût digne. Ce sujet étoit énoncé ainsi : *Examiner quel fut l'état du commerce chez les Romains, depuis la premiere guerre punique jusqu'à l'avénement de Constantin à l'empire.*

Il dit ensuite que l'académie proposoit pour le sujet du prix qu'elle doit délivrer à pâques 1786, de comparer ensemble *Zoroastre, Confucius & Mahomet, & le siecle où ils ont vécu.*

Après ces annonces, il a lu l'éloge de M. l'abbé *Guasco*, académicien libre. Il étoit né en 1712 d'une famille piémontoise & distinguée. Il fut de bonne heure affligé de la vue, & les soins qu'on prit pour la lui conserver, lui firent perdre absolument un œil. Celui qu'on avoit négligé comme trop incurable fut le seul au contraire qui lui restât. Destiné à l'état ecclésiastique, l'abbé *Guasco* étudia en théologie à Turin. Il s'y éleva dans ce temps une querelle à-peu-près semblable à celle qu'on a vu naître tout récemment à Toulouse ; les professeurs séculiers de cette science attaquerent les réguliers sous lesquels le jeune de *Guasco* faisoit son cours ; ils les taxerent d'enseigner une doctrine erronée ; leurs écoliers furent interrogés sur leur foi & n'eurent pas de peine à détruire la calomnie.

L'abbé de *Guasco*, sorti de cette épreuve, se répandit dans le monde, parut à la cour de Turin, & deploya un si grand mérite qu'il inspira de la

jalousie

jalousie à son pere. Pour s'y souftraire, il vint en France & s'établit à Paris. Il s'y lia bientôt avec le célebre président de *Montesquieu*, & y acquit d'autres amis distingués dans les lettres & dans les sciences. M *Dacier* fait une description particuliere des talents qu'avoit cet étranger pour la conversation, dont il possédoit la pantomime au plus haut degré. Cette pantomime est prinicipalement affectée aux Italiens, à qui leur vivacité ne permet pas de rien dire sans y mêler beaucoup de gesticulation qui, bien ou mal placée, peut & doit produire des effets bien différents.

M. l'abbé de *Guasco* savoit les langues ; il avoit de grandes connoissances dans les antiquités & dans les arts. Durant son séjour en France il concourut plusieurs fois pour les prix de l'académie des belles-lettres, & fut toujours couronné ; ce qui lui vaut enfin l'honneur d'y être admis en 1749.

M. *Dacier* passe rapidement sur les ouvrages du défunt, peu connus & que sans doute il ne connoissoit pas assez bien lui-même pour entrer à cet égard dans de grands détails ; il assure seulement que leur auteur avoit fait des progrès si considérables dans notre langue, qu'on s'apperçoit rarement en les lisant, qu'il soit étranger. Du reste, peu de détails sur les mœurs, sur la vie, sur le caractere de l'abbé de *Guasco*. Aucune saillie, aucune plaisanterie, aucune anecdote, aucun mot philosophique rapporté dans cet éloge.

La circonstance la plus singuliere de la vie de l'abbé de *Guasco*, c'est que le séjour de la ville de Tournay ne convenant point à sa santé, il avoit pris le parti de retourner en Italie, mais d'essayer avant du climat de chaque ville pour juger celle où il seroit le mieux : il est mort du

rant cet effai en 1781 , & l'académie a été plufieurs années à ignorer cette perte ; en forte qu'il
fe trouve encore dans l'almanach royal de 1784 &
qu'elle ne lui a payé qu'à cette époque le tribut
tardif dû à fa mémoire.

.Après cet éloge M. de *Rochefort* a lu le premier.
C'eft un fecond *Mémoire fur Ménandre* , où il
établit avec le même art des rapprochements , la
même finefle d'inductions, que *Plaute* peu foup-
çonné jufqu'à préfent d'avoir tiré parti du poëte
grec , lui a beaucoup d'obligation & s'en eft
approprié quantité de chofes. Il en cite pour
exemple le *Miles gloriofus* , traduit ordinairement
fous le titre du *Soldat fanfaron.* Il fait une affez
grande analyfe de l'ouvrage , il le décompofe &
pouffe la preuve de ce qu'il avance jufqu'à la démonftration.

Du refte , il loue *Ménandre* du talent qu'il avoit
dans les pieces de donner aux fpectateurs le plaifir
du ridicule , fans employer les reffources d'une
odieufe malignité. Il fait voir enfin qu'*Appollodore*
fut de tous les poëtes comiques celui qui fut le
mieux imiter la maniere de *Ménandre* , & qui
approcha le plus de fa perfection. Chemin faifant , il continue de répandre des préceptes &
d'excellentes vues fur l'art ; il donne quelques lé-
gers coups de patte au fieur de *Beaumarchais* qui,
fans être ni *Menandre* , ni *Plaute* , ni *Moliere*,
amufe ou du moins fait courir tout Paris depuis
fix mois.

A cette lecture a fuccédé celle d'un Mémoire
de M. de *Guignes* , ne contenant autre chofe que
des *Obfervations fur le degré de certitude des éclipfes
rapportées par Confucius dans fon ouvrage intitulé
'Tchun-t-Scou , depuis l'an 720 jufqu'en 495
avant Jefus-Chrift.*

Son organe ne lui permettant pas de lire lui-même , il a emprunté celui de fon confrere, M. *Anquetil*, à la voix de *Stentor* , mais qui , ne fachant pas la ménager , avec les meilleures chofes fatigue & ennuie fouvent l'auditoire ; ce qui étoit encore plus inévitable en cette occafion où le fujet étoit par lui même très-didactique & très-fec. En général l'auteur , infatigable adverfire des Chinois, les déprime le plus qu'il peut. Il prétend que les éclipfes dont *Confucius* fait mention dans fon ouvrage , ne peuvent fervir à établir la certitude de l'hiftoire de ce peuple ; parce qu'on ne connoît pas affez le calendrier qu'il a fuivi, qu'on n'y trouve pas affez de détails pour calculer , & qu'elles ne font rapportées que relativement à l'aftrologie , à laquelle les *Chinois* ont été adonnés de tout temps , comme ils le font encore à préfent. Il en conclut la nullité de leur aftronomie, la plus ancienne de l'univers , mais qui faute de méthode & de points certains , ne pourroit que faire tomber dans des erreurs confidérables. Les Chinois font dans les fciences comme les oifeaux , qui depuis l'origine du monde conftruifent leur nid de la même maniere , fans aucune amélioration ; connoiffant prefque tous les arts avant les Européens, ils n'y ont pas fait le plus léger progrès & ils font encore au premier degré de leur enfance.

Le quatrieme *Memoire fur la Paleftine* , de M. l'abbé *Cuinée* , débité par le même lecteur, auroit éprouvé le même fort, fi fon auteur, excédé du mauvais ton de M. *Anquetil* , n'avoit pris le parti de lui arracher le cahier & , malgré la foibleffe de fon organe , d'en achever la lecture.

L'infatigable défenfeur du peuple Juif, & de tout ce qui lui appartient , dans fa differtation , qu'il a beaucoup abrégée à caufe du temps , ou plutôt dont il n'a lu que la derniere partie ,

continue à prouver invinciblement, que *la Palef-
tine confidérée principalement par rapport à fa fertilité depuis l'entrée des croifés en 1099 jufqu'à la
conquête de Selim en 1317*, bien loin d'être une
terre ftérile & de malédiction, a toujours été une
terre abondante & de promiffion. Il expofe les
principaux objets de fa culture, les anciens qui s'y
confervoient encore, ceux qui avoient difparu, &
les nouveaux introduits à cette époque. On connoît la clarté, la méthode, la fimplicité pure &
noble des ouvrages de l'académicien, avant qu'il
fût de cette compagnie, & certes il n'a pas dégénéré depuis.

M. de *Keralio* a terminé la féance par la lecture
du fecond *Mémoire fur les loix & ufages militaires
des Romains*. Son objet devoit être un examen critique de quelques points de ces loix, des principaux changements qu'elles ont éprouvés, & des
effets de ces changements. Auffi, obligé de beaucoup étrangler un ouvrage pour cette féance,
malheureufement il n'en a embraffé que la partie
la plus ennuyeufe concernant les détails de la lé-
gion romaine, qu'il a diftéquée dans toutes fes
divifions & fous-divifions.

Cette fois la matière manquant aux lecteurs,
on a levé la féance avant l'heure ordinaire de fortir; les écoliers académiciens ont eu un quart-
d'heure de claffe de moins, & fe font empreffés
d'en profiter.

12 *Novembre*. M. *Desfontaines* a remis en un
acte la pièce des *amours de Chérubim*, & efpère la
faire paffer ainfi. La feconde repréfentation eft
annoncée pour dimanche, 14 de ce mois.

Fin du vingt-fixieme Volume.